扫码观看
影片精彩片段

掬水月在手

镜中的叶嘉莹

行人文化
活字文化 ——
编著

四川人民出版社

目录

○○五　壹　植本出蓬瀛

　　植本出蓬瀛，淤泥不染清。
　　如来原是幻，何以度苍生。
　　　　　　　——《咏莲》1940

○三六　　白先勇　　引导我进入中国古典诗词殿堂的人
○四六　　痖弦　　　穿裙子的士
○五四　　陈小玲　　她就是诗词的字典
○五七　　柯庆明　　要了解她，就去读她的诗词
○六五　　席慕蓉　　所谓诗教

○八一　　**贰　逃禅不借隐为名**

　　尽夜狂风撼大城，悲笳哀角不堪听。
　　晴明半日寒仍劲，灯火深宵夜有情。
　　入世已拼愁似海，逃禅不借隐为名。
　　伐茅盖顶他年事，生计如斯总未更。
　　　　　　　　　——《冬日杂诗》（其三）1944

一○二　　郑培凯　　　　中国文化的一瀣清溪
一一○　　张凤　　　　　在哈佛遇见叶教授
一一四　　田晓菲　　　　大家规模，学者典范
一一九　　邝龚子　　　　一份难忘的早餐
一二八　　方光珞　　　　她真正做到了传道、授业、解惑
一三一　　刘元珠　林楷　叶老师相信美好事物

一三七　叁　变海为田夙愿休

换朱成碧余芳尽，变海为田夙愿休。
总把春山扫眉黛，雨中寥落月中愁。
　　　　　　——《梦中得句杂用义山诗足成绝句三首》（其一）1971

一五六	刘秉松	用诗词溶解生命的苦痛
一六〇	施淑	坐赏镜中人
一六九	施吉瑞	她可以代表古典中国
一七三	陈山木	魏晋风骨也是她的风骨
一七八	梁丽芳	不确定的东西，她不会说
一八三	王健　李盈	她有浪漫精神，同时又很自律
一八七	王芳	师弟因缘逾骨肉
一九一	施淑仪	总把春山扫眉黛
一九八	谢琰	顺随天意，这才美好
二〇六	卓同年	一个生命的精微体
二一四	陶永强　梁珮	我特别喜欢翻译她的诗
二一八	何方	她是一个宝藏

二二三　肆　要见天孙织锦成

　　不向人间怨不平，相期浴火凤凰生。
　　柔蚕老去应无憾，要见天孙织锦成。
　　　　　　　　　　——《绝句二首》（其二）2007

二四六	陈洪	一股清新的风
二五一	徐晓莉	"诗可以兴"——诗词生命是永恒的
二六〇	沈秉和	炉香心字说焦痕
二六五	石阳	诗歌和音乐都与生命的内在节奏相通
二六八	张元昕	学诗最重要的是学做人
二八一	张静	好将一点红炉雪，散作人间照夜灯

二九三	附录1	仪式过程：《掬水月在手》电影注解
三〇五	附录2	叶嘉莹、陈传兴对谈：佐藤聪明音乐作品中的雅乐与大唐（附影片音乐《秋兴八首》欣赏）
三一四	编后记	
三一七	鸣谢	

似月停空

月映千川

壹

植本出蓬瀛

植本出蓬瀛,淤泥不染清。
如来原是幻,何以度苍生。

《咏莲》1940

《孟子》说:"颂其诗,读其书,不知其人可乎?是以论其世也。"

杜甫之所以成为杜甫,辛稼轩之所以成为辛稼轩,都自有一段因缘在。

我之所以终生从事古典诗词的教学,我之所以成为今日的我,自然也有一段因缘在。

我生于1924年,到现在已经将近一个世纪了。回首从前,可谓往事如烟,很多详细的情况都已经追忆不起来了。幸好我有作诗填词的习惯,很多经历感悟都通过诗词记录了下来。《易经》说"修辞立其诚",我所有的诗词都是源于现实中真实的触动,从小就是。

我出生的时候,我们家和伯父伯母一起,住在察院胡同廿三号的四合院里。这个四合院是我家的祖宅,在北京西城,是曾祖父购置的。我家祖上是旗人,蒙古旗人,本姓叶赫那拉,民国后就改姓叶。曾祖父在咸丰同治时期做到了佐领(二品武官),祖父是光绪二十年的进士,所以,大门上原来是有一块黑底金字的横匾,写着"进士第"。

少年时与大弟叶嘉谋（中）、小弟叶嘉炽（左一）合照

门前两边各有一个不大的石头狮子。从大门进去之后是一面磨砖的影壁墙，中间刻着"水心堂叶"四个字。这个堂号源于南宋学者叶适，水心是他的号。祖父和伯父与他一样，都学过医。从影壁墙左转下三个台阶，是个长条形的外院。右手边是内院的院墙，中间有个垂花门。从垂花门进来，就是内院了。

内院有北房五间，东西厢房各三间。我祖父本来有三个儿子，我三叔很年轻就去世了，只剩下伯父跟我父亲。我祖父规定伯父和父亲轮流住东西厢房，三年一轮换。我出生在东厢房，长大在西厢房。后来祖父去世了，伯父搬到以前祖父母住的北房，东厢房就成了伯父给人诊脉的脉房。邓云乡先生年轻时常来请我伯父去给他母亲看病，对我家的院子熟门熟路，但那时我们没有见过面。数十年后，

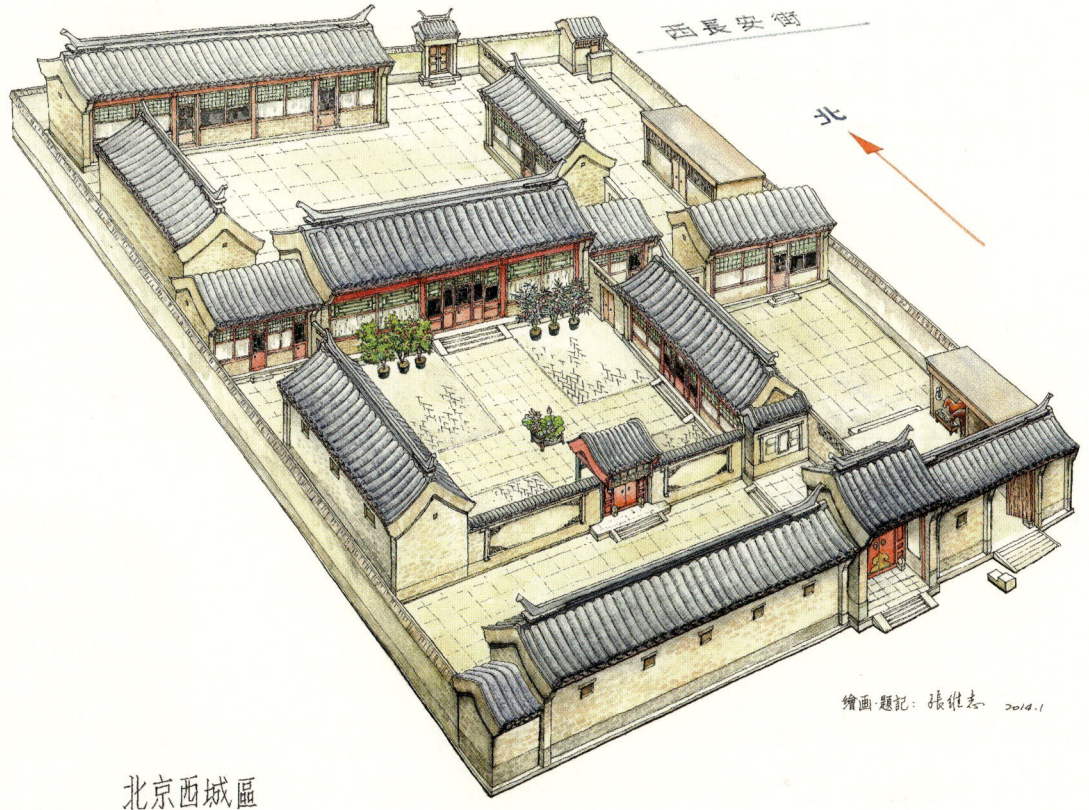

北京西城區
察院胡同廿三號

该院落为享誉世界的中国女词家叶嘉莹先生的祖居，始建於清道光年间。

叶教授的曾祖为清代二品武官，祖父曾任工部员外郎（见光绪二十年出版《大清缙绅全书》）。民国后改习歧黄之术，济世救人；伯父子继父业，亦以歧黄之术为生；父亲毕业於北京大学英文系，任职於航空署。

故宅大门原悬挂有《进士第》的牌匾，迎门的影壁墙上刻有《水心堂叶》的题记。正是这个院落的家学渊源，成就了一代词家叶嘉莹先生。

这组典型的四合院建筑已於2002年8月被拆除。

宅院手绘图

我们在一次聚会中遇到，说起话来，他才知道当年给他母亲看病的叶大夫正是我伯父。后来，他写过一篇文章，专门描述了我家的四合院。没想到，相隔半个多世纪，邓先生竟还会对我家宁静的庭院和其中蕴含的一种中国诗词的美好意境有如此深刻的记忆。我有时候在一些电视剧里看到父母子女之间大呼小叫的场面，会觉得难以接受。我小时候生长的环境从没有过这样的事情。无论是我伯父、父亲，还是伯母、母亲，甚至于连用人之间，大家讲话都是心平气和的。家里永远都很安静，可以听得到蝉鸣和蟋蟀叫，再有就是人的读书声了。就像邓先生文中回忆的那样，旧时家里古典诗词的氛围确实对我产生了极深的影响。我的知识生命和感情生命都是在这里孕育的，这大概是我为什么会终生热爱诗词，并一生从事古典诗词研究和教学吧。

记得年时花满庭,枝梢时见度流萤。
而今花落萤飞尽,忍向西风独自青。

《对窗前秋竹有感》

以前祖父在世的时候，我家的四合院里方砖墁地，祖父不许在院子里种任何植物。只能在荷花缸里养荷花，花盆里栽石榴、夹竹桃什么的。我伯母和母亲都喜欢花草，在祖父过世后，她们就在院里开了花池，引得蜜蜂蝴蝶飞来飞去。我写的第一首诗是《秋蝶》。

几度惊飞欲起难，晚风翻怯舞衣单。

三秋一觉庄生梦，满地新霜月乍寒。

深秋黄昏的时候，我看到西边花池前面的地上落下一只白蝴蝶。天已经凉了，那只蝴蝶已经冻得飞不起来了。庄子曾梦见自己变成蝴蝶，醒后发现自己还是那个庄周，"蘧蘧然周也"。那么，这只飞不起来的蝴蝶，是不是梦醒了的庄周呢？我不知道。反正我小的时候，对这些草木昆虫充满了关怀。

北方本来不常种竹子，因为常看到诗词里写松写竹，所以我就专门跑到同学家里挖来一段竹根移种在母亲开辟的花池里。竹子长得非常快，没几天就长成了很高一丛。秋天来了，伯母和母亲种的那些花都凋零了，只有我的竹子青翠依然，所以我写了《对窗前秋竹有感》。

记得年时花满庭，枝梢时见度流萤。

而今花落萤飞尽，忍向西风独自青。

夏天的时候，花草满庭，有花草的地方就有萤火虫，我常常看到萤火虫在花的枝叶上飞过。可是秋天一到，这些花都落了。所以我最后一句话是在问竹子：你所有的同伴都凋零了，你怎么忍心一个人"独自青"呢？一个人生在世间，对宇宙、对人类有多少爱心？

你自己又有多少自私和贪婪？我不知道为什么自己十五岁的时候就在想这样的问题。

我还写过一首《咏莲》。

>植本出蓬瀛，淤泥不染清。
>如来原是幻，何以度苍生。

我生在六月初一，六月又称"荷月"，父母便给我取了一个小名"小荷子"。因为这个名字，我读书的时候会对"荷"特别关心。比如，《尔雅》里唯有"释荷"写得最为详细，荷的每一部分，从花、叶、茎，再到果、根，都有特别的名称，这是别的花所没有的。

"植本出蓬瀛，淤泥不染清"，那时候我就想，这种花大概是从神仙世界里来的吧。成长于淤泥之中，却可以出淤泥而不染。大概因为这个特质，莲花也成为佛教的象征。虽然我们家不信教只信孔子，但我会因为莲花而了解诗词中佛教的典故。小时候读到李商隐的《送臻师》(臻师是一个和尚的名字)，其中有这样两句，"何当百亿莲花上，一一莲花见佛身"。佛经里说，当佛为众生说法时，每一个毛孔里面都会长出一朵莲花，每一朵莲花盛开后会出现一尊佛。李商隐写这两句的意思是，我们尘世的苦难这么深这么重，什么时候真的能够看到数不尽的莲花，数不尽的佛，来度脱大家出离尘世的苦难呢？

"如来原是幻，何以度苍生"，我现在有时候想一想也觉得很奇怪，一个十几岁的小孩儿，怎么会有这样的想法呢？大概是从小就目睹了太多的痛苦和灾难。我出生在军阀混战的年代，七七事变暴发的时候我上初中二年级。在北平，我常常看到从各地逃难来的百姓。

冬天去上学,在巷口拐弯的地方就能见到冻死饿死的人。如果莲花真能拯救世人,我愿天下开满普度世人的莲花。

刚开始学着作诗的时候,我写的都是院子里看到的景物,看见花说花,看见草说草,所感叹的是花草昆虫的生存与死亡。直到十七岁那年,我的母亲突然去世了。诗是从心里跑出来的,那样沉重的悲痛让我一连写了八首《哭母诗》,这是其中的两首:

噩耗传来心乍惊,泪枯无语暗吞声。
早知一别成千古,悔不当初伴母行。

瞻依犹是旧容颜,唤母千回总不还。
凄绝临棺无一语,漫将修短破天悭。

当初我母亲不让我陪她去天津做手术,说我刚考上大学,还不懂什么事,弟弟也还小。可我要早知道那一别就是生死相隔,我怎么会不陪她去呢?母亲开刀后发生了感染,病更重了,可她又因为挂念家里的几个孩子坚持要回北平。舅父就陪她上了火车,等回到北平,母亲已经在火车上去世了。

我母亲就这样走了,对我们这些儿女,没有留下一句嘱托的话。那时候死者是不可以进家门的,因为我是最大的孩子,所以是我在家中找了母亲的衣服,拿去亲手给母亲换上。后来,母亲停棺在嘉兴寺。我觉得人生中最悲楚的事情,就是当棺盖盖上,钉子钉下去的时候,从此就与棺内的亲人天人永隔了。修短是命,我母亲去世

1941年高中毕业前在北京

的时候,只有四十四岁。

这是我第一次经历死生的打击。后来,我又写了一首《咏怀》,中间有这样几句:

> 自母弃养去,忽忽春秋易。
> 出户如有遗,入户如有觅。
> 斜月照西窗,景物非畴昔……

母亲离开了我们,我们再也得不到她的照顾了。以前我每天上学离开家的时候习惯说:"妈,我走了!"回来还没有进到房门,就说:"妈,我回来了!"可现在,没有人可以呼唤,进出家门总觉得遗落了什么。

那时正是抗战最艰苦的阶段，我父亲一直随着国民政府步步撤退。长沙大火的时候父亲在长沙，武汉陷落的时候父亲在武汉。七七事变以后，学校开学。日本人刚成立的伪政府，还来不及印新的书，就让我们把旧课本中记载着日本侵略的部分撕掉或者涂掉。日本人叫学生上街去庆祝，庆祝长沙陷落、庆祝武昌陷落。我经历过这样的亡国的痛苦。

母亲去世的第二年，我父亲来信了。我父亲当时在航空公司，看到有美军飞到后方援助当时的国民政府，他看到了胜利的希望，所以辗转托人寄来一封信。这就是我写《母亡后接父书》的背景。

> 昨夜接父书，开缄长跪读。
> 上仍书母名，康乐遥相祝。
> 惟言近日里，魂梦归家促。
> 入门见妻子，欢言乐不足。
> 期之数年后，共享团圆福。
> 何知梦未冷，入朽桐棺木。
> 母今长已矣，父又隔巴蜀。
> 对书长叹息，泪陨珠千斛。

父亲的信是写给母亲的，开头写的是我母亲的名字，他还不知道母亲早已不在了。我们在沦陷区的人不知道抗战什么时候才能胜利，而且就算到胜利的那一天父亲终于回来，他也再不能看见母亲了。他独自一人离家在外多年，此时已经是将近五十岁的人了。

1941年母亲去世时戴孝照

现在家中的父母相片

1945年,我大学毕业了。1948年,我跟我先生赵钟荪在南京结婚。

我先生是我唯一交过的男朋友。他的堂姐是我的英文老师,他的妹妹是我同年级不同班的同学。他从他堂姐那里看到我的相片,然后就打听到我。在一次同学聚会上,他跑过来自我介绍,介于这种关系,我当然不能不搭理他。聚会结束天色晚了,他就骑车送我到我家大门口,就认识了我的家门。之后,他常常跟着我弟弟的同学跑到我家里来,约我弟弟和堂兄打乒乓球打桥牌。这样大概过了两年多的时间。有一天,他跟我说,他在秦皇岛的工作丢了,他的姐夫介绍他到南京的一个海军士兵学校教书。他又跟我提起结婚的事:"我现在就要走了,我们也认识两年多了;你要是不答应,我就留在北平不走了。"那时候他一个人在北平正贫困交加,我想别耽误了他,就这样吧。

当年11月,在战乱中,我跟我先生一起撤退到了台湾。

我先生是海军,海军在左营,位于台南跟高雄之间。新开的军区一片荒凉,我们这些宿舍都是新盖起来的、木头的日式房屋,我就跟我先生一起住在那里。他的姐姐和姐夫也都在一起住,姐姐姐夫是家里的贵客,何况我先生的工作是他们介绍的,我是家里辈分最小的媳妇,所以要做一切事情。他的姐姐生了孩子,我就要从左营走到外面的市区去买猪蹄髈回来炖汤,还要看孩子。我的老师顾随先生得知我日日在做这样的工作,很替我悲哀,说没想到我会过着这样的生活。

后来,许世瑛先生到了台湾,他的父亲许寿裳是鲁迅先生的好

朋友。许世瑛先生从前曾在我北京老家的南院,也就是后来放乒乓球台的那个屋子住过,是我们的邻居。那时候我正上中学,偶尔见到他会给他鞠个躬。我从小念书,都是大声地拿出调子来念,所以许先生那时候总能听到房东家里的女孩儿一天到晚都在念诗。许先生去世时,我写了一首挽诗,有一句"书声曾动南邻客",怀念的就是那段往事。

因为是旧识,许先生听说我到左营以后没有工作,就介绍我去彰化女中教书。那时候我已经怀孕了,而且台湾妇女的产假只有一个月,我女儿暑假出生,正好满月回来上课。我两个女儿都是暑假出生的,我等于没有休过产假。我教了七十几年书,也基本没有休息过。

那时候是台湾的"白色恐怖"时期。我先生在左营,我在彰化,每到圣诞、新年的时候,他就从左营到彰化来看望我们。1949年的圣诞夜,我先生来看我们,吃过晚饭,他和校长下跳棋,直到很晚。而第二天一早,天还没亮,就有人来敲门,几个海军官兵把我先生从家里抓走了。第二年夏天,又来了一群人,把我和我的孩子,还有和我住在一起的女校长及另一位女老师,都关进了彰化的警察局里,还说要把我们押到台北的宪兵司令部去。我要求见局长,和他说:"你要关,就关在彰化,反正我也跑不了。"在彰化我至少教了一年半的书,还有熟悉的人,要是真关到台北,万一我或者孩子发生了什么事情,我连个托付的人都没有。这警察局长看我真是有吃奶的孩子,而且我的履历除了念书教书,什么朋友都没有,就把我放出来了。放出来之后,我就无家可归了。没有工作,就没有宿舍,也没有薪水了。

我没办法,只好去投奔我先生的姐姐和姐夫。他们在左营,我也可以顺便打听我先生的消息。但他们家只有两间卧室,他姐姐姐夫一间,婆婆带两个孩子一间,我就等人家都睡了,在走廊上铺个毯子,带褓褓中的女儿在那里休息。人家要午睡,小孩子难保不出声音的,我就带着女儿去外面徘徊,等他们睡醒了,我再回来。

我因此写了一首诗,就是《转蓬》:

> 转蓬辞故土,离乱断乡根。
> 已叹身无托,翻惊祸有门。
> 覆盆天莫问,落井世谁援。
> 剩抚怀中女,深宵忍泪吞。

我像一支被风吹断的蓬草,离开了故土、遭遇了离乱,跟故乡完全隔绝,跟大陆完全不能通消息,不通消息还觉得我们有匪谍的嫌疑呢。我这个只读书念书从不交往朋友的人,真是没有托身之所。"覆盆天莫问",好像被一个盆扣在头上,你问天,没有天可问;"落井世谁援",当时台湾的"白色恐怖"非常可怕,如果被牵涉其中,所有亲戚朋友都不敢跟你往来了。我"剩抚怀中女,深宵忍泪吞",这些都是事实。后来暑假结束开学了,我的堂兄叶嘉穀就介绍我到台南的一所私立女子中学教书。三年的时间里,我先生音信全无。我一个年轻的女子带着吃奶的孩子,三年不见先生出面,所有同事都用很奇怪的眼光来看我,我只好沉默。要是说先生因为"白色恐怖"被关起来了,我马上就会失去工作。

1951年,又过了一年,我先生还是没有音信。那个时候的台南,火车站那条马路两边都是高大的凤凰木,上面开着火红的花朵,真是漂亮。我从北方来,从未看到过这么美丽的凤凰木,就填了一首《浣溪沙》:

一树猩红艳艳姿,凤凰花发最高枝。惊心节序逝如斯。

中岁心情忧患后,南台风物夏初时。昨宵明月动乡思。

每年凤凰花一开,就是一年过去了,是学校学生毕业的时候。我一年一年看着凤凰花开,学生离开,我先生都没有回来。那一年,我不过只有二十七岁,却已经饱经患难,是"中岁心情"。台南美丽的凤凰木又开花了,"昨宵明月动乡思",我哪一年才能回到我的故乡呢？我怀念我美丽的童年，我的老师，我的同学，我的伯父，我所有的失去音讯的亲友……

在台南我还填过一首寄调《蝶恋花》：

> 倚竹谁怜衫袖薄。斗草寻春，芳事都闲却。莫问新来哀与乐。眼前何事容斟酌。　　雨重风多花易落，有限年华，无据年时约。待屏相思归少作。背人划地思量着。

那时候我实在没有任何选择的余地。如果说女人是花，那么我很早就凋零了。少年时代那些美好的梦我已经不再期待了。我常常会梦见回家，有时候梦到回察院胡同老家，我进了大门进了院子，到处空空荡荡的，每个房门都进不去。有时候也梦见跟同学去看顾随先生。他住后海那边，经过什刹海的水塘有芦苇，梦里的芦苇长

得遮天蔽日，我们怎么走都走不过去。

　　1952年，我先生终于出狱了，但是他再没有工作。我被请到了台北女二中教书，同时也被请去台湾大学教书。后来，在台复校的辅仁大学，还有新成立的淡江大学也请我去教书。那一段时间我的课程非常重：每天早上三节是一个学校，下午三节又是一个学校，晚上夜间班还有两节课，每周还有电台的《大学国文》。那时在台湾你只要喜欢古诗词就会发现，各大学和电台广播的古诗词都是叶嘉莹在讲。所以，后来就有人请我去海外教书了。我之前从没有过出国的念头，其实都是被生活逼出来的。

　　经历过忧患，我开始欣赏到杜甫诗的好处。

　　到了台湾，我开始讲杜诗，我发现杜甫七言律诗的演进对于我们中国语言诗歌的变化和掌握真是到了出神入化的地步，很值得研

究。这是诗歌本身、内在的原因,除此之外还有一个外在的原因。当时在台湾,痖弦、洛夫等创办了一个《创世纪诗刊》,上面会发表一些新诗人的作品,常有些个颠倒的、变化的、文法不通的句子。这就引发了当时台湾新闻界、文学界、学术界的各种争论,说他们语言文法什么都不对。我思想比较开通,觉得这不是从现代诗人开始的,杜甫那时候已经有这种颠倒变化的形式了,这样可以使内容更丰富起来。

　　句子通顺有通顺的好处,但是句子颠倒有它颠倒的作用。比如说"香稻啄余鹦鹉粒,碧梧栖老凤凰枝",胡适之先生就写过一篇文章,说杜甫的七言律诗简直不通,香稻也没有嘴,怎么能够"香稻啄余鹦鹉粒"呢?一定应该是"鹦鹉啄余香稻粒",这就是很通顺的句子。那为什么杜甫要倒过来?所以我写了一篇很长的文章解释这件事。

按照西方的文法来说,"香稻"是主词名词,"啄余鹦鹉粒"是个 adjective clause(定语从句),这个定语从句"啄余鹦鹉粒"就是形容香稻,说香稻怎么样?说香稻是产量很丰富很美好,可以喂鹦鹉吃,都吃不了的。我这么一篇长文章引起了很多人的注意。他们一方面以为是我分析杜诗分析得很好,一方面觉得我给新旧两派的诗论争吵做了一个调和。

我认为,诗歌可以晦涩,现代诗可以用些新鲜的甚至于颠倒的句法,但是一定要真的有这种感情;不仅有真情,还在颠倒变化之中被表达得恰到好处才行。为颠倒而颠倒,里面什么东西都没有,那是故意制造的晦涩,不会是好诗。

杜甫的《秋兴八首》很有名,中国历代给《秋兴八首》做注解的人非常多,他们有很多不同的说法,那究竟谁对谁错?我便利用两三个月的暑假期间,搭着公共汽车,跑遍了台湾的各大图书馆,把各个善本书中相关的地方,一个字、一个字地抄下来。不只是抄下来,而且还要编得有条理,有题解、有章法、有句法,还有我自己详细的评说。这就是后来的《杜甫秋兴八首集说》。这部作品的体例从一开头我就立得非常严格。对于真正要做研究、要得到诗歌三昧,要养成对诗歌欣赏、解说、判断能力的人来说,这会是很有帮助的

一本书。日本的吉川幸次郎先生是专门研究杜甫诗的,他要求他的学生一定要看《杜甫秋兴八首集说》。后来我们在一次会议上相遇,吉川先生写了三首七言律诗送给我,其中有这样两句"曹姑应有东征赋,我欲赏音钟子期",确是知音。

《秋兴八首》非常了不起,每首诗里都有夔府与长安两相呼应,彼此形成一个很大的网罗,紧密地编织在一起。这八首诗,无论是内容还是技巧,都显示出杜甫的七律已经进入一种极为精醇的艺术境界。从内容来看,他在这些诗中所表现的情意,已经不再是一种单纯的现实情感,而是一种艺术化之后的情感。这种情意已经不再被现实的一事一物所局限,就像蜜蜂酿蜜,虽然是采自百花所得,却不再受任何一朵花的局限了。从技巧来看,有两点值得注意,一是句法突破传统,二是意象超越现实。有了这两种技巧,才真正脱离了格律的压束,使格律完全成为被驱使的工具。中国的语言文字因为是单音独体，所以天生来就可以对偶，这是中国语言的一个特色。对偶的时候，平仄要相反词性要相同，这样限制就会很多，所以最初那些诗人写律诗时候的对偶就显得很笨。杜甫刚写律诗对得也比较笨，不过他是一个很有天才的诗人，不断把七言律诗的写作方法变化演进。到了《秋兴八首》，那个对偶就非常精炼了，表面上的文字相对，其中的意蕴无穷。杜甫他创作，也突破，他在成就了七言律诗非常精美的格律以后，再故意打破它，写出成熟的拗体七律。比如《白帝城最高楼》中的"城尖径仄旌旆愁，独立缥缈之飞楼"，这就完全不合格律。首句中"仄""旆"都是仄声，从一开始就是拗起，写出一片险仄愁苦情景；次句中"立""缈"又是两仄声，声律既已拗折，而又在句中用一"之"字，变律诗之句法为歌行之句法，且连用三平声（"之飞楼"），奇险中别有潇洒飞扬之致，而独立苍茫之悲慨意在言外。虽不守格律的拘板形式，却是掌握了格律的精神与重点。以拗折之笔，写拗涩之情，把一片沉哀深痛都自然而然地表现于作品之中。

总之，杜甫是一个有能力继承、破坏，进而变化出之的人。不是等到他晚年写七言律诗才表现出这方面的才能，他从年轻时候就展现出这种特殊能力。早年他还在长安的时候，曾写过一组《曲江三章章五句》。在长安考试没有考上，他心里抑郁不平，就写了这个很新鲜的题目。不是只写"曲江"，而是"曲江三章"，也就是三首诗，"章五句"，每一首都是五句，不是四句。这个题目其实是受到了《诗经》的影响。比如，古人说到《诗经》里的《关雎》，就会说"《关雎》几章，章几句"。没有一个诗人用《诗经》的章法来写诗，这足以见得杜甫吸收、继承、创造的能力非常强大。元稹给杜甫写的墓志铭里称他"上薄风骚，下该沈宋，言夺苏李，气吞曹刘，掩颜谢之孤高，杂徐庾之流丽"，的确，杜甫对于古今的体式无所不吸收，无所不包容，无所不能运用很好。所以说杜甫是集大成者，他把他以前所有中国诗歌在文学上美好的地方都吸收了，还能变化出之。

以中国诗歌的演进来说，杜甫的七言律诗，李商隐得其神髓。李商隐的七言律诗受杜甫影响很大。不过有一点点区别，虽然杜甫也写得很意象化，可是杜甫写的都是现实的情事，像前面说的"香稻啄余鹦鹉粒，碧梧栖老凤凰枝"，还有"花萼夹城通御气，芙蓉小苑入边愁"。他文法多变，形象也都用得很好，但是事物都是现实的。李商隐受了杜甫非常大的影响，他承袭了杜甫在文字运用方面的技巧，文法颠倒变化。不同的是，李商隐所写的不再是现实之中的景物情事了，而是他想象中的景物和情事。李商隐的七言律诗的声律方面也是很好的，"飒飒东风细雨来，芙蓉塘外有轻雷。金蟾啮锁烧香入，玉虎牵丝汲井回"，平仄声调之运用的力量和感情都是非常好的，这完全是受了杜甫的影响，不过他用得更精致。相较而言，杜甫是一个非常正常、健全、对于现实的感性和理性都能处理得非常平衡的人；而李商隐则是曲折幽微不直接的。

杜甫既有集大成的能力，又生在集大成的时代，这是何等幸运。文学演进有时代的因素，也有个人的因素。宋诗不如唐诗硕果累累，时代不同是一个原因，另一个原因是宋朝的那些诗人本身也缺少杜甫和李商隐的那种想象的能力与精微的感受。有时候，集大成的时代，不一定能产生集大成之才华的诗人，那是诗人对不起时代。比如西晋的太康时期，经历了汉魏，正是朴质的五言诗在风格上将转未转的一个阶段。很可惜，那时候没有出现一个可以集大成的天才，是诗人对不起时代。而有时候诗人很有才华，可是他所遇到的那个时代又不是文学发展集大成的时代，那是时代对不起诗人。到了后来，江西诗派黄山谷这些人既没有李商隐那种丰富绵邈的情思，也没有杜甫的那种精神博大的才力，要想比肩唐朝，就只能在雕章琢句的技巧上花心思。七言律诗直到晚清也有写得很好的人。比如陈宝琛的落花诗就写得非常好，像"生灭原知色是空，眼看倾国付东风。唤回绮梦憎啼鸟，罥入情丝奈网虫"，真是好得不得了。他说我对于宇宙这种变化，对于花开花落，早已有透彻的觉悟。理性上是知道这生生灭灭都是虚幻，可是从感性上还是会觉得难过，不忍心见到"倾国付东风"。就像杜甫说的"一片花飞减却春"，那"风飘万点"就"正愁人"。听水老人这四首落花诗，不只写的是落花，写的更是人生，是国家，是盛衰成败。

花飞无奈水西东,廊静时闻叶转风。
凉月看从霜后白,金天喜有雁来红。
学禅未必堪投老,为赋何能抵送穷。
二十年间惆怅事,半随秋思入寒空。

《晚秋杂诗》

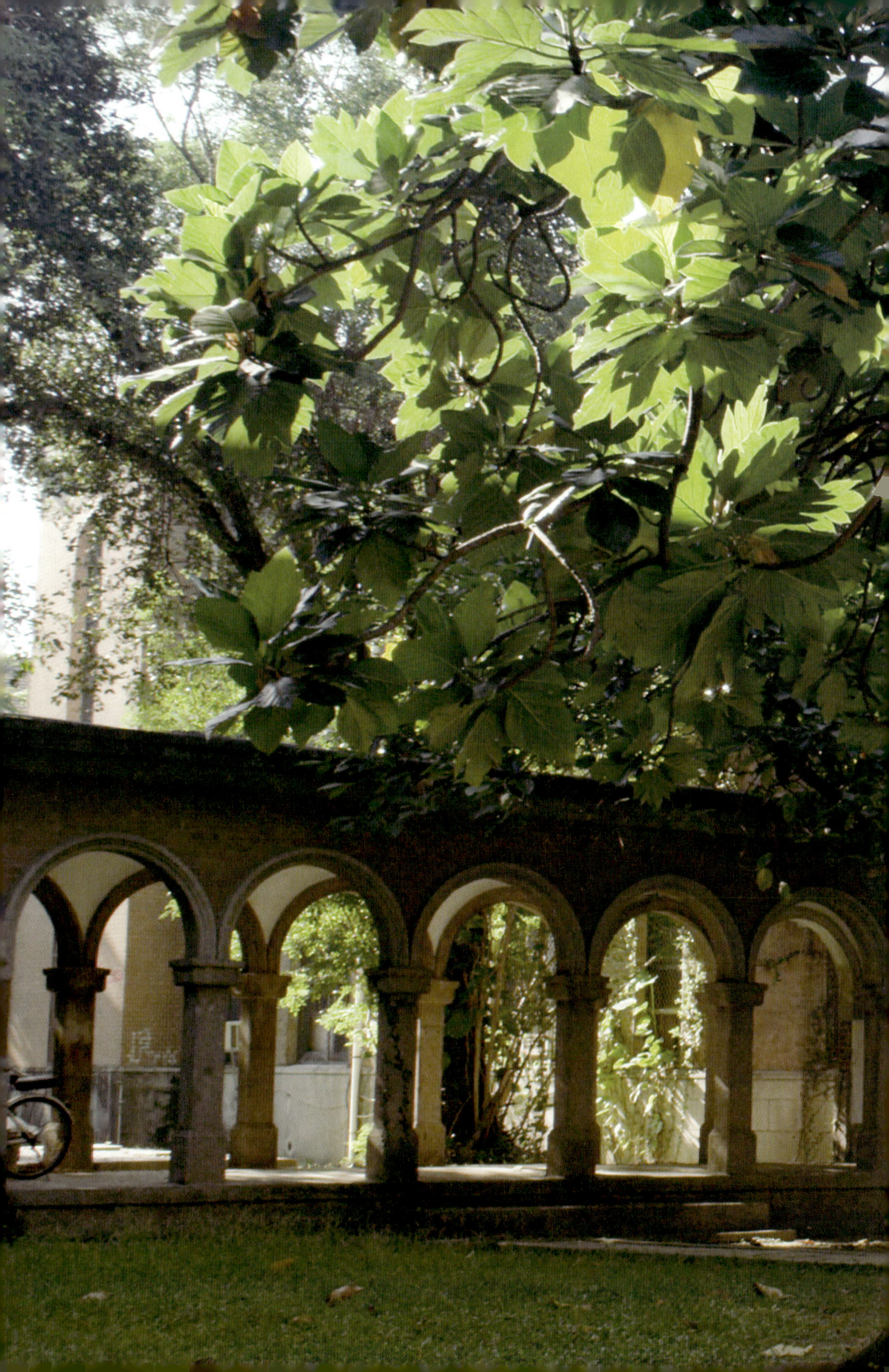

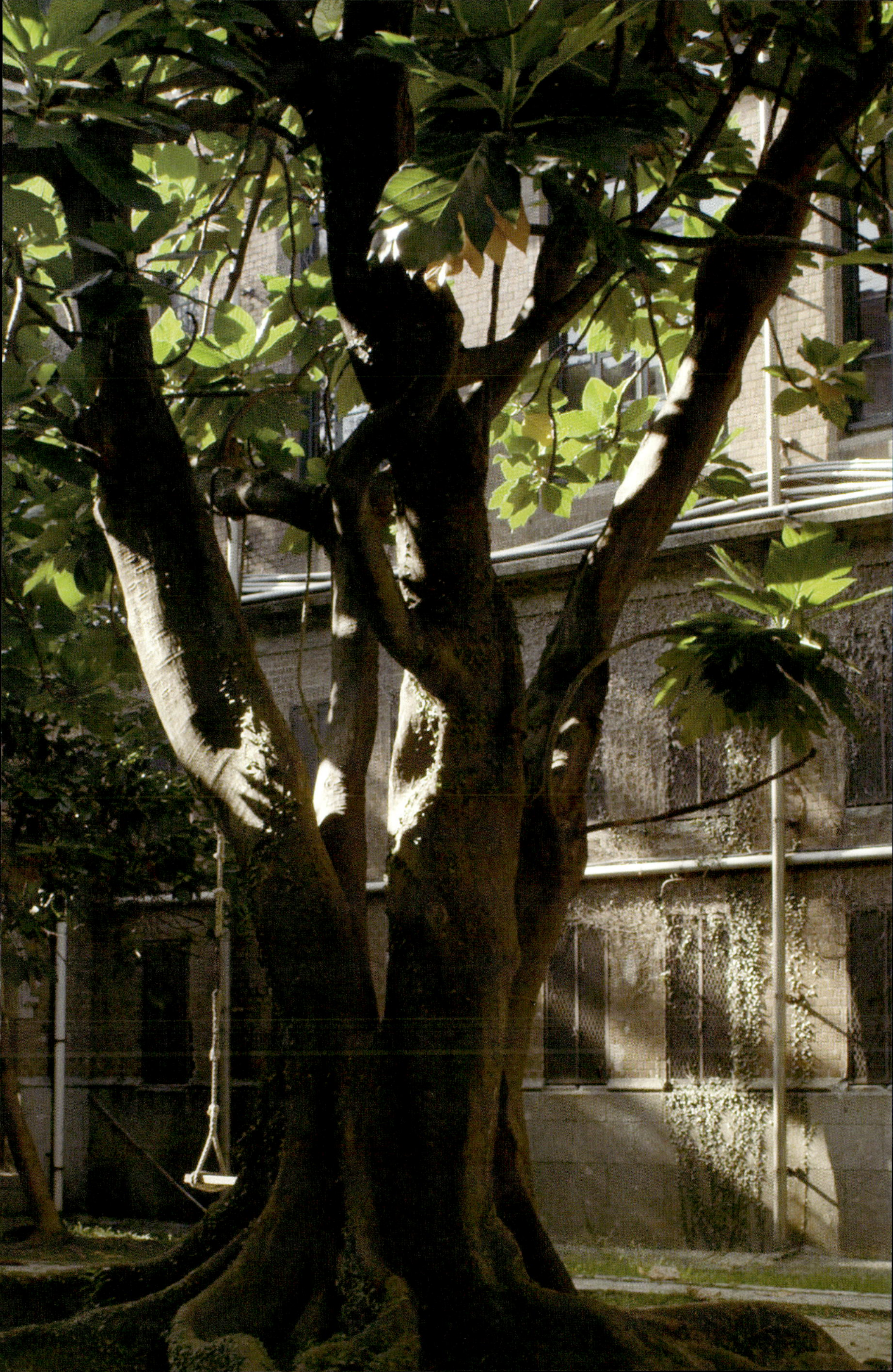

白先勇
作家

痖弦
诗人

陈小玲
前台湾华视节目部导播与制作人

柯庆明
台湾大学
中文系教授

席慕蓉
诗人、画家

白先勇
引导我进入中国古典诗词殿堂的人

叶先生是引导我进入中国古典诗词殿堂的人。那时候我才读大二，求知欲很强。我们念外文系的这群人，包括欧阳子、陈若曦和我，知道叶老师的课非常受欢迎，宁愿逃课也要去听。在我的记忆里面，叶先生的讲座场场座无虚席，甚至很多人站着也要听。我跟欧阳子两个最积极，一定跑去抢位子，就希望能坐前面一点。欧阳子后来在中国文学上颇有造诣，我想恐怕叶先生对她影响也很大。叶老师的诗选课，我足足听了一年。虽然我中学时就背了不少唐诗宋词，但真正点醒我的人是叶先生。她不光讲诗本身，还把背后的社会变迁、诗人襟怀一一道来，让我一下子对诗词的境界有了感受。所以说，中国古典诗词的殿堂，是叶先生引我进入的。

叶先生在古典诗词上的学问就不用说了，我觉得，叶先生讲课有一种魅力（Charisma）。她一口北京话，纯正而富有教养，念诗的声音很迷人。叶先生讲诗，身上带着中国传统文化里博大精深的风度和派头。她讲唐诗，我觉得她本人简直是把那种盛唐的精神带到课堂上来了。这种有形或无形的气场和启发，对学生来说最为重要。

因为时间的限制,我们和叶先生在课后互动很少,不过有几次印象非常深刻。我读大三那年办了《现代文学》杂志,叶先生看了以后,对我笑着说:"《玉卿嫂》是你写的,是不是?"我现在还记得,她点头赞赏我们的样子。她对现代主义一点也不排斥,像李昂年轻时候写的《混声合唱》非常现代,很有卡夫卡的那种味道,叶先生也很赏识。她的视野非常广博,不只是对传统诗词有兴趣,对现代文学、西方文学也都很好奇。当年,我们外文系的课,比如《荷马史诗》《希腊神话》之类,叶先生都会去听。一个大教授就这样跟着我们这些学生混在一起去听西洋文学、西洋神话。

我到今天依稀记得她讲《秋兴八首》中的长安、曲江、天宝兴衰、西风渭水。我经历过1949年天翻地覆的离乱,对此感同身受。叶先生本人也经过战乱流离,所以讲得特别动人。虽然听叶先生的课只有短短一年时间,但那一年的诗教却对我影响深远。我后来引用过刘禹锡《乌衣巷》境界背后的含义,这都是从叶先生处来的。当年叶先生的诗选课里面讲过两首怀古诗,其中就有《乌衣巷》。唐朝自从安史之乱后元气大伤,刘禹锡他们眼睁睁看着唐朝衰败下去,到了金陵有所感发,便写诗以古喻今。大概南京是六朝古都吧,总会给人带来沧桑的兴亡之感。我曾经39年没回大陆,1987年第一次回去,到了上海,想到的是十里洋场、风花雪月。到了南京感受就不一样了,兴亡感突然间涌上心头,瞬间金陵怀古的感受就来了。所以我念刘禹锡的《乌衣巷》特别有感触。

这首诗讲的是西晋东迁的故事,我写《台北人》是一群人从南京到台北，也是飘海东迁。我念过一些西晋的历史，大家族迁到金陵那边去，跟《台北人》里边的人从大陆迁到台北来，好像形成某种呼应。刘禹锡是以古喻今，《台北人》里的那首诗在某方面也是以古喻今。我1965年到美国爱荷华大学念书，开笔第一篇就写了个上海交际花《永远的尹雪艳》，还引用了这首诗。现在回头想，天宝兴衰到金陵怀古，唐诗整个历史背景，那种意境意象，我大概都移植到《台北人》里面去了。那是一首起引导作用的主题诗，后来的十四篇，都是从这个主题延伸出去的。讲金陵的历史故事太长太多了。我念到《枯树赋》《哀江南》也很有感触。也许是在叶先生的启发下，我好像特别喜欢这些讲兴亡之感的诗，也特别喜欢李商隐的诗。另外，先生的《迦陵谈词》对我影响也很大。我发觉叶先生与众不同的点，是她对于南宋移民写的亡国之音非常关注，我自己也对此特别有感触，这跟个人经历有关。

叶先生曾经说《台北人》写得很好，我很高兴能得到先生这样的评价。《台北人》里面的女性都是穿旗袍的，举动风华。叶先生在台大上课就是穿旗袍，非常优雅，有一种朴素的华丽。叶先生的华丽是天生的，我想这可能跟她叶赫那拉氏的血统有关系。她是末代贵族，行动举止就是个贵族的样子。叶先生这几年也会谈清词，谈陈曾寿这些所谓清朝遗老的作品。可能谁去讲清词也不会有叶先生讲得那么深入，她是结合着清末那种摇摇欲坠的感受来讲的。我想她自己作为叶赫那拉氏的后代，一定深有其感。

1980年，周策纵先生在威斯康辛大学召开国际红楼梦会议，我

1962年与台大中文系同学合影

去参加了，叶先生也去了。叶先生讲的题目是王国维的评《红楼梦》。叶先生对《红楼梦》也是情有独钟的，自年少时期就手不释卷。我想她从《红楼梦》里也多少看到了自己家族或清朝兴衰的影子吧。我读了一辈子《红楼梦》，教了一辈子《红楼梦》，退休二十年后又在台大继续讲《红楼梦》，一百二十回教了一百多个钟头。如今我都八十多岁了，依然认为《红楼梦》是本天书。无论从小说的艺术，还是以文化的包容度来说，甚至从哲学宗教意义上来说，《红楼梦》可谓是天下第一书。因为我自己也写小说，所以我知道，小说要写得雅可以，俗更容易，但想要雅俗共赏，这就难了。西方也有很了不得的书，可又不大贴近人间，而《红楼梦》却是扎扎实实在人间的，还有寓言式的东西在里面。我觉得，现代青年学生一定要看，不要怕厚怕重。《红楼梦》有一个宏大严密的架构，它还不同于西方小说，因为这完全是戏剧。也不知道曹雪芹从小到底看了多少戏，这也难怪，他小时候家里边是有戏班子的。我看《红楼梦》的架构，觉得这是用千百个折子戏组成的一出大戏，每一个情节都是一个完全戏剧化的小折子。《红楼梦》就是一个大戏台，你方唱罢我登场。

在台大的课讲完后，出版社就把我讲的内容整理编辑出来，变成了《细说红楼梦》。其实书出来以后，我自己没有什么信心。毕竟那么多人以各种方式谈过《红楼梦》，而我只是从一个作家的角度，把它当作一本伟大的小说来解读。不过，我还是送给叶先生，想听听叶先生的看法。叶先生很高兴地写了一篇读后小言，每一句话都切中要害。我不擅长做考据，也没兴趣做，叶先生说这是"红书白说"，因为我完全用自己的话来讲，不去考据也不掉书袋。能得到老师的肯定，我非常开心。

叶先生也很喜欢我们的青春版《牡丹亭》，还专门去上海看过演出。叶先生的高徒张淑香是我们《牡丹亭》的编剧之一，她对自己的弟子参加我们的昆曲传承工作很高兴。张淑香去年又写了一个《白罗衫》，先在北京国家大剧院演。叶先生跟张淑香去看，张淑香很紧张，看叶先生点头才放心。后来，张淑香主动联系《白罗衫》到南开去演出，因为做了一些改动，在南开演得比北京更好，叶先生也非常肯定。那次演出完后，叶先生站起来做了差不多五六分钟的评论。叶先生对我们推动昆曲的传承非常支持，她知道我们在做什么。

我想叶先生跟我一样，对传统文化的没落很焦虑，想尽其所能去推动。叶先生到处去教诗词，其实不光是推动诗词普及，更是希望我们的传统文化中能够重新注入新的生命，让年轻人重新亲近我们自己的文化。我也是这个心愿。我搞了十几年的文化传承，在昆曲方面努力推动，到现在我敢讲，当初的宗旨真的达到了。近两年，我们在北京又弄了一个校园传承版的《牡丹亭》。北京的十六家大学，三四十个学生组团起来演。四个杜丽娘，三个柳梦梅，乐队也是他们自己的，吹吹打打，有模有样。我还记得十三年前，2005年，我第一次到北大，大概98%的学生不知道昆曲是什么东西。这十几年我在北大设立课程，教出几千个对昆曲有兴趣的学生来，还搞了这么一个学生戏班子，学生能自己组团唱昆曲，看到播的种子发芽了。

那些学生的热忱，那种努力，让我很感动。我一直在讲，21世纪我们一定要有文艺复兴，我从这些学生对昆曲的热情中看到了火苗。叶先生看到这些也是很高兴的。

　　从词到曲的转变，经过传奇、元曲、杂剧到昆曲，等于从诗词到戏剧，变化很大，也有很高的难度。词要幽微，曲要直白，曲更贴近民间，听不懂不行。王国维不仅写《人间词话》，还那么喜欢元曲，我想，他"白"的时候也是有种返朴的天真。曲里面的确有很多好文章，更接近白话，是另外一种诗意。曲再发展下来是传奇。传奇也是要演出来的，明朝写传奇的人，大部分是士大夫阶级。汤显祖是进士，沈璟也是进士，都是些考科举、满腹学问的，不免有一种精英趣味，所以又把昆曲提回到雅部。昆曲中当然有很多平俗的东西，毕竟是从元杂剧传承过来的，不过，以汤显祖这样的审美和要求，他写的词也是不得了的美。

昆曲，是把抒情诗那种幽微精致的意境，用歌与舞具体地表现在舞台上。昆曲不光是辞藻美，它要用水袖和唱腔显现出诗意，表演的美学水准是非常高的。我们跟西方不太一样的地方是，西方那些歌剧的词，不一定是从诗来的。而我们的昆曲的唱词念白是从诗词一路传承而来，所以，文本的文学性特别厚。我听过张继青老师清唱《牡丹亭》里杜丽娘寻梦那十七个曲牌，真是美到极点！我们中国人自己好像还没有认识到昆曲的美，不像西方的歌剧那么盛气凌人。我对昆曲完全是出于直觉的喜爱，我之所以这样推广昆曲，是它的美感动了我。我想，中国文学艺术的美是互相感应的。这几十年来我致力于推广昆曲，普及中国传统文化，可能也是当年受了诗教的影响。

叶先生最近常在讲朱彝尊的爱情词，还有关于清朝历代起伏兴亡那些词，都是充满同情的，而且还提炼出"弱德之美"这令人眼界大开的概念。在叶先生看来，吴梅村、吴伟业这些人对清朝投降，其实心中百般无奈，写出的文字满腹幽怨。叶先生这几年常讲遗民文学，王国维为什么自沉昆明湖，叶先生也写出了很长的考据文章。可能叶先生对这些孤臣孽子，内心有一种同情。叶老师不是一下子做道统批判，而是做同情的了解。我最喜欢一副对联：

天地同流，眼底群生皆赤子

千古一梦，人间几度续黄粱

这是在甘肃张掖古庙里看到的。后来我就用这个对联做《细说红楼梦》的结语。我想，唯有具备佛家的心胸才能如此悲悯，而叶先生就是有佛家心胸的。

叶先生九十岁时，受邀在这里做了一个演讲，讲杜诗。九十高龄的叶先生啊，讲了快三个小时，一首接一首，真是了不得！五十年前我听叶先生讲杜诗的情景，历历在目。我想我很幸运，在念书的时候碰到这么一位在诗教上给我启蒙这么深的老师。我虽不是叶先生正式的弟子，可叶先生对我精神上的感召是很长远的。几十年里，我跟叶先生之间精神上的联系好像一直没有断过。无论是她的词学、诗学，还是她对王国维的批评，对于阮籍的评价，我都一直在看。如今叶先生对于古诗词苦行僧式的推广，更有种儒家"知其不可为而为之"的精神。她讲学的时候，我可以深深感到那种非常入世，想要经世济民、兼济天下的宏愿。我想这也是她格外尊崇杜甫的原因。

非常感谢叶先生对我这一生的影响。有幸与叶先生结此善缘，接受到她对我精神上的感召，见证了她以一己之身诠释了儒家的"人能弘道，非道弘人"。向叶先生致敬。

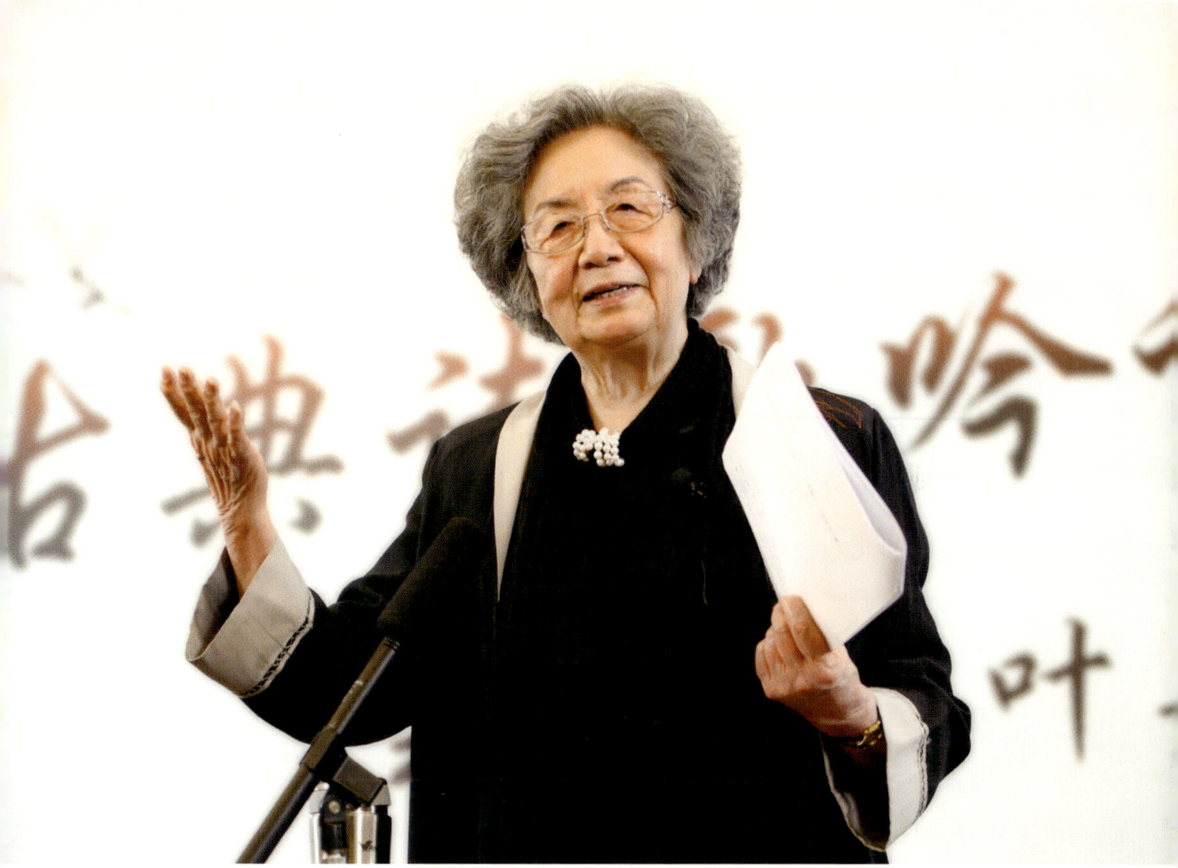

痖弦
穿裙子的士

我记得第一次见到她,是在台湾的远东电影院。那时候远东电影院常常演外国电影,当时的外国电影会在好几个电影院轮流演,从别家演完,再跑片到这里,放映时间没有那么准确,所以大家都会早些来,等电影开场。我当时看到一位女士穿着旗袍站在那儿,意暖而神寒,怎么这么清新,太美了!现在说起来有点不好意思,我就一直那么看着,我都觉得自己看得有点太多了,印象太深刻了。后来我到美国去做研究,偶然见到她,发现这正是我在电影院见到的那一位,才知道她是叶嘉莹。

我以前不认识叶嘉莹,是因为她从来不参加任何文艺活动。不过,我们新诗界的人对她的美也有所耳闻。我太太上过叶先生的课,对她的美更是歌赞崇拜。我太太说这几十年来就看到这么一个美人,像古书上走下来的一样。当时台湾文艺青年中有三大美女之说,要我说,叶嘉莹排第一,孙多慈第二,林文月第三。跟其他人比起来,嘉莹先生是美而不自知的,所以越发散出一种随和的光芒。我们也都不好意思讲:"叶嘉莹你都不知道吗?你很美!"

一任流年似水东,莲华凋处孕莲蓬。
天池若有人相待,何惧扶摇九万风。

《绝句二首》(其一)
用李义山《东下三旬苦于风土马上戏作》诗韵而反其意

乍一看，叶嘉莹是研究传统诗词的，与我们写新诗的好像没什么关系。不过，她给周梦蝶的《还魂草》写过序，这也是她唯一一次给新诗集子写序。周公一直很佩服叶先生，说叶先生的诗论好，也可以套在新诗人论新诗上面。周公本身古典文学底子就好，佛经也读得认真。他的诗虽然受古典文学的影响很大，诗里也出现了很多佛家的语汇，但他却是一个新诗人，是生机勃勃地活在爱情里边的人，诗里有不少女性诗化后的影子。叶先生自己回忆说是1965年，一个叫张健的学生跟她说周公要出诗集，想邀请叶先生写序，叶先生就答应了。她自己在这篇序中说，她对周公"忠于艺术也忠于自己的一种诗境与人格，一直有着一份爱赏与尊重之意"，也希望这篇序"不失为新旧之间破除隔阂步入合作的一种开端和首试"。

过去在台湾，新诗人和旧诗人不大来往。我们看艾略特、奥登，以前老先生写的老派诗词看不下去。这大概是因为五四运动时陈独秀、胡适他们号召白话文，专门革旧诗的命，导致矫枉过正。我们都是跟着纪弦、覃子豪这些人的作品成长起来的，认为那是最新的东西，一定要追随；把写旧诗的人贬得很低。最有意思的是，到了端午节（台湾规定的诗人节），两派诗人是不在一起吃粽子的。大家对屈原的解释定义不一样，所以你吃你的粽子，我吃我的粽子；你纪念你的屈原，我纪念我的屈原。新诗人读《离骚》，认为里边的"兮"是哈哈笑的意思，说这都是当年的白话文。老派学究当然不这么认为。后来俞大纲先生就讲，新诗旧诗是一回事，新旧诗人应该坐在一起吃粽子，不应该把屈原看成两个屈原。任何革命都是矫枉过正。矫枉过正的年代早过去了，为什么要结了仇一样老死而不相往来？

但是，大家看到叶嘉莹写的关于传统诗词曲方面的文章，就觉得帮助很大。她虽然没有解释过新诗，只给周梦蝶写过一个序言，与新诗人的来往也很少。可是你读到她的东西，就会觉得新诗人不读旧诗是不行的。想要新诗写得好，对传统诗也要非常熟悉。传统诗中的很多句法在新诗中也会出现，像郑愁予的"达达的马蹄是美丽的错误／我不是归人，是个过客……"这多像传统的小令啊！

那个时候的《幼狮文艺》凭着两个人受到欢迎，一个是俞大纲先生，一个就是叶嘉莹。叶嘉莹的理论，俞大纲的剧本（《王魁负桂英》就是在《幼狮文艺》连载）。俞老师是非常聪明通达的人，他讲课的影响力也极大——林怀民的舞蹈，蒋勋的散文，楚戈的画，还有吴美云的《汉声》杂志，都是从他那里获得启发的。那个时代真是群英满座啊！

当时我编《幼狮文艺》称得上全力以赴，就写信约叶嘉莹先生论传统诗的文章。第一篇文章是《谈诗歌的欣赏与〈人间词话〉的三种境界》，登在第 186 期上。这篇文章说，王国维的《人间词话》我们有很多的解释，各家解释都不一样，其实，这和王国维本人的想法也不一定相同。就像王国维选了三段词来说明人生的三种境界一样，已经与三首原作最初的意思相去甚远了。不过不要紧，我们是站在读者或研究者的立场，由前人所说引发自己的联想，此为诗歌创作与欣赏中的普遍作用。"自作品具体之意象中，感受到抽象的感情、感觉和思想，这是欣赏者之能事。这种由彼此之联想而在作者与读者之间构成的相互触发，形成了一种微妙的感应，而且这种感应既不必完全相同，也不必一成不变，只要作品在读者心中唤起了一种真切而深刻的感受，这就已经赋予这作品以生生不已的生命了，这也就是一切艺术作品最大的意义和价值之所在。"在内心最真切的感受中，由联想引发联想，享受彼此间一种互相触发的功能。因为古人的感触，而生发了我们的感触，感触虽有差异但却无关紧要，重要的是感触与感触之间的交锋聚会，形成一种十分美好的阅读经验。

这让我想起自己年轻时的经历。那时候真是精力旺盛，我会坐好几个小时的火车去找诗人，问他的某一首诗想表达什么。结果诗人说了大半天，我听了却很失望。诗人看到我面色不对就问怎么回事，我说我想的跟你不一样。他问那你想的是什么呢，我说我想的比你的还要丰富，就把我的想法说给他听。他听了以后说这样更好，其实他也是这样想的。所以，诗所传达的内容可变量是非常大的，最好的阅读体验就是能够彼此呼应变化，而不必拘泥原作者所想。我因为你而获得新的意义，这种交融、碰撞、呼应更有意义。这就是叶嘉莹带给我们的启发。

叶嘉莹的第二篇稿子，是《对〈人间词话〉中境界一词之义界的探讨》，在《幼狮文艺》第243期中。她对王静安所使用的"境界"一词进行了界定。她指出，如果读者没有清楚地理解和辨别什么是"境界"的话，就会发生混淆和误解。"《人间词话》中所标举的'境界'，其含义乃是说凡作者把自己所感知之'境界'，在作品中作鲜明真切的表现，使读者也可得到同样鲜明真切之感受者，如此才是'有境界'的作品。"那时候是晚清，王静安他们刚刚开始接触西方的东西，在《人间词话》本身也对"境界"一词进行了界定，而叶先生这篇文章在此基础上把"境界"一词的概念进一步做了澄清和探讨。

第三篇稿子，是《略谈李义山的诗》，在《幼狮文艺》第192期。那篇文章也写得极好。李义山是个有名的"麻烦人"，他的诗以晦涩难解著称。叶嘉莹先生说，了解一首诗有三个方式：第一，通过诗人本身的生平来了解；第二，通过诗人与朋友的书函往来、相互唱和来了解；第三，对于前两个材料都很少的时候，只能从作品本身来了解。比如对于杜甫的诗，我们可以从他的生平来映照他诗中的家国之思，也可以根据他写与李白之间的往来获得蛛丝马迹。可李商隐不同，他的诗就像谜语，谁也不知道他在说什么。他的诗题对诗本身也没有任何帮助，像《锦瑟》，这就是第一句诗开头的两个字。叶先生说，她读李义山的诗，常有一种无可奈何的感觉，那种充满了哀伤的字句，真的不晓得如何解释。李商隐把他自己的不幸加以艺术化，进而获得美感体验。可以说，他享受那个不幸，把玩那个不幸，他是自己给自己找麻烦那个人。叶先生说，李商隐虽然是迷失的、病态的、残缺的、悲哀的、痛苦的、绝望的，但他自有他的魅力。她研究李义山下过很大的功夫。有时候我在想，她那么喜欢研究李商隐，是不是跟她一生经历的种种坎坷有关联。苦难使她对于不幸的精神世界，能够更多地去体察和了解。当年她的先生因莫须有的"思想问题"被关了起来，她一个人带着那么小的孩子，寄居在亲戚的客厅里打地铺，不知受了多少委屈。后来她在治学上爆发出如此之大的能量，就好像哀兵必胜一样，可以说是从苦难中获得了力量，令人肃然起敬。叶先生虽然看起来柔弱秀美，但她的性格特别强，我形容她是"穿裙子的士"。以儒家的标准来说，士是威武不能屈，贫贱不能移，富贵不能淫，她都做到了。她说每一个人都有自己的李义山，每一个人的李义山都不一样。从李义山的喃喃自语里，她让我们看到了一种别样的凄美。而李义山恰是写新诗的朋友最崇拜的。当别人攻击我们说：你们的新诗简直看不懂！我们就说：李义山呢？你看得懂？我们就是李义山的复活，我们就是那批人，就是把自己的不幸用文字提炼并自我赏玩的那批人。所以，李义山迷歌式的表现方法，最使得新诗人心折。

就这样，叶嘉莹在《幼狮文艺》的三篇文章，使得新诗人跟旧诗人开始在一个桌子上吃粽子了。如今台湾新旧诗人能够彼此往来，都是因为受了叶嘉莹先生的影响，也是因为俞大纲先生的建议——"你多登一些叶嘉莹的文章吧！慢慢写新诗的诗人也会喜欢她的。"事实证明，果然如此！后来，我觉得光在《幼狮文艺》上开专栏刊登她的文章还不够，我与梅新又办了个杂志叫《诗学》。《诗学》把关于新诗旧诗的讨论和创作通通囊括其中了。可以说，叶嘉莹先生对台湾文坛的贡献很大，我一个新诗诗人邀请她写专栏她没有拒绝，一些演讲的邀约也不会拒绝。她一方面很勇健，面对苦难穷且益坚；另一方面她也很随和，非常与人为善。如今，她选择回到大陆，留在南开大学，对整个华人界了解传统诗词依然发挥着巨大的作用。我想这就是她一直以来的心愿吧，传承文学之道。

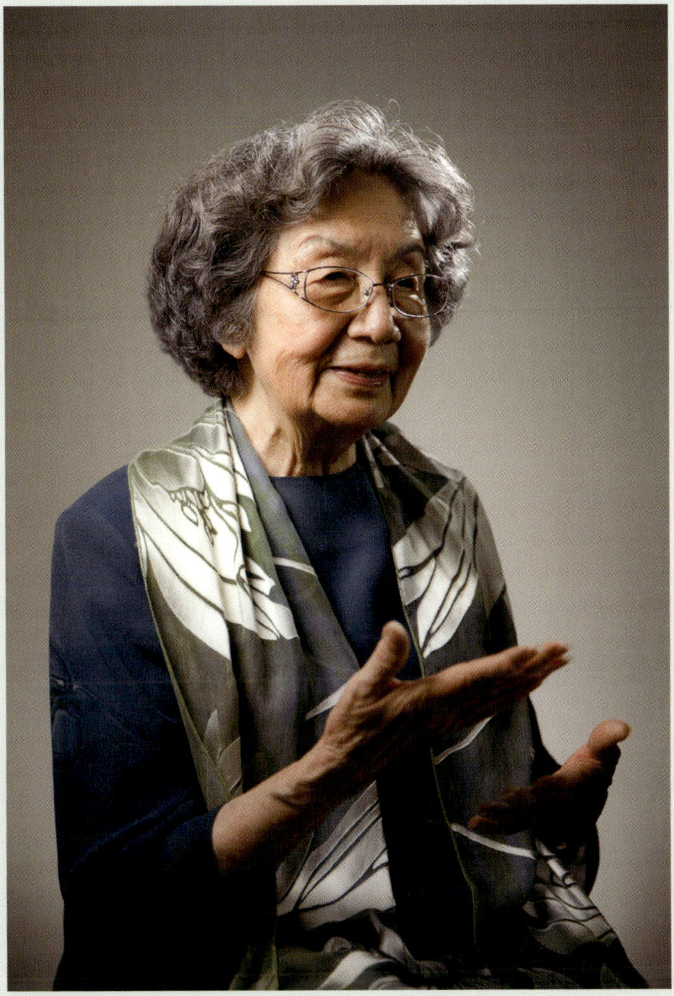

陈小玲
她就是诗词的字典

我还是学生的时候，在艺专念书的第二年，被教育电视台邀请去演广播剧。大概那个年代每个人都在听广播剧。有一天晚上，我们坐在外面等录音时，突然之间我听到一阵好美妙的音乐，是中国的国乐，一个女声在讲解一首诗。我越听越觉得有意思，后来才知道是叶老师在讲《古诗十九首》。这之后我常常会去那个广播电台收听叶老师的节目。很可惜，当时我们的录音设备不齐全，想收集这些节目时，也收集不到太多。大多时候只能纯粹地欣赏感受。

大概两三年以后，我毕了业并考进教育电视台当导播。电视台要开各种教学课程。开到国文课的时候，他们说请叶嘉莹叶老师来好不好？我说好。那是我和叶老师的第一次合作。那个时候，电视台比较简陋，没有办法像现在一样做出很好的效果。因为叶老师人长得好看，声音又很好听，所以我们就问她，可不可以化点妆？她说不好吧，我们说不化妆的话会反光。她说，那好，我就扑一点粉。那个时候流行所谓的 Omega（欧米嘉）发型，再弄个围巾什么的，叶老师每次都是梳好了来的。那个节目很多人喜欢听，特别是李清照的词，叶老师讲解得很动听，就像说故事一样，每篇都有动听的故事。那时候她的收视率非常高，酬劳却非常的少。

我觉得最好听的是，她可以从一篇讲到十几篇，把它们串联起来。讲到"千里共婵娟"，她可以再讲十几首诗词，婵娟、月亮、玉兔，全部可以集中在一起讲，这个讲解方式是最引人入胜的。我一直觉得，她就是诗词的字典。那个时候没有所谓的粉丝团，但也有不少收看这个节目的人会跑到我们电视台楼下，等着要见她。有人问他们要找谁？他们就说我们要找李清照。当时都是现场直播，叶先生讲得滔滔不绝，一点都不紧张。其实真正说起来，她是当时最受欢迎的空中教学老师。这已经是五六十年前的事情了，后来她到了台大，到了美国教书，我们就有一段时间没怎么联系了。

后来我丈夫陈山木到加拿大念书。没想到他在加拿大过第一个圣诞节时，打电话来说，你猜我在哪里，我在叶老师家。我说哪个叶老师？他说是叶嘉莹老师，你认不认识啊？我说，当然认识，怎么不认识？这真的是缘分，两年后我和叶老师也在加拿大重聚了。很奇怪，我跟叶老师感觉好像亲人一样，特别亲。

叶老师对电影的兴趣非常广泛，我们常和叶老师一起看电影。早年陈山木和我参与筹办了几次温哥华的中文电影节。我们会早早就选好片子，然后买套票，与老师一起欣赏。叶老师比较喜欢看老电影，大概是1982年吧，我们跟她看了一部老电影，是费里尼的《罗马》。散场后她和陈山木讨论了将近一个钟头。她可以什么都不做，但是会看电影。她吃得也挺简单、挺健康的。据我晓得，她每天中午就是一个苹果、一根胡萝卜、芹菜，有时候是一个三明治。每天都一样，从来不变。

我觉得我挺幸运的，十几岁的时候听到她的声音就很喜欢，后来跟她合作，制作了那个国文节目，再后来居然在加拿大这么远的地方又碰到她。那个时候陈山木在写他的论文，我女儿还有我爸爸都来了，我没有在外工作，就帮叶老师打字和校对她的文稿。虽然没有继续听她的课，但其实一直在受教，真的很幸运。

柯庆明
要了解她，就去读她的诗词

　　叶嘉莹老师之所以诗词讲得精彩，我想很重要的一个原因，就是她自己的诗、词、曲都写得很好。她当年被台大请来教书，不是通过论文申请的，而是戴君仁先生把她的作品拿给台静农先生看，台先生觉得非常好，当场就决定请她。台大中文系的诗选课、词选课、历代文选课都要求学生提交个人习作，所以，一定得是能真正写得好的人才可以教。台先生后来跟我们讲，叶老师来了以后，他发现叶老师不但自己写得好，而且讲得也那么好。文学是一定要有生命主体的介入才会真正精彩。所以我一直认为，读叶老师的诗词，是了解她的最好途径。一个人的生命境界必定会在作品中流露出来。我想至少可以选择她的三个作品来与大家分享，这其中就暗示或是预示了她将来的可能性。

《秋蝶》

几度惊飞欲起难，晚风翻怯舞衣单。
三秋一觉庄生梦，满地新霜月乍寒。

这是叶老师十五岁的作品，写于 1939 年。我们在读她作品的时候，也要注意年代。1939 年，抗战已经开始了。这首诗的题目叫《秋蝶》，秋天的蝴蝶。在中国传统文化的意象里，蝴蝶不但是春天的象征，与恋爱也是有关系的。另外一方面，受到庄子的影响，庄生晓梦迷蝴蝶，所以蝴蝶也与美好而短暂的人生有关。叶老师不是写春天，却用了庄周梦蝶的典故。她写"几度惊飞欲起难"，蝴蝶受到惊吓，想要飞起来，可是飞不起来。为什么？这里面投射了整个时代、环境、家庭的压力。叶老师这个时候是在家里念书，因为女孩子要大门不出二门不迈。然后她写"晚风翻怯舞衣单"，已经是到了天要黑的时候，秋天的晚风吹来，蝴蝶飞起来了，很漂亮的蝴蝶花纹就像跳舞的衣服，可是这个舞衣很单薄，而且风把蝴蝶吹得翻来覆去，隐隐透出恐惧和胆怯。她非常想要飞起来，却自己做不得主。然后，"三秋一觉庄生梦"，秋天过完，蝴蝶的生命就结束了，庄周的蝴蝶梦醒了，由蝴蝶就变回人身了。然后，最重要的是结尾那一句，她怎么结束这首诗呢？"满地新霜月乍寒"。李白《静夜思》看到月光说"疑似地上霜"，叶老师这句告诉我们，她没有疑惑了，满地都是新结的霜。这时候月亮的状态不是"明月光"而是"月乍寒"，月亮变成好冷好冷。一个年轻的生命想要跃跃欲试，却被秋风恐吓，被霜雪笼罩，感到很寒冷，很无助。这首诗她似乎没有一句话谈自己，但这不正是透过蝴蝶的意象在探索自己的人生吗？再进一步，这是不是那个时代所有人的人生呢？身处战乱当中，谁能保证还有明天？叶老师看到秋天濒死的蝴蝶，很敏感地写出了这些体会。

《纪梦》

峭壁千帆傍水涯，空堂阒寂见群葩。
不须浇灌偏能活，一朵仙人掌上花。

这是叶老师在 1992 年写的一首诗，已经是比较后期的作品了。我觉得，每一个人的梦都反映了人格深处、潜意识的某些东西。这首诗中记录的梦是很特别的。第一句说"峭壁千帆傍水涯"，峭壁对我们生活在台湾的人很容易理解，东海岸的那个峭壁很直观了，可是峭壁底下是什么呢？峭壁的下面竟然是千帆！历代不少人画过《前后赤壁赋》，像张大千、溥儒，他们都是在峭壁之下画上一叶孤舟。但是在叶老师的梦里不是孤舟，而是千帆，气势多么庞大！古人云"过尽千帆皆不是"，现在是"过尽千帆皆是"！你可以看到她梦中那样豪壮辽阔、流通涌动的一种境界。她接下来写"空堂阒寂见群葩"。阮籍的八十二首咏怀诗中，有一首开头四句是：独坐空堂上，谁可与欢者。出门临永路，不见行车马。空空荡荡的房间，没有人；走出房间来到马路上，也找不到人。整个世界突然一个人也不见了。这就是"空堂阒寂"，房子很大，没有人也没有声响，会让人觉得恐怖荒凉。可是叶老师下面三个字是笔锋一转，她看到了什么？"见群葩"，她突然看到很多奇异美丽的花。本来是个噩梦，忽然转成了一种喜悦、被祝福的体验。诗的最后的两句是，"不须浇灌偏能活，一朵仙人掌上花"，这个花不需要去浇水，却还能活得很好。这个背后反映了什么？是不是一种强大的生命力量？我忽然想起白先勇说叶老师九十几岁了还说"我还要继续努力"，这就是不须别人浇灌，可是偏能活得很好。仙人掌就是不必怎么浇水，可是照样能开花，这就是"一朵仙人掌上花"。不仅是指仙人掌这种具体植物的花，更是仙界有灵性的花——在仙人的手掌之上，被格外眷顾。在中国，最早"仙人掌"的概念，是源于汉武帝所铸的金铜仙人，仙人手托盛露盘，立于建章宫外。李贺后来还写过《金铜仙人辞汉歌》，就是以此为引子借古讽今。我们也可以理解成，没有人间的浇灌，却接受到上天赐予的甘露。我们做学生的也都觉得叶老师真是一朵仙人掌上花。这首诗让我感觉到，叶老师一方面很早就对生命、对时代有极深的体验与感受，另一方面对自己的存在始终有一种坚持和信仰，无论环境多么恶劣，还是要绽放生命美丽的花朵。

《踏莎行》

一世多艰，寸心如水，也曾局囿深杯里。
炎天流火劫烧余，藐姑初识真仙子。
谷内青松，苍然若此。历尽冰霜偏未死。
一朝鲲化欲鹏飞，天风吹动狂波起。

这是首非常有意思的词，在1980年的春天写的。叶老师在一次聚会中，遇到一位女士能用姓名来替人家相命。这位女士告诉她，"叶嘉莹"这个名字"五行得水为最多"，"既可如杯水之含敛静止，亦一世多艰，寸心如水，也曾局囿深杯里。炎天流火劫烧余，藐姑初识真仙子。

谷内青松，苍然若此。历尽冰霜偏未死。一朝鲲化欲鹏飞，天风吹动狂波起。

《踏莎行》

可如江海之汹涌澎湃"，所以她就"戏为此词，聊以自嘲云耳"。叶老师以这件事自我调侃，其实这两个状态她人生都经历过：她曾经非常受压抑，非常弱小的时候被困在一个小杯子里，但在课堂上，她就像江海一样壮阔澎湃。

"一世多艰，寸心如水"，叶老师一辈子遇到各种艰难，她被关过监狱，经历过失业、流离，然后甚至要带着小小的女儿寄人篱下，怕吵了人家午睡，白天只能到外面去，这些事情她都经历过。但外在环境无论怎么样，心就像水一样，虽然只有一寸，虽然也曾经被困在深杯里动也不能动，但始终存在。然后她接下来说，"炎天流火劫烧余"，天地间突然起了大火。佛教中有"劫烧"一说，到了世界要毁灭的时候，就会燃起熊熊大火，把世间的一切通通烧毁，重新再来。接下来，"藐姑初识真仙子"，"藐姑"就是"藐姑射"的简称，这是《庄子》中最高境界的神人所居住的地方。神人不需要把自己钉在十字架，神人存在的本身就能影响到周边的人，然后就恢复原来的宇宙的和谐。在动乱的时候，大家都昏头了，而那个不昏头的人，她的静、她的安、她的定就会影响周边的人。老子说"化而欲作，吾将镇之以无名之朴"，这就是"镇之以静"，这是真仙子。为什么有这样的能量？因为"寸心如水"。心如止水，就能够把漫天的火焰平息下来。

"谷内青松，苍然若此"，山谷虽然很深很低，松树还是会从谷底长出来，而且四季常青。"历尽冰霜偏未死"，严寒霜雪都不会影响青松的苍翠，就像孔子说的，"岁寒然后知松柏之后凋也"，这代表着一种顽强的生命力。这当然是形而上的比喻，生机、天机永远在那里。最后落在"一朝鲲化欲鹏飞，天风吹动狂波起"，又回到庄子典故。叶老师的诗词创作受到庄子的很多影响。《庄子·逍遥游》的第一句话就是：北冥有鱼，其名为鲲……化而为鸟，其名为鹏。这个很有意思，为什么鱼可以变成鸟？鱼代表了潜藏最深的东西，也可以用潜意识来理解，或者说是最内在的本性，从这最内在的本性，你就可以获得力量，打开一个没有限制的外在世界，天高任鸟飞，这时候就变成鹏。鹏的翅膀若垂天之云，飞起来后，水击三百里，由北冥飞到南冥，跨越整个宇宙，引得天风吹动，水狂波起。同样是水，可以是寸心如水，永远保持那一点永恒不灭的宇宙精神，一旦遇到适当的时机，这一点精神，会对世间产生无限的影响。我想，这就是叶老师对于诗词的信仰吧。

从这三个作品，我们可以一窥叶先生的精神意境，以及为什么身处时代变局当中她能始终保有一种强大的真定力量，可以持续发挥她在研究教学方面的影响力。

我们以前会开玩笑说，叶老师简直是诗词的传教士！因为她认为，真正值得一读的好诗词，都从生命里出来，是一个真诚且深刻的生命在面对人生各种情境时的思考和感悟。这里是有道的。那么多精彩的灵魂，把他们心里最深层的信仰、最博大的关怀，保留在诗词里头。他们用文字巧妙营造了各种情境与意象，让我们不但能够从观念上理解，更可以重新感受他们的心境，进入一个真诚有情的世界。

叶老师有趣的地方是，她虽然讲的是中国诗，但她可以旁征博引。举个例子，我开始注意到《鲁拜集》就是因为她在课堂上引用过，里面有一句"来如流水去似风"，人生短暂得像这个样子，但还是有意义，还要有所坚持。她甚至有时候会用自己家里的例子来跟我们讲。比如，如果她要逼女儿做什么事，可是女儿又不敢正面说"我不要"，因为直接说母女可能就要杠上了。这时候她的女儿就会说"人家不要嘛"，语气就软了很多，但意思是一样的。叶老师会用这个例子来帮助我们理解诗歌里为什么有时候好像是在讲别的东西，但是其实是在替自己发声。

席慕蓉
所谓诗教

能陪叶老师去叶赫水寻根，是很奇妙的缘分。这要感谢我的朋友汪其楣教授，她是叶老师在台大的学生。2002年春天，叶老师来台湾讲学，汪其楣把她的一篇论文给叶老师看，文中比较了我的诗与少数民族诗人瓦历斯·诺干的诗。她知道我一直都非常仰慕叶老师，就叫我送一本我的书过去。叶老师收到书后，便约我在台北的福华饭店一聚。

没想到叶老师见我的第一句话就是："我也是蒙古人。"我从来不知道自己与叶老师还是同族，以前从未见她在任何作品里提过自己的族姓叶赫那拉。她告诉我说，自己十一岁的时候第一次听到伯父说起，她们家虽然是旗人，但不是满族，而是蒙古族。历史上以"那拉"为姓氏的有四个部落：辉发那拉、乌拉那拉、哈达那拉，还有叶赫那拉，统称扈伦四部。其他三个那拉都是海西女真人，只有叶赫这一族是蒙古人，本属于土默特部。后来，土默特部占领了那拉的地方，于是就也以那拉为姓了，又因住在叶赫水畔，便称叶赫那拉。

原来当年那个十一岁的女孩子心里一直惦念着叶赫水，直到她快八十岁。我当时便提议请朋友帮忙寻找。当天晚上我就打电话给我的朋友、内蒙古作家鲍尔吉·原野。原野先生找到他的朋友、《沈阳日报》记者关捷先生。大概三个多月后，关捷告诉我们，叶赫水还在，位于吉林省梨树县叶赫镇。不但地名在，那条河也还在流着。我跟叶老师说了以后，叶老师非常高兴。于是，在那一年的秋天，我就陪着叶老师一起去叶赫寻根了。

行程中有件事情很有意思。叶赫古城的遗址是一片高出来的土堆，大家都想尽可能照顾好叶老师，让她少走路避免劳累，然后就有个热心人先跑上去探路，他看了看，回头说："叶老师您不用上来了，上面什么都没有，就是片玉米地。"叶老师觉得，既然到了，还是要到这个旧城的土地上站一站。她还是继续往上走。朋友们都很体贴，脚步都放缓下来，让叶老师一个人静静地站在那里。秋天了，叶子

都干了,成片红玉米挂在那里,紫红的穗子垂下来。那时候日已西斜,天色暗淡,玉米被风刮出阵阵响声。叶老师站在那里看了一会儿,转过头来对我说:"这不就是《诗经·黍离》中描绘的景象吗?彼黍离离,彼稷之苗。行迈靡靡,中心摇摇。知我者,谓我心忧;不知我者,谓我何求。悠悠苍天,此何人哉?我现在的心情和诗里说的一模一样。"那时候我就在想,幸好叶老师没有听从那位好心朋友的建议。她感谢别人的好意,可还是自己走了上去——她找到了三千年以前特别为她写的这首诗。

　　土地是有灵的。叶老师在她故乡的土地上,感受跟我们是不一样的。她站在那里,跟三千年以前那个离乡背井、多少年之后重新再回到故土的生命叠合在了一起。原来,诗可以是这样的,不只是文字,更是生命。叶先生用她自己的生命,用她一生的坎坷、一

生的坚持来向我们证明，你可以在一座什么都没有了的平台上遇见三千年前的一首诗。

　　后来我听说叶先生整理了叶赫那拉的家族史，理清了自己家族怎样从蒙古出来，然后随清人入关，又怎么样被清洗，在离乱中，最后族群名字也改了，是很悲伤的。不过叶老师的这一支却世代绵延下来，并且告诉了子孙自己是土默特部的蒙古人。叶老师说，她小时候家里过年拜祖先，会先往东北方三跪九叩，然后才往西北方三跪九叩。因为东北方是叶赫那拉族群的所在地，西北方是属于土默特原来的部族所在地，在她的家庭里，身世已经与祭祀习惯融合在一起了。或许有人讲，现在这个世界不要分割得那么小，应该"世界大同"，只要知道自己是中国人就可以了。可是，每个具体族群的记忆，都含着一种珍贵的文化，这恰恰是历史上最重要的，小的分隔里面蕴藏着文化的不同，这才是文化真正的生命。如果文化丧失掉多元化，那文化也就死亡了。如果全世界的文化只有一种，那么这个世界其实是很可怕的。

七十八岁的叶老师,是他们家族第一位回到叶赫水旁的人。过了三年,叶老师跟我说,还想再去看一下蒙古高原。往东北方走,就是最美的呼伦贝尔了,我就问叶老师要不要去。叶老师说好。就这样,2005年9月,我们又出发了。

我们9月16日启程,18日到海拉尔,中间的两个晚上我们住在北京。

那天我们住的是东四十条的保利大厦,我每次回老家都住这里,时间久了就比较熟悉周围环境。旁边有一个小小的百货公司,里面有我每次去都想买的内蒙古酸奶冰棒,是伊利的。那天是阴历八月十四,月亮已经很圆了。我跟老师和她的学生陈怡真吃完饭一起散步。我忽然心血来潮,问:"叶老师您要不要吃冰棒?"没想到叶老师说好啊。我很高兴,赶快去买。我们三个人就一人拿着一根乳白色的酸奶冰棒,站在保利大厦旁边的人行道上,看着行道树后面的月亮慢慢吃完。好像是一群女学生放学后的感觉,很美好。

在呼伦贝尔的海拉尔,叶老师口占的第一首绝句是:

余年老去始能狂,一世飘零敢自伤。

已是故家平毁后,却来万里觅原乡。

"余年老去始能狂",这个"狂"里面有一种很自豪的感觉。我觉得叶老师的一生都是在一个被控制、甚至是被压抑的环境里,突然写出"余年老去始能狂",形成巨大的张力,实在是太美了。

在蒙古高原的东北端,我们往东上了大兴安岭,往西去了巴尔虎草原,叶老师都是一步一步自己走上去的,当年十一岁的"小荷

子"，过了七十年，依然带着勇气和热情回到原乡，而且如此坚定执着，没有任何犹疑与畏惧。

到了大兴安岭，我先感冒了。我跟陈怡真住一个房间，我传染给了她。叶老师在她的行囊里带了药品，我们什么都没带，所以整个旅程都是叶老师供应我们医疗的药品。然后她毫发无伤，走来走去，每走到一个风景特别好的地方，就给我们讲一首古诗词。比如说我们走在大兴安岭，巨树的故乡，看到细瘦的树木也在森林里长出来了，好像是白桦树。旁边有人在烧野草，一点细细的烟从树上飘出来，真是"平林漠漠烟如织"，也真是"寒山一带伤心碧"。我们跟着叶

老师那几天，等于上了好几堂有真实插图的诗词课。

在巴尔虎草原，时间刚好是中秋过后几天，草原上的太阳跟月亮同时出现在清晨的天空，遥遥相对。叶老师一个人往草原深处走过去，再慢慢走回来，然后就有了一首绝句：

> 右瞻皓月左朝阳，一片秋原入莽苍。
> 伫立中区还四望，天穹低处尽吾乡。

叶老师跟我说，她在北京的家没了，可是到了蒙古高原，天穹低处尽吾乡，突然之间人就打开了。

几年以后，我去天津为叶老师庆祝九十岁生日，南开大学的老

师和我说："席老师，我们要颁你一个最佳勇气奖。居然敢陪八十一岁的叶老师上大兴安岭！"是啊，那一年叶老师已经八十一岁了。出行前大家心里其实都有一些担忧，可是没有人敢劝阻。叶老师是他们家里唯一一个在一百年，甚至是三百年里回到土默特蒙古高原的族人。所以，最佳勇气奖应该是给叶老师本人。

其实，叶老师的一生，我想就算是男子汉也未必承受得了。有人因为经过那样的苦难，脾气完全变了，随之是对人生彻底绝望。所以，我认为生命最深处的本质里面没有雌雄之分，叶老师正是这样的最好榜样。我们喜欢分男性、女性，阳刚的、阴柔的……其实一个完整的生命，应是二者兼具的。叶老师以自己的生命践行了她在词学中的创见——"弱德之美"，那是一种阴柔的、幽微的情绪；但是当叶老师讲辛弃疾的时候，你会觉得好像辛弃疾本人来了！

2009年12月，我听了叶老师在台湾"中央大学"讲辛弃疾，题目是《百炼钢中绕指柔》。本来是讲辛弃疾的十首《水龙吟》，结果只讲了两首，但也是不得了的两首。一首是辛弃疾比较年轻时，刚刚到了南方写的；另外一首是几乎过了二十年，被朝廷怀疑放黜了多年以后所写的。

我印象中叶老师的衣服都很讲究，很好看。叶老师那天穿的是深绿色的洋装长衣裙，前襟挂了一小朵紫红色的蝴蝶兰。我记得汪其楣说，叶老师七十岁的时候，学校里的学生称呼她古稀美人，2009年叶老师已经八十多岁了，依然是美人的感觉。叶老师当时很端丽地站在台前，我们看到的她是一个美丽的女子，但是叶老师讲辛弃疾的时候就不一样了。就像我前面说的，她一开始讲辛弃疾，我就觉得是辛弃疾本尊来了。叶老师讲他年轻时的抱负，他的种种急切心情，他希望重新收复失土的感觉……到过了二十年以后，他心里的一种悲伤和颓废。

叶老师在讲《水龙吟》的时候，有十二个字，是"千古兴亡，百年悲笑，一时登览"。我觉得好像所有历史或是辛弃疾的一生都在这十二个字里了。最后叶老师讲到一句"系斜阳缆"，我旁边坐的刚好也是一位文学界的好朋友，我们两个人一起都好像吸了一口气——"系斜阳缆"。没有比这四个字更能说出辛弃疾作为一个老英雄的无可奈何了。不全是悲伤，是完全明白却无可奈何的失望，所以"系斜阳缆"。我记得自己还在这四个字里面翻来覆去地回味感觉时，演讲已经结束了。我坐在前面第一排，抬起头一看，看到的是叶老师的背影，一身绿色的长裙洋装，慢慢走到后面那一排座位，正准备转过身来坐下。我刚才看到的辛弃疾本尊已经从叶老师身上缓缓离去。好像辛弃疾透过叶老师，把他一生的悲欢都说出来了，到最后无可奈何地用一句"系斜阳缆"来终结自己的一生。这四个字极妙，虽然是斜阳，还有一点点温暖的自我疗愈的感觉。

　　我听叶老师的学生说，叶老师讲杜甫就是杜甫，讲李白就是李白，讲辛弃疾就是辛弃疾。我是真的感到辛弃疾来了！在一个半钟头的演讲里，以前我从中学、大学国文课本所读到的那个让我完全没感受的辛弃疾，变成一个真正有血有肉的人站在我面前自白。听叶老师的演讲，我少年时代的国文课不单是复活了，而且真的有了生命。也许就是这样，我们必须要在年轻时候读那些要考试的课文，这个初读是平淡苍白的；我们也不能怪当时的老师，因为我们自己本身也还不够资格来接受辛弃疾或者李白、杜甫。是要隔了几十年，这么幸运地遇到叶老师，让我们可以重读。叶老师的演讲就像为辛弃疾招魂一般，让我们与诗人本身的生命重叠到了一起。

叶老师讲王国维也让我记忆犹新。那是 2009 年 2 月,王国维《人间词话》问世百年,叶老师演讲的主题是"谈词的境界"。我记得那天晚上,叶老师穿一件灰蓝色的长裙,围着一条蓝色有点暗花的丝质围巾。那天洪建全基金会的演讲厅灯光不亮,但叶老师本身是亮的,她在演讲时就像一个发光体。我既兴奋又欢喜,同时还有一些忧伤。我自己也想不明白为什么。

那天叶老师讲到人对自己的"要眇宜修"。她的解释是,"要眇"是说生命中本身是一个很幽微的精微体,"宜修"是说你必须要注意自身的修饰。这个修饰不是表面的修饰,主要是内在的美感质量。不晓得为什么,叶先生讲"要眇宜修"的时候,我觉得蛮悲伤的。后来我自己慢慢才想明白,叶老师那个时候年龄已经过了八十岁,可是她生命那幽微的、精致的美感好像没有变老。这么美好的精神,在内心深处储存了这么久的美好质量,这些都靠文学留了下来。而文学本身,会带给我一种悲伤的感觉。我多想更靠近叶老师,可是我不敢。这不是因为我们之间的年龄、身份的差异,或者是叶老师让人觉得高不可攀,而是我从没有见过有这么美好质量的生命。

叶老师的生命不只是一个人的物质生命,而是文学的生命。她把所有她所读到的,她所感受到的,经过了她的领会,再慢慢地传到我们的心里来。通过她的生命,她把无数在历史里难得的、有幽微质量生命的作品留下来,然后传递给我们,希望我们能够记得。

我后来问汪其楣:"我好久没有这样感动了,是不是因为叶老师的美好,让我们有这样的感动?"汪其楣说:"叶老师是这个世间不可多得的、真正的能够让我们感动的老师。"后来我想，所谓诗教，可以是一般的小学开始的"诗教"，也可以是一个人在一生里突然间遇到那么一位老师的诗教。我不敢靠近，是因为我觉得我在叶老师面前只是一个小学生。

2016年，我在南开大学又听了叶老师一次演讲《从花间集谈起》，结果在台前哭得一塌糊涂。叶老师还讲到欧阳修的一首《蝶恋花》，里面那个女子采荷的时候往水面一看，自己的脸跟荷花好像一起争艳。叶老师说"照影摘花花似面，芳心只共丝争乱"，这句是神来之笔，因为"人不是只有表面的美，还有芳心只共丝争乱。在采荷女看来，内心那美好的一切，包括她的向往、她的渴望、她的本质，都是美好的，可是谁能够知道，谁能够接受？这个接受，是指别人能够了解你的本质"。然后叶老师又说了一句话，"有时候，一个人一生都未必能有机会知道和认识自己的美好。"我听到这句话之后，眼泪一直流。

叶老师的话让我想到，人的一辈子是非常艰辛的，光是出生、活下来已经很不容易了；还要被别人影响，承受别人对你的误解，对你的压抑；然后还会产生自我怀疑、不了解什么是真正的自己，这更是种种煎熬。那么珍贵的生命，就在蒙昧痛苦中蹉跎而过。我记得和叶老师在蒙古高原上看到的每一种生灵都那么美。不只有人，鹿也长得那么美，马也是那么好看，所有的森林都跟大自然之间有一种很可贵的联系，生命本身这么珍贵！叶老师说的太对了，我们很多人一辈子都没有机会看到自己、察觉到自己的美好。

有一件事情，我觉得也许我可以真的得到"最佳勇气奖"——我拍过一张叶老师"不那么老师"的照片！

那时候我们刚好从巴尔虎草原回来，鄂温克的朋友乔伟光先生叫司机把车开到河边，让我们休息一下。其实我们蒙古人对野餐是很向往的，甚至我们在家里有时候也会在地上铺一块小毯子，坐在地上野餐——所以到了外面绝对会准备一个小小的毯子。我记得乔伟光先生铺了个毯子，然后问我要不要喝水，我就坐下来跟他背靠背喝水，这时候叶老师走过来说"我也要"。我感到叶老师觉得我那样很舒服，所以赶快起身让她来坐。叶老师也坐下来和乔先生背靠背地喝水。我很高兴地把那一幕拍了下来。

这张照片原来我不太敢公开，担心叶老师会不高兴。结果有一次去南开演讲，我问叶老师可不可以公开，叶老师说："我从来没有这样在外面旅行，我所有相片都是在讲台后面，太没有意思了。这张照片，你跟张静老师说，以后放在她替我整理的照片集里吧。"我又想起了叶老师的那一句诗"余年老去始能狂"。因为一世飘零，所以在余年老去的时候，忽然觉得在这个世界上，其实我们还可以做任何我们想要做的事。

虽然从年龄上看，叶老师是我们的老师辈，我们要尊称她先生，但是我觉得，在叶老师的生命里面，她是不老的。她永远有一个刚强和阴柔叠合在一起的生命，才能"余年老去始能狂"，才可以让她在八十一岁的时候上了大兴安岭，也可以让她在看到一张不那么常规的照片时说"我喜欢，我也要"。

叶老师的赤子之心没有随着年龄改变而改变。她的生命力永远充满了热情,永远不会老去,她的生命与她的诗不仅仅是叠合,更是融合在一起的。我想,她就是诗魂。

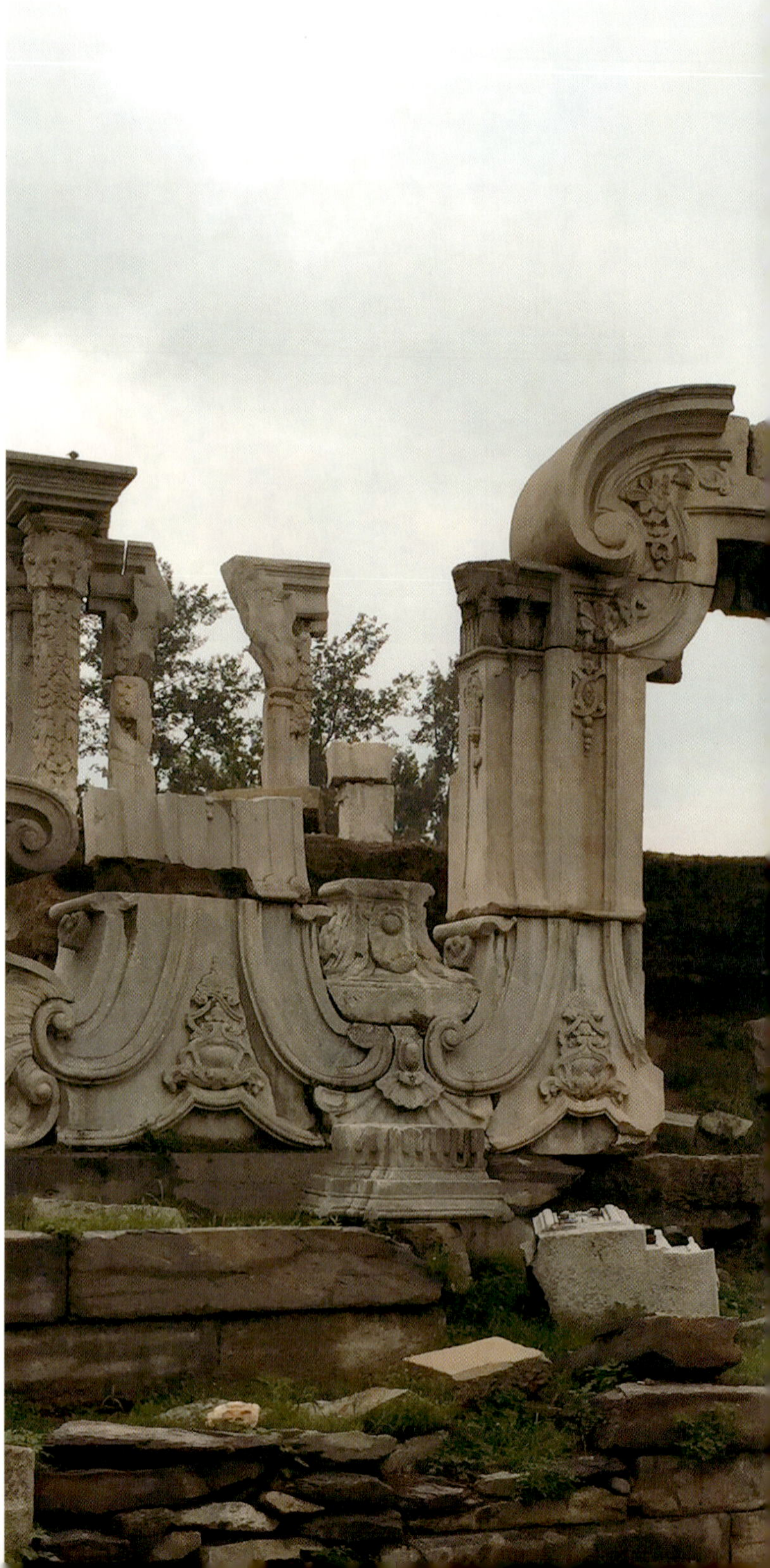

贰

逃禅不借隐为名

尽夜狂风撼大城,悲笳哀角不堪听。
晴明半日寒仍劲,灯火深宵夜有情。
入世已拼愁似海,逃禅不借隐为名。
伐茅盖顶他年事,生计如斯总未更。

《冬日杂诗》(其三) 1944

要说平生对我影响很大的人，那一定有我的老师顾随先生。

1941年，我考上辅仁大学中文系，从大学二年级开始听顾先生的课。顾先生虽然教的是旧诗，可他是英文系毕业的，看过很多书，讲课时的发挥上天入地，不受传统规矩的限制，非常有意思。他不但在辅仁大学教诗选，在中国大学还教词选，我两边的课都去听。虽然我很早就作诗，可对于诗的欣赏、评论，还没有打开眼界。是顾随先生的课帮我打开了眼界，我就像一只被关在房间里的蜜蜂，忽然间门打开就飞出去了。

顾随先生教我们的时候不过四五十岁，但他从来都是穿中国式长袍，再加上身体不好，所以显得很老的样子。顾先生的授课方式，我在很多文章里都写过。他是中等的声音，并不是很大，不过我们教室就是恭王府小院子里那些房间，都可以听到他讲课的声音。顾先生上课从来没有讲义，可能会写几个字在那里，与诗完全无关，然后就由此发挥，也从来不限制哪一首诗，完全就是随地发挥，见物起兴。他一边讲课，一边写黑板，从这一头写到那一头，然后有

顾随先生在大学宿舍书房

学生帮他擦了黑板，他再回来从这头写到那头，也并不提问学生。我就在下面赶快写笔记。因为我旧诗词的根底不错，所以顾先生所讲的我都可以记下来。我的老同学史树青先生后来看到我的笔记，说你的笔记简直跟录音一样。这些笔记后来我都从北京带出来了，最后我把这些笔记又带回中国，交给顾先生的女儿，在河北大学教书的顾之京整理出来了。

因为我从小就写诗，第一次上课就把我的旧作给顾先生看了，顾先生跟我说这些诗有天才，应该勉励。在顾先生的指导下，我就不只写那些短小的诗，也开始写律诗了。我有一组诗的题目是，《羡季师和诗六章用晚秋杂诗五首及摇落一首韵辞意深美自愧无能奉酬无何既入深冬岁暮天寒载途风雪因再为长句六章仍叠前韵》（后简称

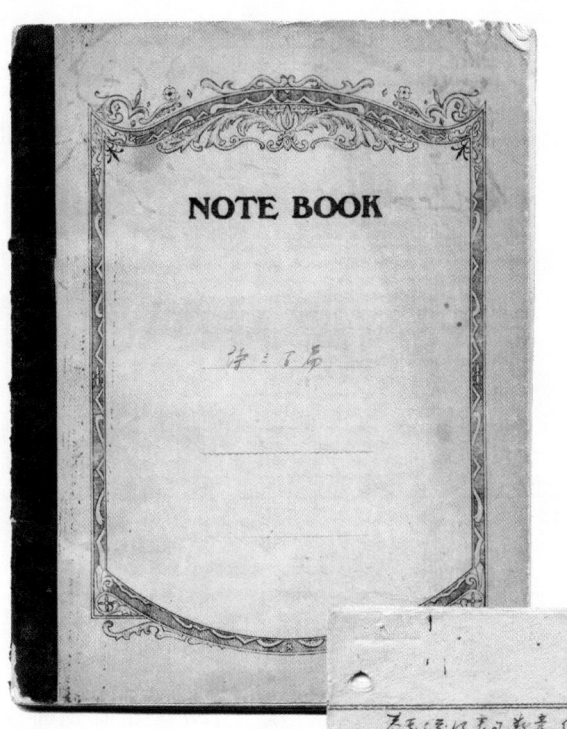

当年的课堂笔记

《冬日杂诗》）。

之前我写了五首《晚秋杂诗》和一首《摇落》交给顾先生，但先生没有批改，而是用原韵和了我的六首诗。我诗集上附有《晚秋杂诗六首用叶子嘉莹韵》，就是顾随先生和我的六首诗。老师用我的原韵和了我的诗，那是在晚秋的时候，而后来到了冬天，我就又依前韵写了一组《冬日杂诗》十首，其中第三首是：

尽夜狂风撼大城，悲笳哀角不堪听。

晴明半日寒仍劲，灯火深宵夜有情。

入世已拼愁似海，逃禅不借隐为名。

伐茅盖顶他年事，生计如斯总未更。

我小时候北京冬天下的雪很大很厚，院子里堆起来的雪往往要到春天才融化。写这一组诗是在1944年的冬天。虽然已是胜利前夕，但在后方正是抗战最艰苦的阶段。此时日本已经发动了太平洋战争，他们也处在战争最艰苦的阶段。"尽夜狂风撼大城"，当年的北京，整夜里刮着西北风，声音像哨子一样响，感觉大地上的一切好像都被吹得震动了。这是写实，但其实也象征了当时战争局面的险恶。"悲笳哀角不堪听"，胡笳和悲角都是代表战争的，我家的后边就是西长安街，经常听到日本军车呼啸而过的声音。"晴明半日寒仍劲"，当时美国已经参战，我们有了可能战胜的盼望，但胜利毕竟还没有到来，我们仍然生活在被日军占领的沦陷区。这写的虽然是天气，但也是时局。我母亲已经不在了，我父亲这么多年被战争阻绝没有回来。但就是在这狂风凛冽的夜晚，我屋里的一盏灯还亮着，炉子里还有

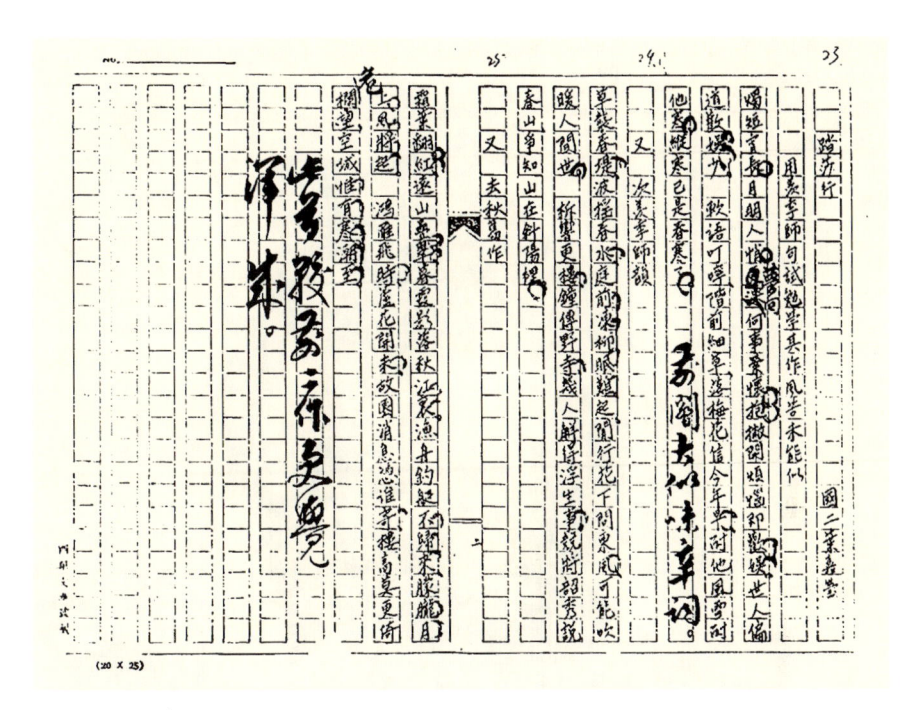

顾先生批改的诗作

一点火没有熄灭，这是希望。我的希望仍然存在，我等待着抗战的胜利，我等待着我父亲的归来。所以是"灯火深宵夜有情"。

"入世已拼愁似海，逃禅不借隐为名"，其实我也不知道为什么当时年轻的自己会说出这样的话。这两句我很喜欢，因为这代表我做人做事的态度。我现在九十多岁，还把十九岁写的诗用在迦陵学舍月亮门两边做对联，是因为我觉得这两句诗真正表达了我立身处世的理念。

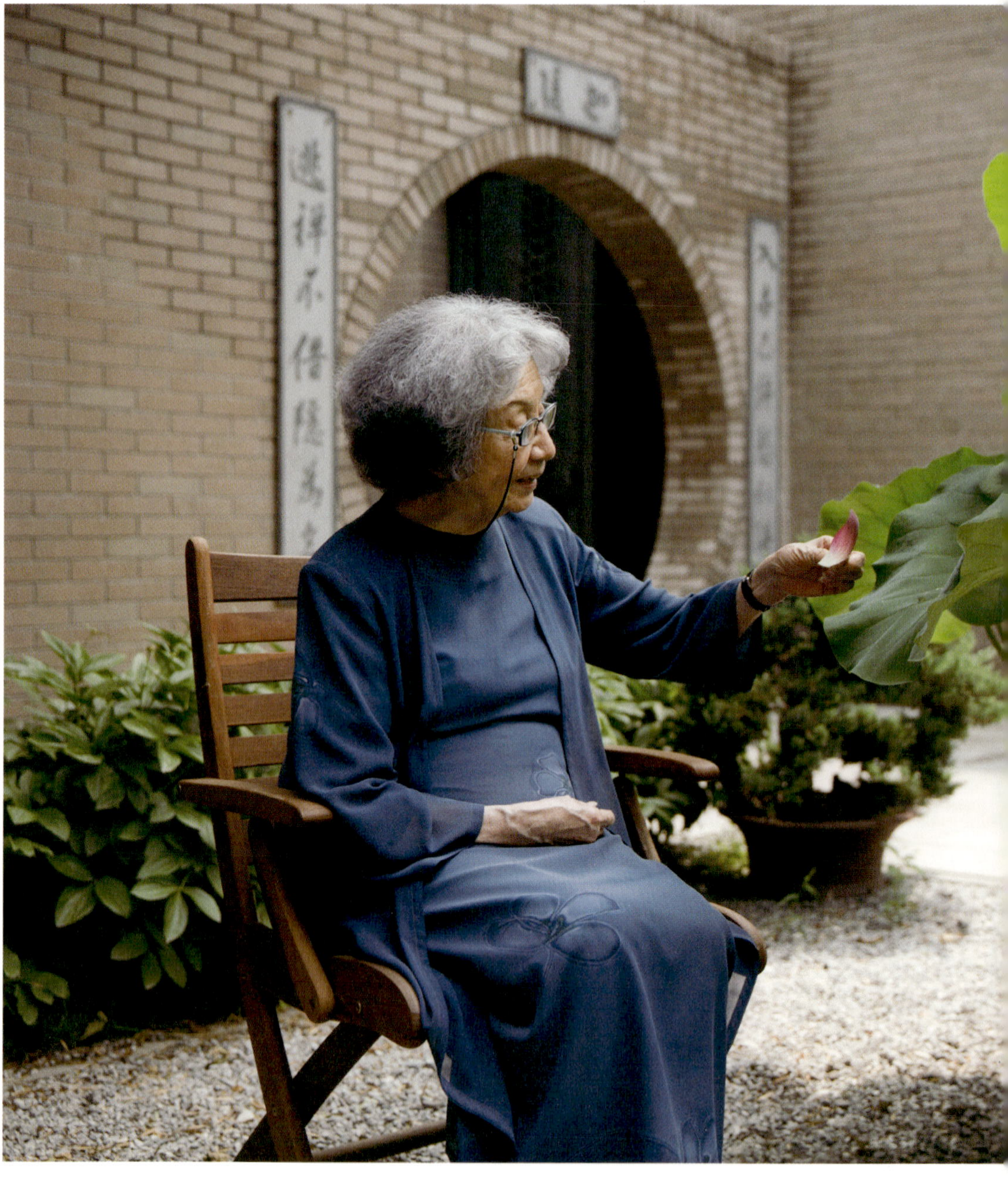

大学毕业后在自家院内垂花门前

一个人活在世界上能够处在平安、快乐和幸福之中，这是上天垂顾。但是，人的自私和愚昧，会不会把这幸福与平安的环境毁坏掉？你看那些社会上的新闻和那些电视、电影中所反映的现实生活，包括父母、子女、婆媳、兄弟姐妹这些亲人之间，有多少自私自利的争斗！如果你想要不负此生，为人类或者为学问做一些事，你就必须要入世。可是周围有这么多苦难与不幸，你能够不被世界上这些痛苦和忧愁所扰乱吗？你能够保持住你内心本来的一片清明吗？所以我说"入世已拼愁似海"。至于"逃禅"，古人有两种用法，一个是从俗世间逃到禅里边去，一个是从禅里边逃出来。我这里用的是第一种。不过，那些常常说要逃到禅里边去的人其实是自命清高，有时候是自私和逃避。因为不沾泥，不用力，不为人做事，就永远也不会有过错，用不着承担责任。而我要做的是：不需要隐居到深山老林里去追求清高，我可以身处在尘世之中做我要做的事情，内心却要永远保持我的一片清明，不被尘俗所沾染。那时候我还不到二十岁，我并不能预料将来我有怎样的生活，不能预料我的下场会怎样。所以我说："伐茅盖顶他年事，生计如斯总未更。"人，总要有一个住处，总要砍些茅草盖个屋子遮避风雨吧？我当时想那都是将来的事情。我现在非常感激海外一些热心的朋友，我更感激南开大学的领导，他们居然真是给我盖了一个这么美的迦陵学舍。如今还真是应了这两句年少时候的诗呢。

顾先生觉得我有点才分，书读得好，诗也作得好，所以常常写信指导我。有一封信对我尤为重要，其中有这么一段：

年来足下听不佞讲文最勤，所得亦最多。然不佞却并不希望足下能为苦水传法弟子而已。假使苦水有法可传，则截至今日，凡所有法，足下已尽得之。此语在不佞为非夸，而对足下亦非过誉。不佞之望于足下者，在于不佞法外，别有开发，能自建树，成为南岳下之马祖，而不愿足下成为孔门之曾参也。

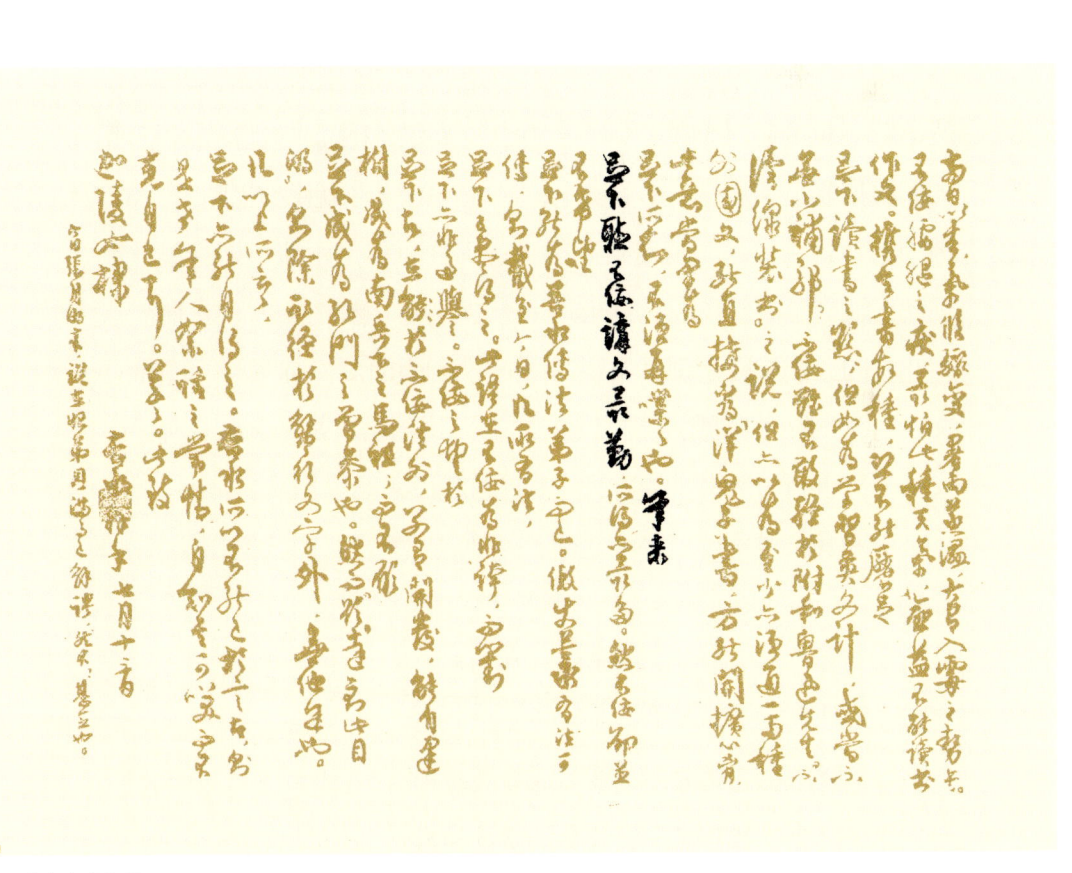

顾随先生的信件

我的老师说，这些年来我听他讲课最多，心得进步也最大。"假使苦水有法可传"，苦水是我老师的别号，因为他名字的英文拼音是ku sui，所以他就起了一个别号叫苦水。他说，假使我苦水，有一个诗词的妙理可以传授，你早已完全都学到了，但是我"不愿意足下成为孔门之曾参"。他不愿意我像孔子的学生曾参，因为曾参是孔子学生里最听话的一个。孔子说什么，他说"唯"，是，然后就按照老师的话去做，老师说什么就听什么，老师让他做什么就做什么。我的老师说，我希望你不要做孔门的曾参，我希望你做"南岳下之马祖"。

南岳下六祖惠能之下的马祖大师是"强宗胜祖"，他的意思是你的见解一定要超过你的老师。老师常常跟我们说，"见与师齐"，假如你的见解跟老师在一个层次上，"减师半德"，你就比你老师差一半。因为老师达到这里，他是自己努力达到的，你是跟他学到这里，那你就比他降下一等了。见过于师，方堪传授。接着他说，"然而欲达到此目的，非取径于蟹行文字"。你要做到如此，一定要学习"蟹行文字"，也就是螃蟹爬一样的横行文字，这指的就是英文。那时候中文都是直着写，英文是横着写的。这对我后来治学影响非常大。

后来我结婚南下，临别之际，顾随老师写了一首《送嘉莹南下》给我：

食茶已久渐芳甘，世味如禅彻底参。
廿载上堂如梦呓，几人传法现优昙。
分明已见鹏起北，衰朽敢言吾道南。
此际泠然御风去，日明云暗过江潭。

"荼"是一种苦菜,《诗经》里说"谁谓荼苦,其甘如荠","荼"是苦,"食荼已久",人生本来是有很多苦难的,老师说已经都知道了,只当作都是寻常的事情了。他自谦在堂上讲课如梦呓,有几人能得到真传呢?"优昙"是指"优昙婆罗花",是佛经中一种极难遇到的灵瑞之花。老师以此相喻,实在令我感动。当年日本占领、北京沦陷的时候,我的老师也历尽苦难。他有六个女儿,家累太重,没有办法离开。他在一首《清平乐》中说"知交分散,尽过江南岸",是指好朋友都到后方了,但是他不能够走出去。他还有一首《思佳客》,其中有两句"烛香纵使通三界,奠酒何曾到九泉",是怀念一位死于抗战之中的朋友。

从此之后,我再没有见过老师。

我年轻时并没有远大的志向,喜欢诗词就读诗词,觉得老师讲得很好就去听。顾随老师对我有很大的期望,他觉得我是可以超越他开出新路子来的。他说欲达到此目的,一定要把英文学好。

当年我从不敢想能够继承老师的衣钵,将来有怎样的成就。我也从没想过真的要把英文学好,更没想过用西方理论,用思辨的方式来讲说中国诗词。何况我来到台湾以后就颠沛流离,还遭遇"白色恐怖"被关起来了,那时候居无定所,连生活都成问题,手头一本书也没有,还妄想研究什么呢?刚去台湾那时连中文书都没有,又哪里还有机会学什么外语?何况每个人都是偷懒的,我教了三个大学,中文课教得好好的,我为何要去学英文?但因缘巧合,那就必须学了。

我在台湾教书的时候，北美有很多想做汉学研究的人很希望和中国交流，但当时不能去大陆，他们就跑到台湾来。那时候我教台湾三个大学的诗词课，也在广播和电视上讲课。后来北美一些大学就和台大订立了交换学者计划，他们提出来希望交换我去。有一天台大的校长钱思亮突然跟我说："叶先生，我要跟你说一件事情。我们台大已经同意了，明年要把你交换出去，到密歇根州立大学。现在我来安排，你要开始补习英文。"

从那个时候，我才开始去集中补习英文。我从小是会背书的，所以我学英文背得很熟；最后我考了班上的最高分，平均 98 分。笔试完还不算，还要做一个面试，是哈佛大学的海陶玮（James R. Hightower）教授来主考。面试过后的当晚我参加了一个宴会，见到了海陶玮先生，他跟我说："你能不能跟钱校长说，另外由学校派一个人交换到密歇根，你来哈佛任教？"但由于台大和密歇根大学已经签约，所以我们就协商，我先到哈佛去三个月，然后去密歇根大学交流一年，第二年到哈佛做访问学者。

1966 年，我来到哈佛大学，和海陶玮先生合作研究中国古典文学。1968 年，我回台湾。海陶玮先生不想让我走，可我非走不可。他非常不理解，他说现在你先生也接出来了，女儿也接出来了，你们在台湾还经过了"白色恐怖"，为什么你非要回去？我说我是台大交换出来的，我答应他们两年就回去，便要遵守承诺。而且我在台湾大

在哈佛燕京研究室

在哈佛燕京图书馆门前

学、淡江大学、辅仁大学三个大学兼课，请我去教书的老师，无论是台静农、许世瑛、戴君仁，都是我的老师，他们对我非常好，如果暑假后我不回去给学生上课，怎么对得起那些曾经爱护过我的老师！而且，我的父亲也还在台湾。离开哈佛的时候我写了《一九六八年秋留别哈佛》。

　　　　又到人间落叶时，飘飘行色我何之。
　　　　日归枉自悲乡远，命驾真当泣路歧。
　　　　早是神州非故土，更留弱女向天涯。
　　　　浮生可叹浮家客，却羡浮槎有定期。

2001年在哥伦比亚大学访问哈佛旧友（左起：叶嘉莹、卞学鐄、海陶玮、赵如兰）

天北天南有断鸿，几年常在别离中。
已看林叶惊霜老，却怪残阳似血红。
一任韶华随逝水，空余生事付雕虫。
将行渐近登高节，惆怅征蓬九月风。

临分珍重主人心，酒美无多细细斟。
案上好书能忘暑，窗前嘉树任移阴。
吝情忽共伤留去，论学曾同辨古今。
试写长谣抒别意，云天东望海沉沉。

我很感谢海陶玮先生。在哈佛我们一起合作研究，虽然他的中文比较好，我们可以说中文，可是不管是研究陶渊明诗，还是研究五代两宋词，他都坚持用英文和我交流。我帮助他研究陶渊明，他帮我把我写的中文论文用英文翻译出来。

南开大学后来出版了《中英参照迦陵诗词论稿》，这就是我和海陶玮先生合作研究的成果。这两本中英参照诗歌论集，我在书里写了前言与后记，说了中国为什么需要逻辑性的思维，也说明了中国学者跟西方学者合作研究之必要性。因为外国人读中文，中文这种抽象的语言文字，还需要很精密的文法结构去辅助理解，对他们来说是比较困难的；西方是 logic language（逻辑语言），我们是 poetic language（诗歌语言），所以我们要合作，把 logic language 跟 poetic language 结合起来。想要把中文和英文并列在一个页面上对照刊出几乎是不可能的，所以这是中英参照本，而不是对照本。

哈佛大学有一个韩南教授是研究小说的，韩南先生在海陶玮先生去世以后曾经给我来过一封信，他说我们两个人的合作非常难得，因为我们都是东方西方相当有成就的学者，肯在一起合作研究是非常重要的事情。

我本不敢说是继承了老师的志愿——"取径于蟹行文字，对中国诗词的研究更能够发扬"，我从没有这种大胆的愿望。可是天下的事情就是这么奇妙，是命运把我逼出来了。

我的研究之路也就这样打开了。

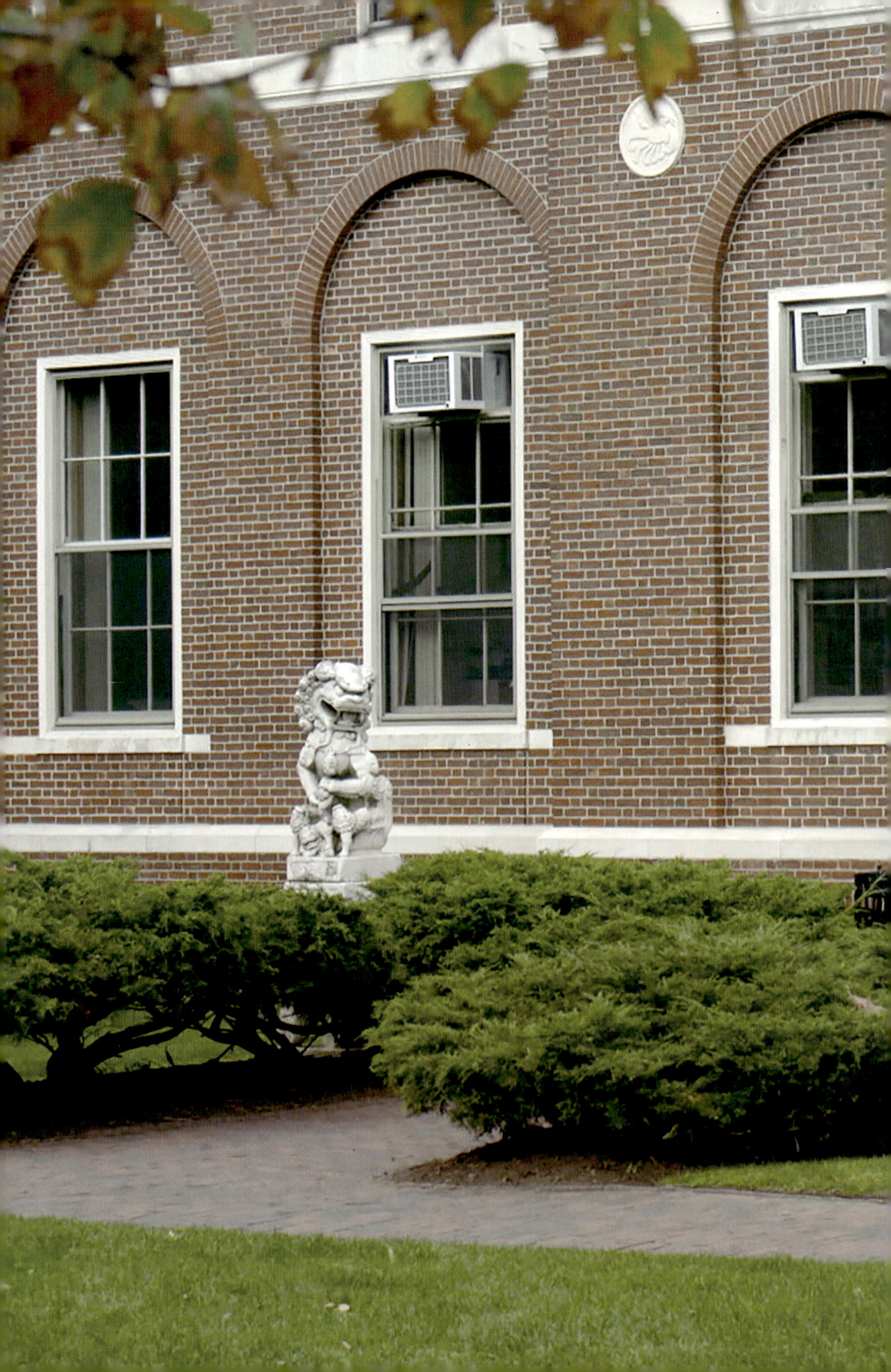

Department of East Asian Languages and Civilizations
2 Divinity Avenue

郑培凯
文化史学者
香港非物质文化遗产咨询委员会主席

张凤
《哈佛问学录》等哈佛系列作品得奖作者
哈佛中国文化工作坊主持人

田晓菲
哈佛大学东亚系中国文学教授

邝龚子
香港岭南大学
中文系教授

方光珞
加拿大渥太华大学英国文学博士
曾任教台湾大学、旧金山大学、南开大学

刘元珠
卫斯理学院东亚语言文化系教授
2018 年荣休

林楷
工程师

郑培凯
中国文化的一潺清溪

1971年夏天，我在哈佛学习。我那时一直在做晚明到民初的研究，经常会去哈佛燕京图书馆找各种各样的善本。古籍善本书收藏在独立的一间屋里，到现在还是这样。不过，我们那时候没有特别严格的登记制度，借阅很方便，跟裘开明老先生说一声就行。裘老从20世纪30年代开始在燕京图书馆做馆长，也是这里的首任馆长。他真是一位很温厚的老先生，觉得有人肯用这些书，就是功德一件，所以尽量给大家创造方便。这些书大都是他千辛万苦搜罗来的，有从中国大陆收的，也有从日本收的。我们能见到这些书，的确是裘先生的功劳。我印象很深，当时这些书其实是可以借出去影印的，我们当然知道这些善本很珍贵，可是没有像今天那样当成宝贝，只能束之高阁供人瞻仰，碰也不能碰。那时候我觉得一些书有用，就拿到下面去影印。清朝初年的书都在普通书库里面，随时可以借回家，比如康熙年间的地方志，当年就是放在普通书库里面的。直到20世纪80年代沈津去重新整理，才把乾隆以前的书都提升为善本。

也正是在那里，我常常碰到叶老师。叶老师几乎每年夏天都会在燕京图书馆看资料。其实，我在台大上学时就上过两年叶老师的课。1965年我进台大读书，叶老师在台大教了一年《诗选》就去访学了；大四那年她回来，我又上了她一年《杜甫诗》的课。后来到了哈佛，台大的同学和老师经常聚会，我和叶老师也因此慢慢熟悉起来。叶老师基本上只要进了图书馆，就一整天都不出来。偶尔是我们来叫她，才会和我们出去吃个饭，聚会一下。到了周末的时候，我们会以童子请观音的方式，跟老师相聚，天南地北，像一家人一样。当时在哈佛燕京图书馆里负责中文部编目的人是胡嘉阳，她以前在台大还做过叶老师的助理，后来读了图书馆专业。我们也是很好的朋友，一起参加保钓运动，是和叶老师最亲近的学生，每次都是胡嘉阳来联络与接送。

除了台大师生之间的聚会，还有一个有意思的文艺沙龙，是哈佛一些老师们组织的，叫康桥新语[1]，大概是想要在精神上继承《世说新语》的关系吧。沙龙主要在两个地方举办，一个是在赵如兰家里，一个是在陆惠风家里。赵如兰不用讲了，是赵元任先生的女儿。陆惠风原来在哈佛教历史，后来也做一些生意，做得比较好，家里地方大，有个很大的客厅。我们基本上每过一段时间就会有一个沙龙。我印象比较深的就是70、80年代这一段。最早的时候，赵元任先生还在，可他基本上不讲什么话，就是很开心地坐在那里听大家说。我们当然知道那个老先生就是赵元任啊，了不得的，他就坐在那里笑，

---

[1] 哈佛的Cambridge通常译作康桥，英国的Cambridge通常译作剑桥，特此说明。——编者注

看着他女儿主持。赵如兰老师的先生卞学鐄也在，卞学鐄是科学家，麻省理工学院的教授。后来我到纽约教书，但是在波士顿还有一个公寓，所以还是几乎每周会去。在哈佛那段时间，我和叶老师的师生关系变得比较亲密，好像是家人的感觉。

叶老师与沙龙里的那些老先生关系都蛮好的。在我来到美国之前，大约60年代后半叶的时候，像张光直先生的夫人李卉，和张家四姐妹中最小的张充和，在聚会的时候还会唱唱昆曲。我记得叶老师说她们常常唱曲，不过叶老师自己不唱。偶尔她们还要过瘾，得扮起来，粉墨登场。可惜我去沙龙的时候就没再见张充和唱过。

在这个沙龙里，大家什么都可以谈，每次一两个人，谈谈自己的一些研究心得或者特别的想法。会跟学术有点关系，不过氛围比较随便一点。我记得有一次他们叫我讲，我就讲了自己对晚明文化的一些看法，因为我研究这个的嘛，有一些想法跟当时（20世纪70年代末）对明朝的看法很不一样。叶老师听了很高兴，她说你就应该把这个东西做出来。我觉得很惭愧，因为直到今天也没有完全做出来，还在做呢。我记得她当时特别跟我说，我讲的其中几点她特别感兴趣：一个是当时人对于男女关系、女性意识及性关系所采取的开放态度；另一个就是他们的自我揶揄，以嘲讽的态度批评道德规范。还有一点是，追求雅化生活的文化意义究竟是什么？我到现在印象还很深，叶老师虽不是研究这块的，可是她对我的鼓励与点拨都是非常的好。总之在这个沙龙上，大家就是聚会、聊天，环绕着文史主题，天南地北地发挥，赵如兰先生还会煮八宝粥给大家吃。

那个生活真是有趣！现在回想起来，这些老一辈的先生，他们的实际生活虽然跟那个时期的中国很远，可他们思考的东西，又都跟中国的文化传承有关。偶尔会有一些与科学有关的内容，因为也会有科学家来参加沙龙。不过，讨论的大多数东西还是跟中国传统的文史哲有关。可能我们都对中国有一个向往，这个向往是一个存在于想象中、文学中、古典中的中国。这个向往让我们的生命有了许多意义，在互相讨论中，我们回到一个在现实中看似虚无、却又很实在的文化理想的中国里去了。想象的世界也可以很实在。当叶老师、我，很多年后回到大陆，看到一千多年前的西湖还是像唐诗宋词中描摹得那样美，我们都意识到，许多东西是与文化审美连在一起的，不会因为政治大变动而被完全消灭掉，这真的会加强我们的信念，那个可以慢慢回到古典文化信念的中国，是可以重塑的。

叶老师平时打扮得很优雅，每次上课时的仪容也很漂亮，整个人的气质是比较女性化的，有大家闺秀的贵气。可我还记得，大四那年听她讲杜甫诗，讲到杜甫所经历的那些颠沛流离与各种不幸，她解诗的口气带有沉重的沧桑，好像她自己就变成了杜甫一样。她自己遭遇过时代动荡、家庭不幸，而这些她在教书时从没有让我们做学生的察觉到。她在课上谈笑风生，大家都听得好高兴，下了课也不想走，直到下堂课的人挤进来把我们赶出去。即便是后来女儿女婿意外离世，她那时跟我们相处，还照样和我们谈诗论词，好像回到当年我们的学生时代。那时候我就觉得，叶老师的人格魅力与精神力量真是非比寻常。她当然没有再谈笑风生，我们能够感觉到她内心巨大的痛苦，可她还是跟我们一样交谈，还是继续做之前在做的学问。她把这些苦难的经历，统统转化为理解古人和诗词的养分。许多人讲诗讲文学，我听起来总觉得很空，因为没有真情实感的投入。叶老师讲的时候，我的感受是完全不一样的。她不仅投入感情，还分析得很深刻。一般学者只是引经据典，把学问摆给你，她却能把你整个人跟她讲的文化连起来，还告诉你古诗词能够提供什么样的精神力量。

叶老师时常引史为证，把读诗的体会放到历史的具体环节，让你感受诗人写诗的心境。她讲杜甫诗的时候，已经表现出这个倾向，这应该还是受到传统中国文史教育的影响。不过，叶老师不同的是，她从不把自己限制在传统解诗的框架中，她还在不停吸收西方新批评的东西。无论是克林斯·布鲁克斯（Cleanth Brooks），还是罗伯特·佩恩·沃伦（Robert Penn Warren），这些她在20世纪60年代中期上课时都会讲到。我是外文系的，当时学的就是新批评这一套，所以对这些很敏感。我印象很深，有一次叶老师上《诗选》课，那是1965年下半年，我忘记当时是讲什么诗，她突然就提到福克纳的短篇小说《献给爱米丽的一朵玫瑰花》，恰好我刚刚才读过，听她讲来只觉耳目一新。叶老师不仅文史底子扎实，研究视野更是开阔，总是不断学习未知的东西，但她也不会被流行的理论所迷惑，不会硬套这些理论，更不会说学了西方的新东西，就把自己以前的旧传统统统抛掉。这一点我觉得很了不起。叶老师1973年曾经发表过一篇文章《中国旧诗的传统：为现代批评风气下旧诗传统所面临的危机进一言》，列举了把西方文艺理论生套进古典诗歌研究中产生的各种误读，比如颜元叔以弗洛伊德心理学将李商隐"蜡炬成灰泪始干"的"蜡炬"解释为"阳具象征"等，强调文学传统的重要性。后来这个事情引起轩然大波，颜元叔连续撰文强调"新批评"只重视文本而不需考虑作者及历史背景。虽然我是台大外文系的，但这场辩论我始终站在叶老师这边，对那种乱联想、没有历史根据的结论很不赞成。就像叶老师文中说的："要养成对中国旧诗正确的鉴赏能力，必须从正统源流入手，这样才不致为浅薄俗滥的作品所轻易蒙骗，再则也才能对后世诗歌的继承拓展、主流与派别都有正确的辨别能力，如此才能够对一首诗歌给予适当的评价。"

和叶老师来往了五十多年，我越来越觉得她真是了不起。可以说，叶老师在某种程度上代表了中国文化最优秀的一面，是当代浑浊的时代洪流中的一潺清流。她讲诗词不仅是讲诗词，更是教我们做人，教我们如何把诗词中的力量吸收进来，去面对现实遭遇中的种种悲欢离合，超越当今社会的肮脏龌龊，永远不要同流合污。作为一位在传统家庭中成长的女性，她遭遇过那么多困难，担负了那么多责任，一般的男性也达不到她那样的性格、修养、品德。我到香港后，创立城市大学的中国文化中心，曾请她来担任客座教授，她竟然是一个人来的！还带着个很大的箱子。我们把叶老师安置在黄凤翎楼，那个楼下面有厨房，上面有蛮大的套房，环境不错，她就一个人住了一学期。她那时候八十多岁，讲起课来还是当年跑野马的感觉。最重要的是，她跑的野马背后都有很深层的人生体验。

叶老师离开香港前我去送行，一进去就见到她自己在那里收拾行李。她说："我都习惯了，旅行的时候都是这样，都是自己做。"她把所有行李收拾在一个大箱子里头，外面再用带子绑起来，我去的时候她已经绑得差不多了，而且绑得非常好。她说，我自己照顾自己，一点问题都没有。我心想，我们能够做到老师的十之一二就很不错了。

峭壁千帆傍水涯，空堂阒寂见群葩。
不须浇灌偏能活，一朵仙人掌上花。

《纪梦》

张凤
在哈佛遇见叶教授

我是1982年跟着我的先生黄绍光博士到哈佛的。他在哈佛做核磁共振实验室主任，后来升兼贵重仪器中心主任。那时候，赵如兰教授和陆惠风教授发起了康桥新语社，因为这个平台，我们和他们，包括张光直教授、杜维明教授等人经常聚会，叶嘉莹先生到哈佛来做研究的时候，也会加入进来。在英语世界里，哈佛有这么一个园地，能够用中文来研讨文史哲、电影、艺术，那是非常难得的一个机遇。其实从赵元任杨步伟伉俪府上，我们后来的华裔在哈佛大学就承袭了这样的聚谈传统。

康桥新语社发起于1983年，到80年代后期我承担了联络人的角色。当时还没有电子邮件，我们都靠打电话联络。我就非常诚恳地跟大家打电话，约好每个月月底的礼拜五在燕京图书馆的石狮子门口集合。然后我和赵如兰教授到这里来接人，不再是去赵家，而是去赵如兰教授和先生卞学鐄教授的卞家，有时候也会去陆惠风教授家。后来参加的人越来越多，越来越热闹，我又想办法借哈佛燕京学社的场地，来给大家聚会，主办过二十多年。到了2005年，赵如兰教授逐渐年纪大了,我们怕麻烦她,才渐渐不办了。随即我们开始集中主办哈佛中国文化工作坊等讲座。

叶嘉莹教授因为1967年到哈佛和海陶玮先生合作研究,每隔几年都会来参加我们的活动,包括2008年的最后一次盛况讲座,都让我们深感荣幸。

我的年纪比叶先生最早的那批学生要小一些,所以并没有赶上她在台大上课的盛况,听说她上课的时候,教室的窗户边、门口都坐满了人。但是在她出国做研究之后,我很幸运地在台湾的电视上看到她的诗词讲座,她把《古诗十九首》讲得哀怨动人,而且她穿着很优雅的旗袍,用字遣词都非常好,令人怦然心动。不意叶教授成为我传记思想作品《哈佛问学录》等的重要篇章。因为喜欢她谈诗论词,就买了她的著作。这些书跟着我漂洋过海,一直到了哈佛。所以当80年代见到叶教授的时候,我们都亲切地叫她叶老师。我赶快拿出行囊里背了几十年的她的著作,来请她签名。

叶教授这辈子,做学生的时候老师辈喜欢,做老师的时候学生们喜爱。那时候我们都知道,1966年叶老师在台大的时候,美方派去面试交换教授候选人的人,就是哈佛的海陶玮教授。台大校长钱思亮本来是要派叶老师去密歇根大学交换的,结果海陶玮教授面试完之后,就说哈佛东亚系要请叶教授来——虽然后面几经波折才成功。这让我们很感动。除了海陶玮教授这样的知赏,还有早期的顾随教授,后来的缪钺教授,这都是叶老师的生平知己,我们都感动于这些师长辈的深厚情谊。

80年代叶教授来哈佛做研究时，海陶玮教授年纪已经大了，不常到图书馆二楼的办公室。但是叶教授每次来跟他合作研究的时候，除了到他家，也会到他的办公室。每一次到海陶玮教授的办公室看叶老师，总是看到她在忙碌地写作，或者是正在研究，叶老师真是非常非常的用功。有好几次，图书馆五点钟关门，我们必须要离开，叶老师就把她的文稿通通收好，我陪着她走，也不知道她要去哪里，走一段才发现她是走到邮筒，给出版社或者杂志社寄她的稿子。她真是分秒都不松懈。

　　叶先生从温哥华过来，赵如兰教授就会请她到家里讲一讲诗词，大家都会去听。喜欢她的人太多了，所以我们又把她邀请到郊区的大波士顿中华文化协会演讲。那个时候我在中华文化协会里，跟一些朋友组织了一个叫艺文小集的社团，也非常活跃，我们好几次请叶教授去演讲。

　　我和叶教授情同家人，和赵如兰教授也是。叶教授从温哥华UBC来，我们经常带着孩子和她一起出去玩。大人们诗词歌赋的修养高，还会创作，在这样的环境中，久而久之，连我的孩子都被感染了诗意。我的儿子黄启扬，当年5岁的他也会写两句诗，叶老师就帮他批一批。到现在这些书信都还留着，看到就觉得动人无比。

　　叶老师最后一次到哈佛来讲座，是2008年的母亲节，我记得非常清楚。她到美国东部来参加她外孙女的婚礼，跟我说很想念哈佛的朋友们，正好也要到哈佛查资料。我一想，她这么久都没来，好不容易来了怎么能够怠慢？所以我就跟王德威教授商量好，请她在东亚系做了一场比较大的演讲。那一次演讲非常轰动,本来想在一个中型的场地举办,结果挤不下,只好移到最大的场地举行。因为第二天就是母亲节,所以还特别安排了郑洪院士给她献花,大家都非常高兴。台下,除了王德威教授,宇文所安、田晓菲、李惠仪等教授都在场。这是非常难忘的一次聚会。

在那之后,叶教授年纪大了,不再适合飞来飞去。到了2012年之后,她也决定不再中加两边飞,尽量定居在南开。所以到2015年她的迦陵学舍应运而生,我们去看她,还可以居住在那个漂亮的学舍里。

了解叶老师的人都知道,其实她是一个有点怯于表现自己感情的、很内敛的教授。但是当我们向她请益的时候,她却知无不言,甚至我们问她如何养生,她都会倾其所有告诉我们。每次我们写好文章,或者是演讲完毕,她就非常疏放地来鼓励我们,那让我非常感动,觉得这是让我更加努力的一个动力。作为学生辈的人,我们很感激叶老师能够这样爱护、鼓励我们。

田晓菲
大家规模，学者典范

对于我来说，叶先生不仅仅是女性的典范，更是学者的典范。在认识她之前，我就非常钦佩她的文字和学问。后来有了直接接触，她的宽容开放的学术精神以及学贯中西的视角更是在我心目中留下了深刻的印迹。

20世纪90年代初期，我在哈佛大学比较文学系读博士，那时候叶先生在这里做访问学者，与我们系退休多年的教授海陶玮先生进行合作研究。在燕京图书馆二楼有一间研究室，我因为在做学生助教，会在特定时间去那里跟学生互动；叶先生常去图书馆，也会用到那间研究室；海陶玮教授虽然已经退休了，但时常会到燕京图书馆来，也会用到那间研究室。所以这真的是很奇妙的缘分，无论是在研究室或者是教学楼的走廊，我都常常会见到他们。我与海陶玮先生直接互动不多，只记得他那时候精神矍铄，很喜欢骑脚踏车到学校来。我们这些年轻的学生见到海先生都是远远敬仰，很少交流。叶先生为人亲切和蔼，所以我与叶先生的见面和交流倒是很多，有时在走廊碰到会聊几句，有时会去专门听她的讲座，有时是和同学去她的住处拜访。

叶先生在学术研究方面对我有很大启迪。这种启迪不仅包括她在做学问时的论证方式和研究方法，最为重要的是她的学风——叶先生做学问是投入灵魂和感情的，给我留下了至深的印象。学术界有些人只是把教书和研究当成一种养家糊口的职业，而不是一种全身心投入的事业。我想很多人听过叶先生讲诵古诗，她朗读或者吟诵的声音是非常富有感染力的，当叶先生分析这些诗的时候，她丰沛的情感表达得淋漓尽致。当我自己走上学术研究的道路后，我更是觉得叶先生非常了不起，因为做研究仅仅投入感性和激情是不够的，还要有敏锐的头脑和理性的分析。这正是叶先生不同寻常的地方——她既有对诗歌的热情，还有细读文本的敏锐和详尽分析的严谨。

细读文本对我来说，是非常投契的一种阅读方式。在家庭影响下，我很小就开始学习和阅读中国古典文学。在北大时，我的专业是英美文学，学士毕业论文写的是海明威短篇小说中的死亡主题。英美文学的训练非常强调文本细读，需要研究者非常仔细地阅读文本，不放过细节和字词。我们不仅要看这个作家说什么、写什么，还要看他怎么说、怎么写。在跟叶先生交流或是读她的作品时，我发现她对诗词的研究正是基于一种非常细致和锐利的文本阅读。在当时的中国古典文学研究界，无论是在中国还是在美国，风范成熟、卓有成就的女性学者相对来说还是比较少的，当时我对此不一定有非常明确的意识。但在回顾中，我觉得，叶先生这样一个感性与理性并存、富有学问和智慧的女性学者，以及我在哈佛求学时师从的几位女性教授,对于当时二十岁刚出头的我来说影响一定很大。

叶先生不仅中国古典文学的修养深厚,对西方文学批评理论也很熟悉。她视角宽广,能够看到西方文论和中国古典文学相互连通的地方,然后很灵活地借用西方文论来照看中国传统诗词,很和谐地结合在一起分析。比如,她用姚斯的阅读理论来呼应自己认识纳兰词的三个阶段,在当时来说是很前端的研究方法。人们常常谈到的西方批评术语,我也看到叶先生会拿过来运用在中国古典文学的讨论上。叶先生对不同的批评理论和角度保持着一种开放的态度,这种态度最值得后辈学习。

叶先生虽然是古典文学学者,但她对现当代文学也很有兴趣,毫不排斥。我记得看到过一篇她写现代作家浩然的文章,当时真觉得非常惊喜。我自己也写过有关浩然的论文,这是我和叶先生的际遇中又一个巧合与缘分。我提到这一点,并不是想谈对某一作家具体的评判,而是想借此说明叶先生兴趣和视野非常宽广,富有大家的风范。

总之,无论是叶先生的研究方法还是研究视野,都是非常吸引我的。我的博士论文是关于魏晋南北朝的南朝文学,题目是《南朝乐府和南朝宫体诗研究》。博士毕业以后,我曾先后在美国科盖德大学(Colgate University)和康奈尔大学任教,在康奈尔大学的研究生课上教授陶渊明,我的第一本英文学术专著也是关于陶渊明的。现在回想起来,当时在哈佛与叶先生、海先生共享研究室,而他们曾经合作研究的对象也正包括陶渊明,不得不说人生中的种种缘分真是非常奇妙。

　　一方面要细读文本，一方面也要广泛阅读传统典籍，另一方面还要拓宽理论视野，这是叶先生的治学方式给我们最重要的启迪。我非常认同叶先生的研究方法：我对文学的很多周边东西也感兴趣，并认为了解它们对文学学者来说是非常重要的，但我最终的关怀还是文本。在我个人的研究里，我会运用所谓的文学社会学研究、文化研究，但是我最终关注的还是文本本身。有很多学者，讨论文学作品是为了理解社会和历史，但以我个人来说，我讨论社会和历史是为了照亮文学。我在写《烽火与流星：萧梁王朝的文学文化》一书时，谈到了庾信的一首五言绝句。我在那本书里提到，我愿意这么想：我之所以写这么大一本书，讨论很多当时的政治、经济、社会结构、"文化精英"、文学环境等各方各面……最终的目的是为了让我们能够更好地去阅读、去理解庾信的那首短短四句二十个字的小诗。

　　在这一方面，我非常认同叶先生的一个最根本的研究方法，也就是叶先生对文本的直接反应，她写了很多批评性文章，也用了很多批评术语，但是最终的目的是要去解释那首诗究竟好在哪里。我非常赞同这种最终旨归落脚在文学文本上的方式，否则我们就变成了一个历史学家、文化史家或者社会史家，就不是文学研究者了。我现在研究文化史或社会史，最终还是为了文本，因为我们跟古人隔阂太多了，如果不做一些很繁琐的周边工作，我们很难回到那个文本的语境，我相信很多文学学者的初衷，也是受到文学作品的吸引而进入这一研究领域的,但是最后却流宕忘返了,研究了很多文学之外的东西,对文学作品本身却不置一词,如此下去,我们离文学传统就会越来越远了。

如今,叶先生曾经悉心培养的学生张元昕正在哈佛跟我念硕士(访问时为硕士,现已是博士生),她是一个很有热情、聪明好学的年轻人。有这样好的学生,我感到非常欣慰。我希望每一代学者都能在叶老师的学术精神里找到自己新的东西。在前辈所做的学术基础上起步,同时又能够继承前辈非常开放的精神,我觉得这是叶先生馈赠给我们的一个无比珍贵的礼物。

邝龑子
一份难忘的早餐

我从小在香港长大，虽然家境较清寒，但与那个时代大多数香港小孩相比，尚有幸运之处。其中一点是在这个非常西化、从小上学就偏向学习英文的社会里，还可以在家中获得一些古典诗词的熏陶。据先父说，祖父是晚清贡生，后来从商，在香港过世。我没有见过祖父，对他的印象都来自父亲的描述。父亲跟叶老师是同辈人，曾跟我说过他小时候常常看到祖父和仕途的朋友聚首（包括几位翰林），有些更举着烟枪，靠在太师椅上吟诗作对。父亲和哥哥都擅诗词。哥哥文采很好，十多岁就能写出相当好的作品。从小父亲会领着我们用广东话念《琵琶行》《长恨歌》《归去来辞》等，那时候并不准确理解是什么意境，只觉得父亲吟诵得很好听，很快就能模仿着背下来。如果我当时在内地或者台湾受教育，读大学或者会读中文系，也许还能跟着一些老先生修读古典文学，但在香港就不大可能，因为殖民地早已西化。因此，我家应可算是一个小例外，仍保存写诗填词吟诵的传统和氛围，虽然无法跟叶老师成长的环境相比，何况自己小时候也不懂得珍惜。不过在因缘上，对诗词热爱的种子已经种下了，日后更有机会跟叶老师相遇。

　　说到吟诵，其实没有固定或绝对标准，盖声情之间的意蕴、配合、变化皆无法尽录。由于箇中三昧不易掌握，各随慧心领会和表达，很多人会把吟诵程式化，以便操作和学习，如此却容易导致各师各法的千篇一律，各法之内不管吟诵什么，听起来都差不多。从声情美学的逻辑来说，吟诵的首要核心原则是内化作品的固有意境、情调和节奏，避免以统一方式外在、机械地加诸作品，也不应因出于尊重师辈而尝试模仿和重复，落得知其然而不知其所以然（所模仿的是否果真其然有时也成疑问），因为思情上的领会，即使父子兄弟也不会相同。我听过叶老师的普通话吟诵，也向她请教过，她亦听过我的粤语吟诵。从语音和声调说，粤语和闽南话确实是比较复杂而丰富的语音系统，还保留着一些中古语音。闽南话我不懂，但粤语吟诵的音质和声调的抑扬顿挫，以至对声情之间的配合，潜能上无疑胜于普通话。父亲没有直接教过我吟诵，因为这种抒情艺术到底可学而无法教，只能耳濡目染，依靠自己领悟和吸收。今天我对学生吟诵，同样也只是作为参考，另阐释一些基本原则和陷阱，却无法提供固定和容易的套路，就像当年父亲没法教我一样。因为意境、情调和节奏等的微妙和变化无法尽言；这原是庄子的道理。父亲以前还有一些吟诵诗词的录音带，可惜几经搬迁，多年前早已丢失了。

　　在香港大学英文及比较文学系完成硕士研究后，我去了牛津继续修读英国文学。我念书比较着重性灵——如今写作也一样——喜欢把思考、情感、精神都投进去，修习文学尤其如此。在牛津时，原可把独立硕士学位课程的论文开展为博士研究，导师也非常鼓励。可是自己却越来越感觉到，就是再读英国文学半个世纪，精神血液也无法全盘英国化，无法完全安身立命。内心逐渐萌生了朦胧的念头，希望回到自己的文化传统。我从小就喜欢诗词，随意向美国的大学提交了两三份申请；因缘巧合，获得耶鲁大学录取并提供全额奖学金，于是就转赴美国重新起步。

1985年夏天，我从牛津毕业后先回香港两个月，待秋季开学前再到美国去。某天逛书局，偶然看见《迦陵论诗丛稿》和《迦陵论诗丛稿》，就随手拿起来翻了几页。读了一会儿，我发现这位作者不只学问好，而且有一种无法全然用学问练就的直悟能力。虽然我当时是个英国文学的学生，中国诗词方面没有实学可言，但作者的论述明显跟大部分学者不同，能把学问和直悟结合起来。在众多文类中，诗歌是最讲先天敏锐触觉的；纸上谈兵听来可以头头是道，却也可显露论者究竟有多少实践的内在体会。"迦陵"写出了很多我曾在心里模糊出现过的有关诗词的方向性想法，让我十分佩服，便记住了作者的名字——叶嘉莹。如今我教诗词课也包括写作的部分；我告诉学生，如果连一点实践经验也没有，到最后只能从外面谈诗词，无法真正融入作者的心思，从里边领会和阐释出来。现在回想起来，叶老师的书与众不同的原因之一，无疑是因为她在深厚的学养积淀外，更积累了深刻丰富的写作经验，所以论述诗词特别有说服力，没有半点纸上谈兵的虚无。

第一次跟叶老师见面是1989年，当时正在赶写论文。我给她写信请教问题，并表示希望拜访她。叶老师回信了——不是每个名教授都会认真理会无名小辈的。她在信中告知，会在五六月份到哈佛做研究，说明具体可以见面的时间和地址，我就决定拜访她。初夏深宵，我从纽黑文坐了凌晨两点多的火车到波士顿。当时纽黑文并非一个很安全的城市，不时有抢劫之类的罪案（现在应该改善了一些）；记得去火车站主要是走在马路上，觉得较难被偷袭，结果总算在早上六点前安全抵达波士顿，然后转乘地铁，到达叶老师家还不到七点钟。我小心地轻按了门铃，终于亲见这位大学者，自然地恭敬问安。叶老师没讲几句话就问：你吃了早餐吗？我老实地承认没有。叶老师一点架子也没有，立刻给我弄了一份火腿双蛋加面包；愚子还未请教，就先坐在老师面前吃早餐。如今我也记不清那天早上，究竟与她具体聊了些什么；心里印象最深刻的，就是那份窝心的早餐、可亲的态度和真切的关怀。施者或无心，受者长感铭，当时的情景，二十多年后仍然历历在目。

　　往后几年，叶老师几乎每岁夏天都去哈佛做研究。自从初次见面后，她每次到哈佛都会给我打电话，我就去拜谒谈天。恰巧我在哈佛附近的大学教了几年书，与老师见面也就比较容易；在美国期间，前后大概相聚过五六次。其实每次见面都是天南地北，有时也包括吟诵，并不是说见到叶老师，非要把积在脑海中的学术课题摆出来不可。其实叶老师治学的基本方针和态度，还有独到的见解，大部分都已写在书中，后学可以自己仔细阅读领会。拜谒叶老师，主要还是处于一种灵思上的尊重和敬仰。叶老师也很忙，我不敢耽误她太久。她生活勤俭简朴，有时会弄三明治招待我，我们就一边吃午餐，喝着白开水，一边闲聊。叶老师让我觉得可亲可敬，能有机会与她相处，是很幸运的机缘。

在相识早期，我写了诗词或会寄给叶老师，她有时会提点一二，或改两个字。后来渐上轨道，就没有批示了。其实跟敬重的前辈学者相处，固然可以求教学术，却不一定要把他当成是解答问题的对象。对我来说，更宝贵的往往是纯粹的相处，静静感受一下风范，获得一种熏陶。很多东西是无形的，比如说，我可以从老师的诗歌批评看到她的灵魂。这样说听起来好像虚无缥缈，无法用实验室方式客观证明，不过对我而言却是实在的，本身无待证明。所以我觉得跟这样的前辈相处，特别是后来隔几年才有一两个钟头，能静静享受一下神交的缘分，就已经很美好。直到今天，我仍然把自己的学术和写作出版寄到南开给叶老师。

叶老师从小浸润在传统文化中，后来去了加拿大教书。我有点是相反的轨迹，在殖民地先修读了西洋文化，待走到英国文学的最高殿堂，才真正认定寻根道路，觉得途径回归到中国文化的古典传统。这大概算是殊途同归。我们都是中华儿女，对诗词有一种与生俱来的喜爱、信念、领悟、直觉。不过，叶老师无疑更不容易。我虽然首先修读英国文学，但毕竟在家仍然生活于母语环境中，也有一种诗词的氛围存在。叶老师却是在四十多岁后，才在加拿大开始用英文授课，因需要而大量阅读西方理论，结果能够运用自如，同时没有干扰内心的基本信念和标准。

在异乡阐释本国文化和艺术，多少会碰到跨文化误解误用、甚至是'文化帝国主义'的情况。我到美国念书后，发现有不少研究中国诗词的西方（偶然也有华人）学者，往往把西方的观念、假设、现当代文论等惯性加诸中国古典文学，不知是否自诩为超越文化传统的普世智慧，却落得时空错乱，张冠李戴，连本末终始、轻重先后也混淆了。他们会用某个演绎角度或理论套文本，比如有人抽取陶渊明组诗中一两首，空凭想象和笔力写个天花乱坠，把他描绘为愤世嫉俗者，可以迷惑古典诗或文言文根底不深的西洋读者，甚至流行于小圈子，却全经不起理性科学的文本证据考验。我很难想象不能用英文论述英国文学，但花旗的洋汉学家却无法用中文写文章。这并非否定其努力和学问，只是点出自知和谦虚之旨。

叶老师的诗歌析论，本末终始和轻重先后毫不含糊。如果某些西方概念或理论能够为己所用，帮助把中国诗词分析得更精密准确，她就乐于采用，否则绝不勉强。所以老师后来的学术成果，有时虽然也夹杂着西方的观念甚至是流行理论，却最终言之成理，用得其所。我们也可以说叶老师跟上潮流了，但老师绝对没有让潮流牵着鼻子走。现当代的文学写作和批评跟时装一样，也讲时髦理论和潮流，而潮流在现实中会带来有形和无形压力，让大部分人焦虑设若不跟着走，就会被标签为保守和落后。叶老师在西方环境中谋生，多少需要入乡随俗，但她的学术论著无疑忠于本国文化精神，自由地出入于跨文化领域，让外物按理为己所用。

阅读诗词的难度一般高于小说和戏剧，部分因为诗词以情意为本，大多没有情节及人物支撑读者的理解和讨论。另一主因是诗的语言精确性和浓度高于其他文类，要求作者和读者有更敏锐的语言触觉，包括一种本能直悟。赏析诗词是一个融合感性与理性、直悟与分析、微观与宏观的过程。好的读者要求直悟的敏锐，但直悟自有主观限制，亦未必完全准确；因此好的学者需要加上客观的理性分析。然而客观的理性分析只是一种手段，而手段本身并没有方向感。分析诗词可以听来头头是道，却无法保证对它有合理、透视、直达神髓的理解。例如有分析指出，谢灵运的山水诗绝大部分时候，会按照既定模式进行，因而称赞它结构清晰严谨，却漠视了"第一身"抒意诗歌的艺术逻辑，本来就不可能包括机械性的程式操作，何况是"自然"诗？造成误判的原因不一，可以是个人偏好，或艺术实践之不足。智慧的诗词赏析，需要客观合理的感悟和高度实践的印证。像叶老师大半生研究、写作乃至活出诗词，析论起来自然能够通观透视，以理服众而同时感动人心。

叶老师对诗词有天赋的领悟及精准的研究，个人生命亦经历丰富，饱尝忧患，无怪本身的诗词也很出众。她的作品意境能大能小，思情能深能远，语调能刚能柔，其出发点仍在与她称赞陶渊明的'真'。她的作品非常真诚，当中既有女性的敏锐幽微，也有比肩男子的气魄，格局宏大、气度不凡，像"书生报国成何计，难忘诗骚李杜魂"。有些名家的气象和格局始终不大，像温庭筠的词就雕刻精美，但不免格局小而意境浅，可谓名家，未臻大家的层次。连感情深挚感人的李煜词，亦跳不出个人悲情的范围，鲜见苍生之念。王国维说他"俨有释迦、基督担荷人类罪恶之意",不管如何尝试把此语合理化,终究越不过"挥泪对宫娥""只是朱颜改"的个人哀伤。胸襟气象、眼界格局,涉及的不是技巧,而是修养内涵。

叶老师以女性的心灵敏锐,提出"弱德之美"来诠释词倾向于一种阴柔美学,具有客观真实性。说到词的幽微,牵动着深层的内心与情感,不必涉及大开大阖,反而多半聚焦于比较狭小的空间。如果说诗歌动人之处在于境界可以高,可以深,可以远,可以大,那么词的幽微主要体现在"深"的范畴上。所以王国维才点出词"要眇宜修",作为它最特色的素质,而某程度上也是其限制所在。不过凡事鲜有绝对性,这只是词的主要情调倾向。到了天才的手上,什么界限都可以打破,像苏轼就是。"十年生死两茫茫""大江东去浪淘尽""凤凰山下雨初晴"等,都是苏轼。不过大体而言,指出词的特质是幽微要眇,应该是可以成立的。

说到底,尤其是到了最高层次,文学写作、文学批评、为人取舍等,都是生命观和价值观的展现,也就是修身悟道的课题。叶老师在不同方面,体现了孔子那种"一以贯之"的生命态度,堪为典范。

映危栏一片斜阳暮,绕长堤两行垂柳疏,看长江浩浩流难住,对青山点点愁无数。问征鸿字字归何处?俺则待满天涯踏遍少年游,向人间种棵相思树。

《寄生草》

方光珞
她真正做到了传道、授业、解惑

我从小就对叶老师崇敬无比。上初中时我就听说，高中有一位老师课教得非常好，风度仪态也好。我就和同学一起，像看明星一样，跑到人家高三教室外面去看。这位老师穿着旗袍，出口成章，真是风采照人！这就是叶老师给我的第一印象。后来，我在台大读书，叶老师那时也在台大教课。她的课堂向来都是爆满的，就是站在窗外听都要抢位置。

真正与叶老师结识，是到了哈佛以后的事情。当时我在燕京图书馆看书，图书管理员胡嘉阳也是我台大同一届的同学，她告诉我叶老师就坐在那边。我一听很兴奋，赶快跑过去和跟她打招呼。叶老师真的是很平易近人，一见面就好像是老朋友那样对待你。后来知道叶老师家就在附近，我和一些同学就常常到她家里去，慢慢就熟识起来，成为朋友。偶尔也会和老师去逛公园、博物馆，不过这种时候比较少，老师多半时候还是在图书馆做研究。

叶老师既有古典的风雅，又乐于接受新鲜事物。那时候，新潮的电影小说，她都会跟我们一起看。她在北美教课，很希望让西方人能够了解中国古典文学，所以她自己也研究很多西方的文学批评理论。她教外国学生时，会用西方的理论讲给他们听，这样他们就会比较容易接受。我觉得老师对新的学问不只是好奇心，更有一种博采众长的决心。

1999年，我受叶老师之邀，开始到南开大学讲莎士比亚，每次去大概三到四周，连着去了几年。在这之前我从没去过中国大陆。上课的时候我发现，南开研究所的同学们英语发音都非常好。每年至少遇到两三个学生，你闭着眼睛听简直听不出是中国人在说英语，完全没有口音。我记得第一次上课是三个星期讲了六个剧本，还念了四到六首的十四行，是让他们直接读原文的，同学们都非常了不起。

在南开的时候，有次我和叶老师一起出去吃饭。那个饭馆的座位有两个是类似秋千那样可以摇的。我就问老师要不要坐，老师说好，我们就换到那个秋千的座位上。坐了上去以后老师才说，这是她这一辈子第一次坐秋千。她小时候在家，女孩子大门不出二门不迈，荡秋千的事情是绝对不会做的。我当时还给老师照了照片，可惜后来找不到了。

在天津的时候，我还陪老师到百货公司买过布料，因为老师的衣服都是自己买料子然后定做的。当时我们一行四五个人，跟在老师后面走进店里，简直像皇族出行。店主看到叶老师就说，这位夫人一定是从前的贵族吧？我们就说这是我们老师。店主说，这个风度真是了不起，一眼就能看得出来。那时候我就觉得，每次跟叶老师出去都身价猛涨。

在南开教书的时候，我听过叶老师讲杜甫的《秋兴八首》，当然我是个外行，完全是从外行的角度在听。叶先生很了不起的一个特点，就是她的记忆力实在太惊人了！隔了几十年，她还可以记得她在哈佛大学图书馆什么地方找到过什么书，甚至能记得某次讲演的教室里挂着什么字。这真是让我钦佩至极。她背起诗词来就更是行云流水，比如讲到云，那么与云相关的诗词就一串串地背出来了。她还会鼓励同学在课堂上发表自己的看法。同学哪里讲得不对，她就会纠正指点，相关典故也是信手拈来。这才真是文学大家的作风，不是一般人能做到的。总而言之，上她的课就是如沐春风，完全是种享受。她的国语也非常标准动听。直到现在，我都会很怀念在天津听她讲课的时光。

作为老师，叶先生更了不起的是，她可以真正做到传道、授业、解惑。她各处演讲，为的就是要把自己毕生所学传给下一代，给后面的人带来启发，这点很了不起。她回到大陆后还不断地去教小孩子，其实她在温哥华的时候就已经开始给小朋友讲课了。

现在叶老师名气这么大，可她依然完全没有架子。我想不是每一个教授都能做到这一点，哈佛的有些教授就没有这个本领。你有问题他只在课堂上回答，下课后他没有时间。

叶先生人缘好，正是因为她非常诚恳，做学问又认真。不仅是学生喜欢她，她同辈或长辈的学者也都对她都非常欣赏。像海陶玮教授，可以说是不遗余力地帮助她。对于这些，叶老师总会很谦虚地说自己运气好。我觉得，这绝不仅是运气那么简单的事，因为她的为人、她的学问让人家钦佩，所以大家才愿意帮助她。

刘元珠　林楷
叶老师相信美好事物

我先生和我都是叶老师的粉丝。

我本科读的是台大历史系，到了美国以后，开始念蒙古史、元史。1973年暑假，我刚好念完研究生第一年，燕京图书馆的朱先生告诉我，赵钟荪先生要来教暑期班的二年级汉语，我可以去当助教。叶老师每天来图书馆看书，我因此认识了她。

叶老师夏天在燕京图书馆有自己的研究室，为了争取时间，每天工作到闭馆的时候才离开。老师一方面集中精力查阅资料及写作，但同时也会抽出宝贵的时间，应邀讲授公开课。如此一来，以后每当老师到燕京图书馆做研究的时候，我们就有机会聆听老师一次又一次的公开演讲。我现在手上有的是1996年7月叶老师一次讲课的中文大纲，还有1997年7月25日"康桥新语"的讲课大纲。"康桥新语"是赵如兰先生和陆惠风先生负责。

叶老师上台讲课，就是一气呵成，三个小时不坐下来也不喝水，我们亲聆了她的这种风采，非常感动，也非常向往。

平时，叶老师每天都在燕京图书馆工作，周末我们就开车带她到附近走走。附近的景点我们都会去，美国东岸海边、新罕布什尔州山上都会去游览。叶老师有时候去过回来就会写诗，记下她的感受。

从那以后，大概每一年，主要在暑假，我们都会找机会，在各个地方与叶老师见面。叶老师到八十多岁的时候还非常好动，她也不太在意去哪里，只要有时间，她都会见我们。

在做学问上，我很认真地请教过她一件事，是我要写一篇论文，关于辛文房的《唐才子传》。辛文房是西域人，就是当时的色目人，所以关于他的身世我们能够找到的资料很少。可是有一首诗，可以多多少少研究出，辛文房年轻的时候是怎么样的一个家境，怎么去做的官，他曾经去过哪里，等等。所以我拿那首诗去请教叶老师。叶老师一看，马上就告诉我出处、含义等我想知道的信息，根本不用去查，简直是易如反掌。

叶老师说她到目前为止一共去过圆明园三次，其中有一次是晚上去看月亮，印象很深。那次就是我陪她去的。

那是1979年夏天，我住在北京友谊宾馆，叶老师恰好也住在那里，还有一位在波士顿教物理的教授。我们三个人找到一辆出租车，说是可以带我们去圆明园。那时候圆明园还没有修，我们就走到废墟里，在倒下来的石柱子中间穿行了半个小时。那天月光很亮，不需要手电筒，我们就可以清楚地看到、摸到那些石头。这记忆清晰地留了下来。叶老师后来也为此写了诗。

1979年以后，我每次去北京，如果老师也在北京的话，她就让

1970年代
右 劉元珠
左 施淑
波士頓附近

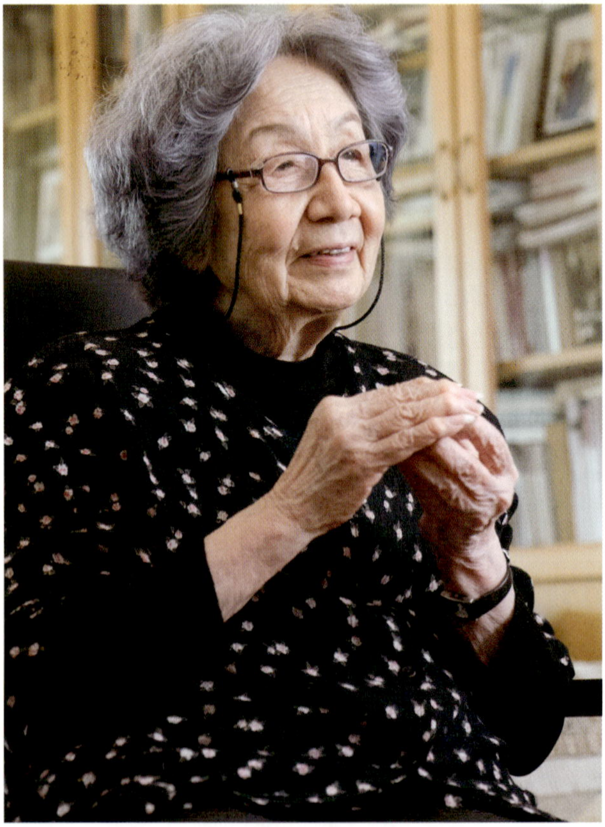

我住在她察院胡同的家里。我记得我们去的时候，四合院已经基本上收回来了。那座院子并不是很大，中间有一口水井，里面的水还要用抽水机打上来。

叶老师后来回乡的意愿很强烈，所以一有机会她就申请回国看看，看完觉得很棒，很感动，就写了长诗和文章。

最后这二三十年叶老师会选择回中国，在我看来是理所当然的。这不仅是她选择了回老家那么简单，她是选择了那片土地。如果在那片土地上，古典诗词是一个她可以发挥作用的事业，她就一定会回去。她是真的很爱国，那个"国"就是中华的文化，中华的传统文化。

叶老师凭一己之力，坚持不懈地把国内古典诗词的兴趣带动起来了。我觉得如果她不做的话，别人是做不出来的。

叶老师的全部注意力，都在她的课业、她的兴趣上。她不像我们很容易就消极地看透看穿一些事情，而总是保持比较乐观和积极的态度。我觉得，她愿意相信美好的东西。

叶老师自己是非常注重细节的，她经手过的很多东西都不会丢掉，包括书信、账单等。他们那一代的老学者们，很多人都有这样的习惯。像我的导师柯立夫先生，20世纪40年代请管家去买菜的菜单都还留着。我现在保留的通信中，都有留着信封的习惯，就是从柯先生那里学的。有时候信件里面没有写年，落款只有月、日，就从信封的邮戳来看是哪一年的。

叁

变海为田夙愿休

换朱成碧余芳尽,
变海为田夙愿休。
总把春山扫眉黛,
雨中寥落月中愁。

《梦中得句杂用义山诗足成绝句三首》(其一)1971

从哈佛回到台湾的第二年,海陶玮先生又请我去美国,我答应了。那时候我两个女儿都在美国读书,我先生也在那边但没有工作,我一个人在台湾教三所大学的收入也供养不了他们。可是,因为我想把父亲一起接出去,没能拿到美国签证。海陶玮建议我换新护照先到加拿大,然后再到美国。我依言办理,可是温哥华的美国领事馆只能给我办理旅游签证,这样到了美国还是无法工作养活全家。

于是,海陶玮先生就向他的朋友蒲立本教授介绍了我的情况。在他们的帮助下,我接下了加拿大UBC的教职,留在了温哥华。我作为专任教师,不能只带两个研究生,必须还要用英语教大班的课。我的英文并不好,平生从来没有用英语上过课,但那时候已经别无选择,只能硬着头皮答应下来,用英文讲中国诗词。

于是我每天晚上抱着英文字典查到深夜,第二天早起去给学生上课。从那时起,我养成了每天夜里两三点钟睡觉的习惯,直到现在还是如此。我当时写了一首《鹏飞》来记录这种心情。"鹏飞谁与话云程,失所今悲匍地行",想起在台湾讲课时,我就一支粉笔,从黑板的这一头写到那一头，再从那一头写到这一头。一边说一边写，像大鹏鸟一样海阔天空，尽情享受课上发挥的乐趣。可到了国外，用英文怎么跑野马呢？我流离失所跑到这里，要用英文教书，好像趴在地上爬一样。讲中国的古诗词，一个字一个字地要怎么样去翻译它？"北海南溟俱往事"，北海是北平，南溟是台湾，我当年在北平教书就跑野马，我在台湾教书可以教三个大学！我不但是教了三个大学，我教出来的学生，考的分数还很高。大家都抢我去教书，抢我的学校说："你到我这里来只讲课，你不需要改作文，我们找人改作文。"我想我天生是教书的，可是来到国外，为了生计，只能用英文讲诗词，野马跑不起来了。我就像《庄子》里的小鸟鹪鹩一样，在芦苇枝上做一个巢寄居在那里，"一枝聊此托余生"。

虽然被逼得用英文教书，我当时觉得很苦，但经过努力学习，我不仅读了很多英文的文学作品，还读了很多西方的文学理论。我这个人不但好为人师，还好为人弟子。在恶补英文的过程中，我也常常去旁听西方学者讲英文诗歌和文学理论的课。现在常有人问我怎么会用那么多西方理论来阐释中国的诗论，那其实都是当时被逼出来的。因为在中国传统的文学评论中，如严沧浪的"兴趣说"、王渔阳的"神韵说"、王国维的"境界说"，概念都十分模糊，外国学生也很难明白。你说严羽的"兴趣"就是 interesting 吗？它并不是那个意思。这又促使我读了很多英文的理论书籍。有的时候，用传统诗论说不明白的，用英文就说明白了。果然像我的老师顾随先生说的那样，取径蟹行文字别有洞天。我非常感谢这段经历。

鹏飞谁与话云程,
失所今悲匍地行。
北海南溟俱往事,
一枝聊此托余生。

《鹏飞》

我觉得人的意识非常奇妙，弗洛伊德和荣格的理论说，我们不只有潜意识（subconscious），还有无意识（unconscious）、集体无意识（collective unconscious）。

我们最早的词集《花间集》是一个 Collection of Songs among the Flowers——花间的歌曲集，是给固定曲调的歌曲填写的歌词，这是中国小词的传统。诗人并没有像中国的传统诗一样，主要讲自己的理想自己的感情志意，杜甫说"致君尧舜上"也好，李商隐写"相见时难别亦难"也罢，那都是他们自己的感情志意。可是到清朝，张惠言却说词里可以表达"贤人君子幽约怨悱，不能自言之情"，就是说，词人把明白的显意识没有办法说出来的东西，在填写歌词的无意之中反而表露了出来。

我的诗词里其实有些作品也是属于这一类性质。我常常做梦，梦里边会出来一句诗，有时候是两句诗，我醒来以后，用我的显意识来继续完成这首诗，可是总也不对。隐意识写出来的东西用显意识再接写，就有很多造作，很多思想就不是原来的那种感觉了。我想了一个办法，醒来后用李商隐的诗把它凑成一首。比如这两句就是我梦中得句："换朱成碧余芳尽，变海为田夙愿休。"红花落尽、绿叶成荫子满枝，"换珠成碧"也是在说我自己，我那个时候是四十岁以上的人了，经过很多患难。我当年也许有很多理想，可是一直处在忧患之中，如何能够改变世界，把沧海变成桑田呢？

我醒来以后自己凑不成功，就用了李商隐的两句，"总把春山扫眉黛，雨中寥落月中愁"。我虽然已是"换朱成碧余芳尽，变海为田凤愿休"了,可是也没有放弃自己向上要好之心。所以"总把春山扫眉黛",古人把扫眉当作读书人自我追求的修养,李商隐也写过一首"八岁偷照镜,长眉已能画"。你纵然是要好,但是身处的环境却总是摧伤,那么"雨中寥落月中愁"。这两句在李商隐的诗里边没有这种意思,是我把它拿来跟我梦中的句子一凑,才有了深刻的意思。所以,作诗实在是很奇怪的一件事情,我读古人的诗,所得的是什么也很难说。我个人是自由的、喜欢跑野马的、胡思乱想的,胡思乱想不一定从哪跳到哪里去了。

我一直觉得意识是非常重要的。我们的一切都是身外之物,生不带来,死不带去,只有"识"是不能消灭的。因此,如何真正保持我们不灭的"识",保持它的纯净、完美,这才是人生第一重要的事情。

"词"这种文学体式,是非常奇妙的。诗,是显意识的活动;词,是隐意识的活动。你越是不能说的东西,就越能在词里边表现。我讲词从唐宋一直讲到清,不同阶段的词有各种不同的成就、各种不同的美,我也给了它们不同的诠释。

我有一个自创的概念,叫"弱德之美"。我创造这个名词,是在我写朱彝尊的爱情词的时候。朱彝尊有一卷词叫作《静志居琴趣》,整卷都是爱情词。当然,爱情本来是中国的词里边一个寻常的内容,但是朱彝尊这一卷的爱情词,是非常不一样的,因为他所写的是一个不被世人所接受的、不合乎世人的伦理道德的爱情。为什么叫《静

朱彝尊《桂殿秋》书法作品

志居琴趣》呢？"琴趣"是词的别名，像欧阳修有一卷词就叫《醉翁琴趣》。为什么叫"静志居"呢？曹植写过一篇《洛神赋》，里边有"收和颜而静志兮，申礼防以自持"，是说我们要把内心的感情收起来，要自己有所持守。朱彝尊原本是明朝人，他家祖上在明朝做了很高的官。明朝灭亡后，朱彝尊不甘心在清朝做官，所以不肯参加科举。读书人不走这条路就没有出路，所以他家里穷得不得了。朱彝尊十几岁的时候，当地有个姓冯的人家，有六个女儿，没有儿子，说要招赘。朱彝尊家里就让他招赘到冯家做倒插门女婿。朱彝尊所娶的是冯家的大姐，家里最小的妹妹大概十岁左右。朱彝尊从小看着小女孩长大，而且小女孩一直跟着他读书，学诗学词。慢慢地随着小女孩长大，两人彼此有了情意，可碍于当时社会的礼法，这种感情是不被谅解、不被承认的。所以他要在一种很压抑的、很不得已的心情之下，写自己非常真诚的、非常感人的一种感情，但是他写得非常美。

他这个美属于什么美呢？当然不是伦理道德的美，德有很多种，有健者之德，有弱者之德——这是我假想的一个名词。它有一种持守，有一种道德，而这个道德是在被压抑之中的，不能够表达出来的，所以我说这种美是一种"弱德之美"。我把它翻译成英文——The Beauty of Passive Virtue，这是我的新名词。

温哥华是一个非常适合居住的地方，环境幽雅。在 UBC 教书不到半年，我就被聘为终身教授，可我从来没有忘记过自己的乡国，每次在课堂上讲到杜甫的"夔府孤城落日斜，每依北斗望京华"，我都会流下泪来。我的故乡在中国，古典诗词的根也在中国。传承不应只是学术圈子里面几个研究生几个大学教授的事，应该是整个民族的、普遍的文化传承。但是那时国内正进行"文化大革命"，我是回不来的。直到 70 年代，中国和加拿大建交了，我才看到希望，于是申请回国探视。

1974 年，我第一次回到祖国大陆。我非常兴奋激动，写了一首很长的《祖国行》。诗的开头说：

卅年离家几万里，
思乡情在无时已。
一朝天外赋归来，
眼流涕泪心狂喜。
银翼穿云认旧京，
遥看灯火动乡情。
长街多少经游地，
此日重回白发生……

鹡鸰失恃紧相依，八载艰难隔强敌，所赖伯父伯母慈，抚我三人皆成立。一经远赋离分，故园从此隔音尘，天翻地覆歌慷慨，重睹家人感倍亲。两芾夫妻乃叙师，侄男侄女多英姿，喜见吾家佳子芽，辉光仿佛生庭墀。大侄劳动称模范，二侄先进增生产，阿权恣女曾下乡，各具豪情笑生脸。小雪最幼甫七龄，入学今为

祖國行長歌 二千一百〇十字

卅年離家几萬里，思鄉情在无时已，一朝天外賦歸來，眼流淚湧心狂喜。銀翼穿云認舊京，遙看灯火動鄉情，長街多少繁遊地，此日重回白發生。家人乍見啼還笑，相對蒼顏忆年少，登車牽擁邀还家，指点都城夸新貌。天安門外廣場开，诗馆新建立崔嵬，道旁遍植綠蔭樹，無复当日飄黄埃。西单亦去吾家左，門巷依稀猶未改，空憐歲月逝駸駸，半世蓬飄向江海。入門坐我舊时床，骨肉重聚灯燭光，莫疑此景还是夢，今夕真知返故鄉。夜深細把吾生忆，

《祖國行》

在飞机快要到达北京时，我远远看见一排灯火，我就想：那是不是长安街呢？因为我老家的后门就正对西长安街。从那时候起，我就开始流泪。后来我的一个辅仁大学的同学告诉我，她第一次回大陆是从广州坐火车到北京的，她从一上火车就开始流泪，一直流到北京。这就是我们那一辈的思乡之情。

我那次回来只是探视，并没有教书，因为"文化大革命"并没有结束。而在1976年3月，我又一次遭到了不幸：我的长女言言和女婿开车出了车祸，两个人都不在了。那年我从温哥华到美国参加了一个中国文学的会议。我先飞到多伦多，看望了大女儿夫妇，然后又飞到美国的匹兹堡去看小女儿夫妇。我在飞机上想，自己这一辈子辛勤劳苦到晚年，总算两个女儿都出嫁了，将来我的女儿有了孩子，我就帮她们照顾孩子，跟所有的姥姥一样……

我就在飞机上动了这么一个念头：苦难应该都过去了，以后要享受余年。没想到，我这一念，让上天当下就惩罚了我。虽然我也经历过年少时母亲的突然去世，但是女儿的离开更是晴天霹雳！

我日日流泪，陆续写成了十首《哭女诗》。其中第三首是这样的：

哭母髫年满战尘，哭爷剩作转蓬身。

谁知百劫余生日，更哭明珠掌上珍。

我写《哭母诗》的时候身在沦陷区，到处是战争；后来父亲去世了，我就再也没有一个长辈了。谁想到在我经过这么多劫难的余生，大女儿大女婿竟然也离开了我！

还有一首：

万盼千期一旦空，殷勤抚养付飘风。

回思襁褓怀中日，二十七年一梦中。

每一个做父母的都对自己的孩子有各种期待，我大女儿突然离开，我的"万盼千期"一刹那都空了。我大女儿是跟我在苦难之中长大的，那时我带着她寄人篱下，每天打地铺。她小时候，我一个人怎么带她的，她是怎么吃我的奶被喂大的，这一切都犹在眼前，只是"二十七年一梦中"，一刹那间如同一场梦，说散就散了。所以后面我又写道：

重泉不返儿魂远，百悔难偿母恨深。

多少劬劳无可说，一朝长往负初心。

那个时候，我住在温哥华的王冠街，我们家门前有一棵樱花和海棠接在一起的树。这房子刚买了没有多久，我大女儿女婿还到这里来住过。那时我刚刚从大陆回来写了《祖国行》，大女婿还跟我开玩笑说："你写了这么一首长诗，现在如果被教育部编到课本里叫学生背，那学生可受罪了。"这些谈话也还没过去多久时间，他们就都走了。我回到家里看到这些，真是物是人非：

历劫还家泪满衣，春光依旧事全非。

门前又见樱花发，可信吾儿竟不归。

又到了春天，我再次走进家门的时候，门前樱花依然盛开，可是我的女儿却再也回不来了。没想到我一生的磨难还不够，在垂老之年，上天还给我这么大的打击。所以又有了接下来这一首：

平生几度有颜开，风雨逼人一世来。

迟暮天公仍罚我，不令欢笑但余哀。

可是，人，真的很奇妙。有时人若不是经过巨大的打击，就不会觉醒。就因为我的大女儿大女婿在车祸中突然离开了，我就想，我要从小我的家里脱出来。我一辈子吃苦耐劳什么都忍受，就是为了我的小家。大女儿竟然出了这样的事情，现在小女儿也结婚了，我一定要从小我的家里面跳出来。那会儿我就想："我要回国，我要回去教书，我要把我的余年都交给国家，交付给诗词。"

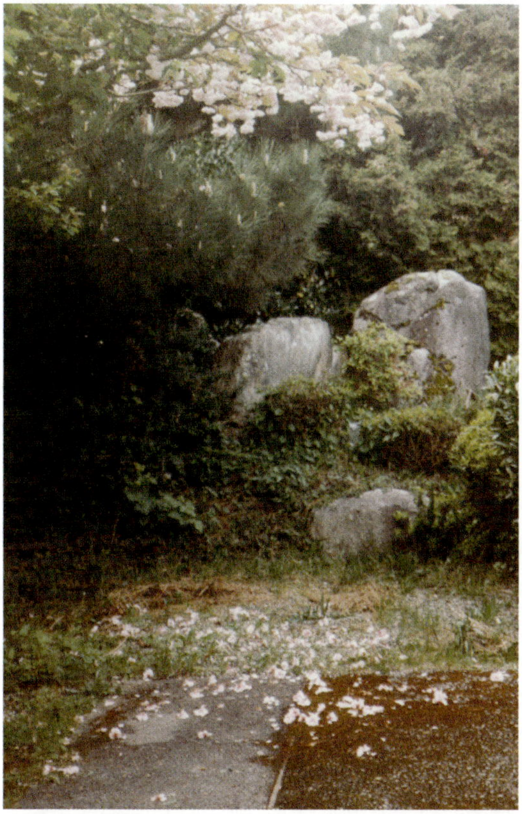

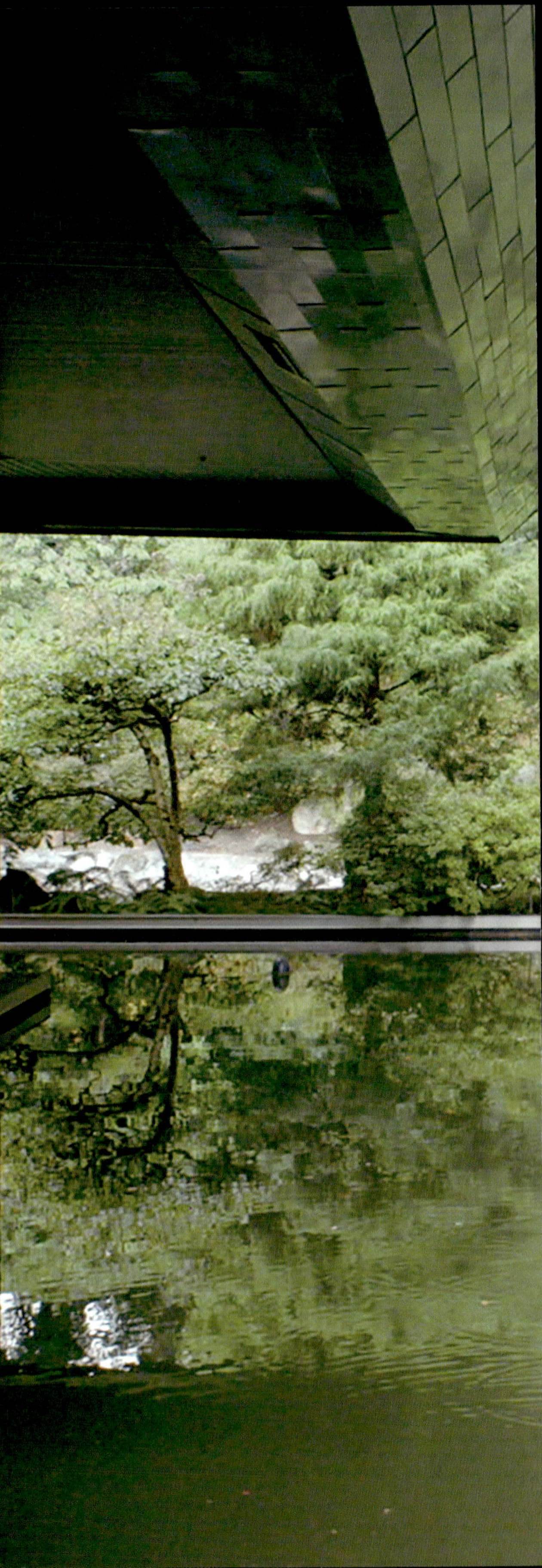

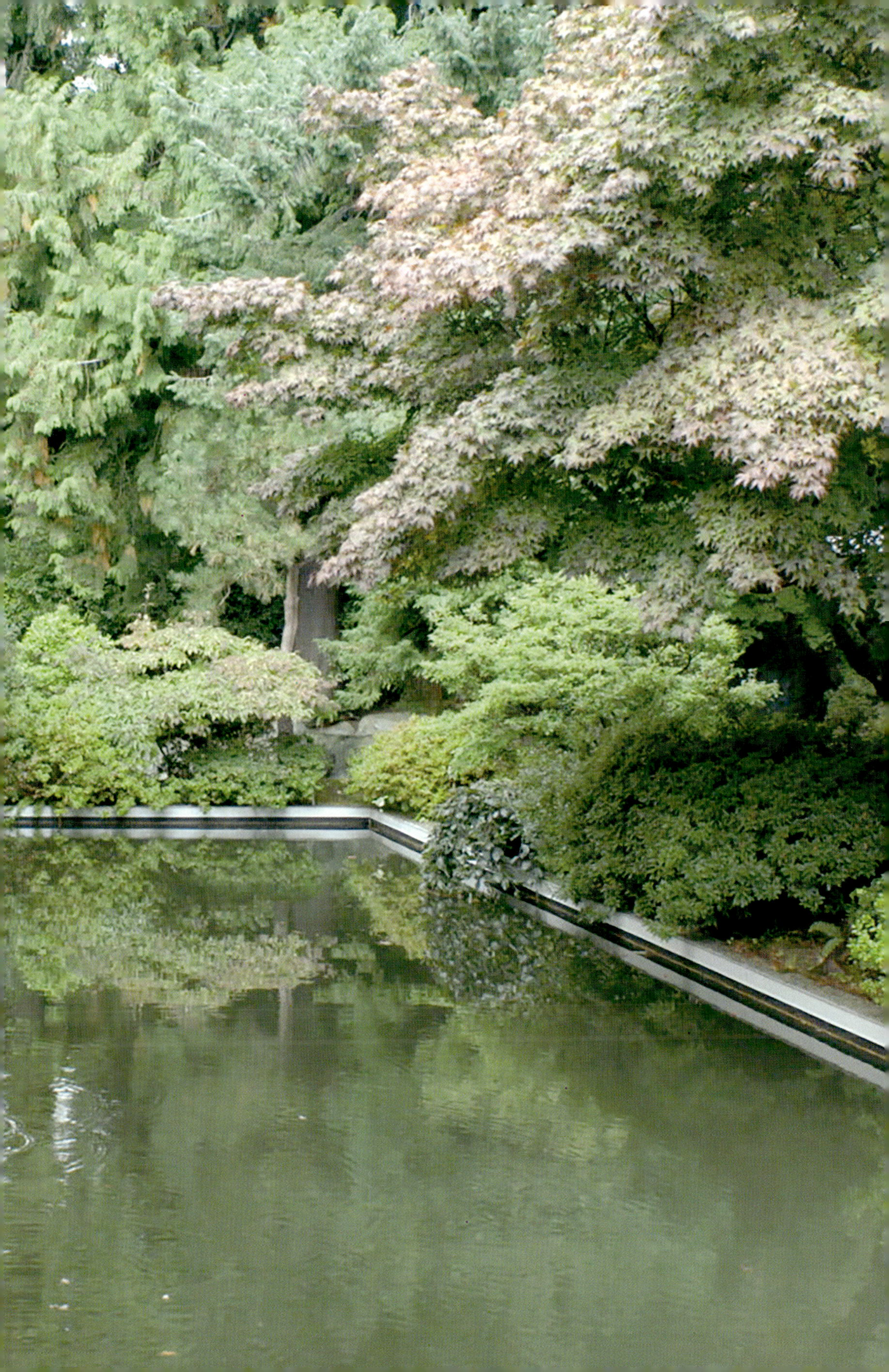

施淑
淡江大学
中文系退休教授

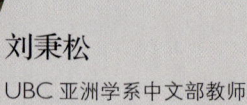

刘秉松
UBC 亚洲学系中文部教师

陈山木
UBC 文学博士
UBC 大学亚洲学系中文部前主任
加拿大中文教学学会前会长

施吉瑞
UBC 亚洲学系教授

王健
温哥华西门大学终身教授
前国际交流中心主任

李盈
翻译家,温哥华西门大学
中华语言文化部前主任

梁丽芳
加拿大阿尔伯达大学荣休正教授
加拿大华裔作家协会发起人和创会副会长

王芳
退休中文教师
叶嘉莹邻居

施淑仪
叶嘉莹学生

卓同年
加拿大卑诗省注册高级中医师
国家中医药管理局改革与发展专家咨询委员会委员
北京中医药大学中医临床特聘专家

谢琰
书法家
UBC 亚洲图书馆中文部前负责人

陶永强
《独陪明月看荷花》叶嘉莹诗词选译译者、加拿大执业律师（现已退休）

梁珮
叶嘉莹学生、邻居

何方
中国驻温哥华总领事馆
前商务领事

刘秉松
用诗词溶解生命的苦痛

我跟叶嘉莹相识，是因为我先生的关系。我先生办过一个杂志，曾经向她约过稿。我与嘉莹又都在 UBC 教书，慢慢就熟识起来。我这一生最佩服的人就是叶嘉莹，能遇见她是我的福气。用"美"这个字来形容她是很苍白的。她真是太完美了！就是受的苦难太多。比如说婚姻。她的先生很不讲理，她自己这么精彩的一个人，竟然都可以忍下来。我先生有一次讲话得罪了赵先生，他就不准叶嘉莹到我家来。人只要过来，电话立刻追过来，而且讲话很不客气。

叶嘉莹自己从来不会和别人提起她的委屈。我因为和她关系近，去她家比较多，所以比较了解。她心里有很多苦，但从来不说。那时候我还不认识她，听朋友说，她女儿女婿意外离世，她那么心痛，但参加完葬礼，回来还照常去工作，见到同事朋友学生，最多眼圈一红。她就是那样的一个人。在婚姻上，最多只有一句"唉呀赵钟荪这个人"。有时候我们去接她，会听见赵先生大声吼她要去做什么。合理的她就去做，不合理的她只是不做，没有一句重话和争吵。比如我们正聊天，赵先生说"吃饭了"，她马上就要起身过去，她可以

做到这样。我们旁观者看着都很生气。她那种生活，我想现在的女人是没办法忍受的。她在学问方面是世界公认的优秀，而她先生却不拿她当回事，说话都没有好声气。不过，她先生去世以后，我也没有觉得她有什么变化。她是一个对苦难看得很开的人。她的丧女之痛，她婚姻中的不幸福，似乎都用学问和诗词抚平了。

　　我觉得她不是不敏感，她对诗词中那些幽微的情感体会得那么透彻，怎么会是不敏感呢？恰恰是古诗词救了她。古诗词给予她生命的精华，让她的生命永远停留在那么高的层次。她的苦痛都被诗词溶解了。有时候我也会去听她讲课。她讲诗词的时候，就好像作者活生生地站在听众面前。她是北京人，国语很标准，声音抑扬顿挫，就像音乐一样，真是令人着迷。有时候一首很短的诗或词，她可以讲一个钟头，她讲的并不只是那几个文字，而是把作者的背景，甚至引发创作的触动都讲了出来。她每次给我们讲，我们看到的不只是诗词本身的意思，而是作者的生命。她也并没有强化那些坎坷命运的悲哀，她没有。她总是很平淡地把那么负面的东西也讲出来，让人体会到其中的美感。这真是一个非常精彩的人，她不单长得美，心灵美，活的姿态更美。

有一次我跟她聊天，我说，叶嘉莹你觉得真、善、美哪个最重要？然后我们俩一起说，真！我想，我们关系很好就是因为价值观比较接近，不需要讲太多话都能互相了解对方的心意。这种友谊不是表面上的，也没有所图。像我们这么大年纪，现在见面就更难啦。我今年（2017年）八十六岁，她比我大六岁，已经九十多了。能在电话里互报平安就很好，互相问问身体怎么样，知道彼此还在。

叶嘉莹对美的东西非常敏感，她以前在我家看到我儿子的一幅画，喜欢得不得了，说能感到一种孤独、寂寞、压抑。我儿子是在艾米丽卡尔艺术与设计大学（Emily Carr University of Art + Design）艺术系念绘画的，我自己也是学美术的。他以前得过病，婚姻也再没有往前走。叶嘉莹很惜才，时常会问起我儿子的近况。其实我的三个孩子，都对她很尊敬。我也把她看成自己的亲姐姐一样，每次她来我家，我总想给她做点好吃的。叶嘉莹和我的感情很奇妙，在一起的时候也不会讲很多话，却在很多地方可以互相理解。我们只是感觉到彼此的一种存在。她从来没有讲她的痛苦、她的喜乐，我也不习惯和她说生活中的琐事。可我觉得，人生最好的状态就是这样，偶尔通一两个电话，打个招呼，知道彼此在惦念对方。

她跟人接触会表现出一种比较淡然的感觉，跟我也是，但我会感觉到她跟我很近。很多学生也这么觉得，叶老师非常亲切。她从来不会表现得特别热络，总是平平淡淡的，却永远一颗真心待人。我没有见她很兴奋过，也没有见她很悲伤过。我们普通的人往往高兴也表现出来，悲伤也表现出来，而她永远是那个样子。这是很难的。人生最难就是把自己退到一个位置，用相同的态度去接受一切，去轻而化之。

我总说，这一生很难遇到像叶嘉莹这样一个人。在我的生命里边，她是我见过最完美的人。她把悲痛和快乐都一样处理，能够感知，但不沉溺其中，做什么都是举重若轻的样子。无论是对别人还是对自己，她都是很真诚的。有的人要表现自己的美丽，有的人要表现自己的才能。她没有表现，都是自然而然的，她的生命与她的事业、她的爱好、她的处世准则都是自然结合到一起的。我们中国古代的君子大概就是这个样子吧。

施淑
坐赏镜中人

我上叶老师的课是 60 年代初，那个时候刚好是台湾的文化断层，不管是古典文学，还是新文学，我能接触到的都很少，所以上大学一听叶老师的课，就很受她吸引。就像陈映真说的，他从来没有听过一个老师可以把文学作品用口头语言诠释得那么好。不过我特别注意到她，还因为她对现代文学的关注，我就觉得她的心灵跟我们很靠近。但是，大学时代我和叶老师并没有特别的互动关系。

叶老师出国任教之初，我曾帮她照看她的父亲。可能叶老师觉得我比较可靠。那时她父亲不能一起去，虽然家有用人，但是叶老师还是很担忧，问我方便不方便住到她家里去，这样有什么事的话可以随时跟她联络。那时候她家在台北信义路，是个蛮大的日本宿舍。宿舍里除了叶老师家还住了另外一家，叶老师家只占房子一个角落。

我称呼叶老先生为太老师。他是一个很沉默的老先生，我跟他不熟，他也不会找我谈话，就吃饭的时候碰个头。我知道他是老北大英文系毕业的，他家有一部很厚的韦伯大字典。他姓叶，不过签名签的是 Yeats，就是爱尔兰诗人叶芝，所以应该是很西化的一位老

先生。他毕竟长我两辈，我也不敢随便跟他说话，但我常常看到他在那个日式小房间一个人看书看报，有时候他会到走廊走动，一边走动一边叹息。他偶尔会叹息着跟我讲：叶老师啊，你的叶老师命苦。

叶老师很快就办好手续把太老师接到了加拿大。我后来也追随叶老师到了加拿大，那时候叶老先生还在，仍是很沉默，每天看书。我印象很深刻的一次，是有一天温哥华下雪，他大概受不了每天除了看电视就是看书的生活，忽然很坚决地要我和小慧（叶老师的小女儿）跟他一起出去吃饭。我们说外头下雪，怕他年龄大了摔着，可他非要到外头走一走。

我在加拿大前前后后待了差不多五年。我原本的兴趣是在中国现当代文学，但因为跟着叶老师读学位，所以我就想对李义山诗的美学做比较研究。我大概每周日都去叶先生家拜访，叶老师很爱看电影，我对那段时期的主要印象就是跟叶老师一起看电影、看舞台剧。UBC有一个不错的实验剧团，剧院里有时候也放电影，我们在台湾看不到的第三世界国家的电影在这里都能看到。叶老师虽然搞古典文学，但是品味好像很现代，比如她会喜欢读卡夫卡的作品。我们还去看斯特林堡的梦幻剧，她可以连着两个晚上看。另外我们还看了一个叫《索多玛120天》的电影。看完回来，叶老师开车，我们一路上没有讲一句话，因为电影真的很恐怖。那大概是我跟叶老师都走不进去的世界。

在UBC东亚系，叶先生是唯一的中国女教授。她那时候还年轻，经常穿旗袍，不像我们这样披头散发，她会把发型梳得很整齐。加上她那个时候还很拘谨，不像现在这么自如，我们的加拿大同学都叫她Chinese doll，中国娃娃，大家都把她看作东方的象征。她的课很受欢迎。刚去的时候，英文教学给叶老师带来了很大的压力。但是很奇怪，她不是很流利的英文居然让西方学生听得很入迷，当然，选她课的中国学生也很多。

我刚到加拿大的时候，有一件事让我很替叶老师不平。我们在台大的时候都知道她先生作为政治犯被关过。这也是为什么叶老师要出国时有那么多流言，可是一个被压迫的政治犯家庭，有机会到国外有什么不可？加拿大的法律是很父权的。那时候，叶老师要把她女儿她父亲接到加拿大，申请的时候自己却不能当家长，必须由

她先生当。本来叶老师在美国给她先生找了一个教中文的工作，可是他教不好，人家不要他了。这也是为什么叶老师以交换教授到美国教书两年，回台湾后，本来要待两年，可是待一年就走掉了的原因。就是因为他先生没有工作，两个女儿在那边根本没有办法维持生活，除非全家回台湾。她先生又坚持不肯回去。叶老师只好把全家迁到加拿大。我只记得她先生讲过一句我很不能接受的话，他说加拿大的法律很贤明，一定要男人才能做家长。我听了真的很受不了，因为那时全家经济来源都是叶老师。可加拿大那种莫名其妙的法律一定要男性作家长，才能把子女和老人申请到加拿大，真是很不公平。

　　说到我与叶老师的关系，叶老师经常提到李义山的一句诗可以概括,"平生风义兼师友"。我们除了师徒关系,还有一些更深层次的沟通。我跟她的交流,主要就是看电影读小说或者探讨文学理论。她当然免不了也有心情不好的时候,也会跟我抱怨几句,可是她很含蓄,而且这样的时候很少有。

我曾经用拍立得帮叶先生拍了一张她站在浴室镜子前的照片,那是一个人的双重影像,有自我欣赏的意思。我在照片后面写有"揽镜自照"几个字。我相信叶老师是一个很寂寞很孤独的人,她很喜欢提王国维的一句词——坐赏镜中人。

她在台湾教书的时候很羞怯,跟同学都保持距离。也许痖弦一句话讲得很对,说叶老师是意暖神寒,接触的时候很温和,但是有一定限度。她在台大的时候也会和学生去郊游,但我想她不是那种会跟同学谈一些叽叽喳喳东西的人。到了加拿大以后,虽然她还穿旗袍,还把头发梳成中国高髻的样子,但她其实变得外向许多,因为工作和生活慢慢稳定下来了,然后可能也受了一点西方的影响。她真正能够放开,是后来到了南开,越来越成了名人,再加上年岁比较大了,又是回到中国,因为中国才真的是她的根。我发现她跟南开学生相处起来很开放,不像在台湾的时候,学生对她都毕恭毕敬的。

1974年叶老师第一次回国之后,台湾就把她列为亲共分子。但是我们从来不觉得叶老师思想"左"倾。

叶老师说,陈映真曾把自己的处女作《面摊》拿给她看,她写过一些批语。很遗憾的是,后来陈映真因为被抓进监狱,警备总部到他家抄家，有很多文件就这样不知去向。他后来一直找叶老师给他批的那篇手稿，无论如何都找不到，陈映真跟我谈起过这件事，觉得非常惋惜。他和叶老师都是祖国派，都是认同大陆的。好像是新中国成立五十周年那一年的国庆庆典，叶老师参加了，陈映真也参加了。陈映真跟我提到，在那个会场上他们碰到过。叶老师因为"白色恐怖"被抓进去关过，这些事情我们学生是很晚才知道的，但我们从来不觉得叶老师思想"左"倾——她是中国古典诗词的象征。叶老师只是有爱国的精神，她参加保钓运动也是这样的想法。

　　台静农先生晚年的时候，我经常去看望他，也经常把台先生晚年的状况转告给叶老师。我之所以能读到台老师的作品，是叶老师带着我看的，那时候这都是禁书。有一次叶老师忽然问我有没有看过台先生的作品，我说没有。叶先生就去图书馆里找《中国新文学大系》，是鲁迅编的，她让我看台老师的《天二哥》《蚯蚓们》《红灯》《新坟》。能帮叶老师和台老师联络，我当然非常乐意，而且觉得很荣幸，他们会信任我。不过，我把叶老师和台老师看成是同一代人。叶老师除了让我看台老师的作品，还跟我提到过苏联作家安德烈耶夫有一篇《红笑》，那是一篇她看过的与卡夫卡作品类似的作品。作品中那种绝望、悲惨、人的极限让人印象很深刻。后来我到加拿大找了很久才找到《红笑》。我要说的是，台老师叶老师他们那一代人的文学里，都有一种反抗精神、批判精神。国民党那时候那么腐败，只要有一点认识的人都会意识到那些问题。所以两个老师在精神层面上对这些是有共鸣的。

有人会觉得"文革"有很多否定传统文化的极端做法，而叶老师是那么热爱古典文学的一个人，为什么还愿意回到中国大陆？我的看法是，因为他们那一代人，经历过战乱流离，忽然之间又看到了一个强大的祖国，是会把一些不好的东西忽略掉的。还有，叶老师本质上是一个诗人。她认为大陆如今在往正确的方向发展。叶老师的思想根底，我认为是非常儒家的。她年纪这么大了，还那么努力地去推广诗词，就因为她秉持一个信念：要为传统文化做积极的、正向的努力。她确实也做到了。"文革"的确很黑暗，可是我看《白毛女》一样看得热泪盈眶。因为忽然间看到了很不一样的旧中国罪恶，虽然这些情形在小说里头也读到过，但是看到那样的表演还是很感动的。我都如此，本质上是一个诗人的叶老师就更不用说了，她会被一个旭日东升的中国感动，我觉得不是偶然。这是她的爱国主义吧。我读日据时代的台湾古典文学，发现那些老先生心里才是真的恐惧。日本人来了，换了一种语言，换了一种文化，那真是将要"斯文断绝"的恐惧。叶老师肯定是知道"文革"对于文化的摧残，但是她不讲——她要做的是赶快再把古典文学的根，再把传统接续上去，她有这个使命感。

叶老师回到祖国，我觉得是最好的归宿。她回中国大陆就回到中国文化本身。叶先生漂泊了一辈子，个人生活并不美满。她先生跟她完全不在一个精神层次。比方她家有一个很漂亮的花园，旁边种了很高的松树。有一天我到叶老师家，叶老师说你看看我们家院子。我一看，整个花园忽然间光秃秃的。是她先生觉得那些松树的

20 世纪 60 年代末
在美国新英格兰海滨

20 世纪 70 年代初
与施淑（左）、刘元珠（右）

根会长到他屋子里去，可能会把屋子弄坏，就找了园丁把树统统剃了光头。叶老师有一首诗是我离开加拿大以后写的，是说他们家院子有茶花，开花的时候很美，是粉红色的。有一天，那些花都已经长出花苞，要开花了，她先生突然莫名其妙地给茶花树剃头，把花都剪掉了。叶老师很伤心，为此写了一首诗。叶先生这辈子的家庭生活就是这样一个状态。她一天到晚在 UBC 图书馆，我想也是一种逃避。她那么爱看电影，我想也是因为她要活在自己的世界里。

　　不管是在何处，不管是哪一代学生，大家都这么入迷地听叶老师的课，我想，这是因为叶老师带来的是一个纯粹古典的文学世界。这个世界始终没有被世俗污染，没有被政治涉入。她就是纯粹地在文本上面探求诗词给人的兴发感动。生活上她遭遇过那样悲惨的流离失所，家庭生活完全不能沟通，所以，她是一个对生命的极限绝对有体认的人。正因为她对于人生承受的限度有自己的认识，所以她才能把古典诗词里最美好的地方展现出来，传递给别人。

施吉瑞
她可以代表古典中国

我是叶老师在 UBC 带的第一个博士生。叶老师刚刚来的时候，我还有点担心，应该说是有点害怕。因为她是研究宋词很出名的学者，那时候很多博士导师都会要求自己带的学生和他们研究同一个领域。我也喜欢看宋词，可是我对宋诗的研究更感兴趣。我就很担心叶老师会不会不允许我做宋诗的题目。后来我发现她在这方面很宽容。她问我想研究什么，我说我想研究杨万里的诗。她说，喔，杨万里的诗也很有趣，我还读过周汝昌写的关于杨万里的文章，这是一个非常好的题目。我就放心了。

我们那个时候研究生也不多，我有很多机会跟老师一对一学习，非常有意思。我每次碰到看不懂的地方就会找叶老师，她看一下就知道是什么典故。这就是中国传统读书人的学问，非常厉害。我真的是太佩服了，大概我学两百年中文也到不了这个水平。像我这种没有知识、没有学问的人，为什么要研究中国古典文学？至少我知道有像叶老师这样的学者，我就可以请教他们了。而且我觉得很有趣的是，就我接触的中国学者，越有学问，人越好。我已经发现有

很多例子了。像另外一位对我产生巨大影响的中国学者钱仲联，他在苏州大学。他的学问非常好，人也特别好，很帮忙。那个时候我在研究黄遵宪的诗，他看到我一个外国人对中国文化很感兴趣，就特别有兴趣帮助我。叶老师也是这样。我觉得这真是中国传统文化所培养出的文人一个伟大的地方。

我至少每周都会跟叶老师见一次面。但是我的论文，大部分都是离开UBC以后写的。刚好在我开始写博士论文的时候，加拿大东部的温莎大学请我到那里去教书。这是我不能拒绝的，我们读博士的学生有这么个机会一定要去。这种情况下，我的论文就写得比较慢。而且我就得离开叶老师，这也是我觉得非常遗憾的一件事情。

温莎大学那边没有什么研究中国古典文学的学者，当时我是唯一的一个。不过我一直跟叶老师保持联系，有时候打电话，有时候写信，向她请教问题，把我论文的稿子也寄给她。

叶老师用英文讲课讲得非常好，虽然我听得不多。我想一般会英文的人都会喜欢听她讲课的。不过，我还是觉得她用中文讲课讲得最好、最精彩。我听她的课大部分是她用中文讲的。叶老师之所以会受到大家的欢迎，一个是她的仪容很好。她整个人非常挺拔，说着那么标准好听的北京话，一看到她就会对她印象非常好。但如果只看外表还不够，她说的话都是很有内容的。她讲课不带材料，所有信息都在脑子里。她讲到什么诗就在黑板上默写出来，现在学者很少见这样的。比方说她分析宋词，对我这种不研究宋词的人来说，我感觉很多词看起来都差不多，词人也都类似。但是叶老师分析得非常细腻，她是很敏感的一个人。如果你注意听，会觉得非常有趣，所以学生们都很喜欢她。叶老师也很喜欢吟诗，在上课的时候吟诗很少见，一般的中国学者也不太会，至少我认识的没有会的。我第一次听到吟诗，就是在叶老师的课上。从各方面来说，叶老师都可以代表古典中国。这种古典文化，这种传统在她身上体现得淋漓尽致。我想一般比较聪明的学生都能看得出来，所以叶老师到哪里都很受欢迎。

叶老师不仅学问好，家里也打理得很好。我不知道她怎么会有那么多时间，又要教课，又要照顾小孩，又要做家务。跟叶老师学习的时候，我还常常去她家包饺子。不过我包得不好，每次到最后还是叶老师在包。

  2016年，我去南开大学看叶老师，给她带了一株紫玉兰，我们一起把它种在迦陵学舍里。我从小在乡下长大，最会做的事情就是挖土种树，可能比他们那里的园丁还会。当时还说要立一个小碑在那里，不知后来做好没有。总之在那里做这些事情真是很愉快。

  叶老师是一位很理想的学者，有学问，还愿意帮助人。她在加拿大的时候常常给华人组织做演讲，免费的。她在中国文化的传承方面下了很大的功夫。现在我偶尔会有问题请教叶老师，不过很少，我真的不想麻烦她太多。我上次去南开，看到她好像每天都有活动。这样子当然很好，只是会不会太辛苦了一点？老师毕竟已经九十多岁了，一般的人老早就退休了。可能她觉得，传承诗词是她毕生的使命吧。希望她一直健康就好。

陈山木
魏晋风骨也是她的风骨

早年在台湾的时候,叶老师在台大的中国文学课很风靡,我们虽然不是台大的学生,但一有时间就跑去听她的讲课。20世纪70年代,比较文学作为一门新兴学科很受欢迎,我就来到了加拿大英属哥伦比亚大学(UBC)读比较文学。因为需要一个跨系指导老师,我找到亚洲学系,发现叶老师在那里,所以就很自然地请她来做我的指导老师。叶老师对中国诗歌的普及教育一向非常重视,她在UBC的时候,任何社团和组织只要邀请她,她一定尽力做好准备,每一场演讲都精彩无比,反响很大。她后来回中国,也是最早推动诗歌教育的一个人,其实60年代她在台湾就已经开始诗歌的空中教学了。

叶老师的确是一个了不起的学者,古典文学学养非常深厚,诗词歌赋样样精通。她的研究领域非常广泛,从《诗经》《楚辞》到清代诗词,她都做了全面深入的研究,也提出了许多独到见解。说到她的成就,我个人的看法是,除了深厚的文学根基外,还应该归功于她的好学不倦,以及她对研究的坚持。记得每学期开始的时候,她都会跟我一样，仔细阅读比较文学研究院书单上的书。每读完一本，她就会跟我讨论其中涉及的问题，用功之勤，令我常常自叹不如。她对研究的坚持更是无人能及，除了教课以外，一星期七天几乎都在图书馆做研究。所有的研究生都知道，要找叶老师，去图书馆一定找得到。她往往是每天最后离开图书馆的人，二三十年如一日，这是非常令人敬佩的。我知道叶老师对于陶渊明最是欣赏他的率性，其实回过头来看，她对研究的坚持也是一种率性。就是喜欢诗，就是研究诗词，很认真。

大家都公认她著作等身。从著作来看，她应该是民国以来，用现代和西方文学理论整理或者解析中国诗词最用力也最有成就的少数学者之一。这是我个人对叶老师的一个整体看法。比如说加拿大学者诺思罗普·弗莱（Northrop Frye），当时是比较文学的领尖人物。他写的许多书，我们都一起看过。他对"四季"的一个解释其实与中国理论有很相通的地方，但因为他是站在社会人类学的角度来看文学，所以有很多独到的见解。这对叶先生、对我的启发和影响都很大。

叶先生对比较文学或者说西方现代文学理论，是有很深刻的理解的。她常常会提出一些我没想到的问题，这或许跟叶先生的生活经验有关系，她是经历过很多生活的人，对许多事有很深刻的体验。后来她受到西方现代文学理论的启发，重新从另外的视角来看待中国传统诗人的女性身份，就是所谓的女性"persona"（人格面具），这也是她在整理中国诗歌上很有成就的一面。中国以前的诗人都把自己当作皇帝的妻妾，或者把皇帝当作美人，这种所谓的女性心理，

莲露凝珠聚海深,石根萦藻系初心。
红蕖留梦月中寻。
翠色洁思屈子服,水光清想伯牙琴。
寂寥天地有知音。

《浣溪沙》

在现代诗歌里也非常受重视。从 70 年代到 80 年代，叶老师的中国古代诗词研究，还有蒲立本（Edwin Pulleyblank）的上古音韵和唐史研究、霍维茨（Leon Hurvitz）的佛学研究，使得当时的 UBC 成为西方汉学研究的重镇。

后来我回本行攻读中国文学博士学位，跟叶老师读。那个时候我对魏晋南北朝文学比较有兴趣。魏晋时期有一个特殊的人物鲍照，很少人研究，但他是这个时期一个重要的文学人物，所以我就花了很多时间，把鲍照的生平做了非常深入的调查，把他所有的诗翻译成英文，加以解析。叶老师应该说是一个严师，可是她在指导学生上耐心无比，非常仔细，非常尊重学生的意见，也非常鼓励学生提出自己的看法。我在做鲍照研究的时候，比别人多花了一两年的时间，她也很有耐心地让我把一切都做完再提交论文。她是一位难得的经师，也是一个很好的人师，对学生生活的照顾，我的亲身感受是无微不至，就像母亲一样。我在 UBC 教了三十六年书，一直都是遵循着她的这种精神和态度。

叶老师的另一个人格特点，是她除了有很广泛的兴趣之外，还有一颗非常年轻的好奇心。无论有什么好的电影、画展、音乐会、文艺活动，她都一定参加，而且回来以后会跟大家讨论分享。我想这也是她一直能调适，能跟得上时代的一个最大的原因，她可以和一代一代的年轻学生没有任何代沟隔阂，而且很能引起他们共鸣。

叶先生本身是一个了不起的诗人，诗人自然有遗世独立的孤独感，但她同时也是一个诗词的解析者，最好的解析者，所以她又能回到现实世界，解释给所有现代的人听，是一个什么样的心灵在说什么样的事，所以很能感发人，这是她的特点，也是她的成就，她对于中国诗歌的"感发"力量的诠释，是非常成功的。这种所谓的诗人的感发力量，其实就是魏晋风骨，也是她的风骨。

梁丽芳
不确定的东西，她不会说

我的祖父是华侨，他 1918 年已经来加拿大，还有一些亲戚也在这里，所以我就来到了加拿大，进入卡尔加里大学（University of Calgary）读书。那是 70 年代初，大学里华人还不多，也没有什么中文报刊。当时我交了一些台湾来的朋友，在朋友家里看到一些中文杂志，其中有一本叫《纯文学》，我在里面看到叶老师的一些诗词评论，就惊叹诗词还可以这样来看，印象特别深刻。

当时，卡大开始对中国研究感兴趣，请来哈佛大学费正清研究中心毕业的 Dr. Ranbir Vohra 博士，他开的课程中，有一门叫"革命中的中国"（China in Revolution）。他是印度人，曾经驻北京做外交工作。我那个时候对中国非常好奇，就去听他的课。后来我跟他说，很想到 UBC 深造，他说我可以给你写一封推荐书，可是不知道你是认真的，还是仅仅有兴趣而已，我要试一试你。他就让我翻译一篇茅盾的中篇小说。我真的去翻译了，他看过后就给我写了一封推荐信，后来我就凭那封信进了 UBC 的亚洲系。我修读了几门课，其中有叶老师开设的"翻译里的中国文学"（Chinese Literature in Translation），从诗经开始讲授。因为一个学年讲不了太多，最后只教到宋朝。第二年我正式读研究生，拿到一份助教奖学金，就做了叶老师的助教。

我读中学的时候就知道柳永这个词人。我的外祖父书法很好，常常写扇面。有一天他来看我，送我一把纸扇，上面有柳永的词《望海潮》。那个时候觉得这首词的文字很美，读来抑扬顿挫，非常喜欢，就记住了柳永这个名字。没有想到，后来，柳永成为我的研究题目。我的论文第一章是柳永词牌的特色。柳永写过很多慢词，不少的词牌，和敦煌的曲子词有关，有些词牌只有柳永用过，这就是他的特色。这是我头一次做学术研究，我把这篇文章交给叶老师看，叶老师建议把范围再扩大一些。我拿回来又做了一遍，她说非常好。我受到鼓励，信心大增。

叶老师讲课天马行空，但她不是没有边际地讲，而是找出意象与意象之间的微妙联系。比如谁在什么时候、什么情况之下也写过类似的一种氛围、感受、环境等。我很喜欢她这种教学方法，不死板，十分灵活。通常她一边讲，一边就把那些诗词写在黑板上。她好像字典一样，记得那么多，而且那么清楚。

到了周末，有时叶老师会请我们到她家里去，一起包饺子、吃饭、聊天、看电影。我记得在她家里看过《南征北战》，还有一部喜剧片《满意不满意》，很有意思。有时候叶老师也举办一些非正式的"讲座"，她会邀请一些朋友来她家。我特别记得林达光教授。林教授生于加拿大，在哈佛大学就读，但是解放以后就停学了，回到中国工作。我记得有一次他与夫人回温哥华，叶老师请他们到她家放幻灯片，给我们看中国少数民族的生活情况，以及中国大陆的一些信息。我觉得叶老师家有点沙龙的味道，当然不是常常是这样的。1976年夏天，我参加了温哥华文化中心举办的18人青少年旅行团，到中国大陆近两个月，游览了十四个城市，拍了数以百计的幻灯片。那时候很少人能到大陆旅游，叶老师也很好奇。于是，我整理了幻灯片，在她家放映，大学的教授与同学都来了。之后，叶老师的亲戚朋友们闻风而来，于是，我在她家又放映了三次，每次大厅都坐得满满的。此后，我们之间的话题，又有了新的内容。

1979年，叶老师开始回国授课。回去之前，我们曾谈到中国的一些事情。我说如果我能为中国做些什么，您告诉我就是了。1979年春天，她从北京给我寄来一封信，说人民文学出版社很想把台湾文学介绍给中国大陆读者，但是没有资料。叶老师知道我那几年一直看台湾文学，问我能不能编三个选本——台湾小说选、散文选、新诗选，信里还夹了一张两百加币的支票。我回信说，我可以做。因为秋天以后就要出版，时间很紧张，那个时候我正在母校UBC图书馆全职工作，于是，就跟图书馆申请了两个月停薪留职。我每天去亚洲图书馆看书，一边编选一边寄资料。后来叶老师回来跟我说，她每次拿一包资料去出版社，人们都抢着看，因为大家对台湾文学一点都不知道，很高兴收到这些资料。

当研究生时，我就住在叶教授的丈夫的姐姐家。我有机会跟他们一家人说国语，觉得是个难得的机会。我也认识叶教授的大女儿言言，她长得很像叶教授，她读数学，聪明活泼。我们都跟台湾来的一些研究生有往来，大家有共同的朋友，还一起打乒乓球。她突然离世，我特别难过。

我与叶教授有数十年的交往。我毕业后，跟她一直保持联系，也经常到她家。记得我孩子出生后，她来医院看望我。后来，孩子学爬时，她又买来一个PLAYPAN，孩子可以在里面爬行，她说，这样我就可以有时间看书，这种体贴令我特别感动。那时候，我正在犹豫是否要读博士，就跟叶教授商量，她立刻回答说，好啊，你一定要读。这给我很大的鼓舞。

叶教授对我的影响，不但是在诗词的教导上，在做学问的态度上，还在对中国文化社会的关注上。很多人以为她只专注诗词，其实，她也很关注当代作家的作品。比如，她曾经在香港刊物《七十年代》发表长文，评论浩然的小说《艳阳天》。对于一个专注诗词的学者来说，简直是石破天惊。我也在这个时候，开始关注新时期文学的发展。后来我决定以知青文学为题写论文，扩大研究范围。获得叶老师的同意后，我的论文导师变成了新来的杜迈克（Michael Duke）博士。叶老师每次见到我，就问，现在有什么好作家、好作品啊？于是，我们这两个研究古典的师生，一下子谈起了像雨后春笋般冒出的作家作品来。博士论文完成后，我有幸获得阿尔伯达大学助理教授的教职，这显然与叶老师的推荐是分不开的。往后的岁月，我能够继续做自己喜欢的教书和研究工作，饮水思源，特别感恩。最近，鉴于我早年在香港三联书店出版的《柳永及其词之研究》

没有简体字本，叶老师与助手张静老师把这本书推荐给中译出版社，出版中英合版，叶老师又写了一篇热情洋溢的序，这一切，都令我感动不已。

我1987年发起创立加拿大华裔作家协会，推广华人文学，促进作家学者的交流。那时，叶老师如果没有到外地，一定参加我们的文学活动。她多次给协会开讲座，有时一连多个周末。收入所得，她分文不取，一半捐给南开大学做奖学金，另一半捐给作家协会做活动经费。最近，她把一生所得，捐给南开大学。我并不惊讶，因为这是她一贯的无私奉献精神的体现，对她来说，是最自然不过的事情。

王健　李盈
她有浪漫精神，同时又很自律

叶先生 1969 年来到温哥华，开始在 UBC 亚洲学系教中国文学。我们是 1970 年 8 月底来的，一来就认识了她。因为那个时候亚洲学系的中文部比较小，只有几个教中国语言文学的老师，而且我们两个都说中文，所以第一天就认识她了。那时候叶先生等于是照顾我们，因为我们来的时候才二十多岁，她又比我们早来，所以就有时请我们到她家里去做客。

那时候她的父亲还在，我们也认识了她的先生赵钟荪，还有两位女儿，跟他们很快就熟起来了。那一段时间我们住在在温哥华的 Kerrisdale 区，离她家很近。开车去大学途中会路过叶先生家。记得有一年冬天大雪，我们正好经过，看到她在路边上翘起大拇指要搭便车（hitchhike），我们就接她上我们的车。后来就干脆每次顺路都接她。我们的女儿那时候很小，三四岁，托儿所也是在 UBC 校园。于是女儿和叶先生坐在后座，我们两个坐在前面。

叶老师常常和我们聊家事。上班时大家都比较忙碌，上班前和下班以后大家才会比较轻松一点。在车上，我们不怎么谈学术方面的事。她跟小孩很有缘，很会逗小孩。记得有一次快到家的时候，女儿说了一句："Here we are！（到啦）"，叶先生也笑着学她，说："Here we are!"，想当年真的很好玩。这段时间我们一直接送她。有的时候她父亲生病，我们也载她去医院。1978年，我们转去维多利亚大学，但还是保持着联络。1985年我们又返回温哥华。以后就一直保持着联系。

那个时候我们觉得她非常庄重，觉得她真的是代表了上一代那种很深厚的家庭教养。当然她的学术造诣很好，但是那个时候，她的人格、举止也都是我们非常佩服的。她在形象方面非常特殊、非常引人注目。在我们的印象里，她总是穿着旗袍。系里同人都很佩服和尊重她。叶先生那时候要照顾家人，上课也很繁忙，但她的仪表总是很庄重。她很自律，只跟比较亲近的朋友才会表达负面的心情，在学生或者不太熟悉的同事之间是不会发泄的。所以，她一方面有浪漫精神，可是同时，又很自律。

叶先生给外国学生教中国文学，尤其是诗歌最含蓄的字里行间的意思，常常跟我们讨论，这个有什么含义，用英文这样说有什么含义，那样说有什么含义，讨论得越多，也启发我们对这个问题越注意、越敏感。后来我们看到美国20世纪前半叶最有名的诗人罗伯特·弗罗斯特（Robert Frost）有一次被问到，能不能给诗或诗韵下个很好的定义。他说没问题，马上就回答："诗韵就是翻译不出来的那部分。"我们于是就想，怎么克服这个问题呢？因为如果只注重翻译对于听者的功效，人们会怀疑听着那么自然的英文是不是反映了真正的中文，人们会觉得虽然这首诗翻译过来很令人感动，但它不是逐字逐句按中文翻译的。那个时候我开始觉得，诗歌翻译是不是应该出三个版本，同一首诗的第一个版本翻译词语，第二个版本部分注重词语和语法，第三个版本注重功效，也许这样才算一个老老实实的翻译方式。不过这可能有一点专，一般的人并不需要三个版本。我们就注重第三种版本吧。

我们听过叶先生的课。她的课非常有感染力。她对中国古代诗词那种深深的喜爱，总使学生受到她对古典诗词喜爱精神的感动。诗以言志，志就是感情，再加上叶先生的吟唱，大家就更容易感觉到诗里那种感情的力量。

70年代，叶先生和王健在哈佛大学非常有名的一个学刊《哈佛亚洲研究学刊》（*The Harvard Journal of Asiatic Studies*）合作发表了一篇关于钟嵘《诗品》的文章。因为当时一般的外国人认为，钟嵘的这种诗歌批评方式非常主观，不能直截了当说明问题，所以叶先生觉得，我们要让人家知道比喻的力量，知道其中说明力的强度。其实文章大部分都是她写的，但是刊出的时候用了两个人的名字。

我们觉得，叶先生真的是把传授诗歌作为自己神圣的宗旨。有更多人能够学习诗歌，就更能使她开心。她很担心下一代年轻人会忘记中国文化最宝贵的传统，所以她退休以后，身体还不吃力的时候，任何时候人家请她开讲座，她都会出来。这种精神是非常可贵的。她到南开大学之后，每年夏天回温哥华，都答应给人家免费做一系列的讲座。现在有非常多的人佩服她，可是我们觉得，现在佩服她的人和以前的不太一样。以前的是因为师生关系，学生佩服老师。现在的人真正是从心底佩服她。以前人家佩服她的知识；现在的人又加上她的精神和她的理想。

王芳
师弟因缘逾骨肉

能与叶先生相遇真的是一种缘分，可以说是一种诗歌的吸引，心灵的呼应。2009年，我移民来到温哥华。我是教语文出身，很喜欢古典诗词，但是在异国他乡，能接收到中文诗歌方面的信息很有限。有一天，我在《星岛日报》上发现了一条很小的新闻，说叶嘉莹老师要在西蒙弗雷泽大学（Simon Fraser University）开一个讲清朝诗人陈曾寿作品的课，我就很想去听。以前在国内我也听过叶嘉莹教授的名气，在百家讲坛上看到过她讲辛弃疾，"一松一竹真朋友，山鸟山花好弟兄"，她特殊的音调和特有的风度很吸引我。后来我就去听她讲课，那是我第一次亲眼见到叶老师，之后我追到UBC去听她讲课，然后就有了很亲近的交往。

我曾替叶老师采访过痖弦先生，痖弦先生是我们河南老乡。采访主要是想请痖弦先生回忆一下那个时期在台湾的生活。叶老师说，痖弦老师说什么你就记什么，不用只记他回忆与她的往来。痖弦先生就从怎么认识叶老师谈起。最初是在台北一个电影院，他看到一个气质不凡的女子，"意暖而神寒"，也不敢去打个招呼问姓名。直到几十年后,他们在温哥华的一个文学聚会的场所相见,痖弦老师才知道当时那个人是叶嘉莹。后来我把访谈写完交给叶老师看,叶老师还是很满意的。我还帮叶老师整理过她上课的讲稿。因为我以前也做老师,对做 PPT、打 WORD 稿什么的很熟悉,恰好那时候我们在 UBC 亚洲图书馆里遇到了,我就帮她来做这个工作。

我也和叶老师聊起过教书的事情。那时候我移民过来,一下子就没有书教了,我心里是很难过的。我对教学工作真的很有感情,我的学生虽说不像叶老师那样遍布全球,但也有很多是颇有建树的。后来不得已中断了教书生涯,也是为家庭做出的牺牲。叶先生就告诉我说,教书是做公德的事,不分校内校外,如果真的喜欢教学,随处随地都可以展开自己的教育和引导。她在台湾的时候不但要教诗词,还当班主任,领着学生去做课外活动,甚至包括种花种草。她的话对我影响很大,她这是在告诉我不要有分别心,要把小我去掉,变成一个大我。只要愿意学习,愿意教学,处处都可以是课堂。这对于解除我心里的苦闷,确实是一个很好的引导。

叶先生的智慧不光体现在教学方面,她在生活当中也有好多灵巧的地方。她做家务活儿非常干净利落,然后把节省出来的每一分钟用于读书学习。她刚来加拿大教学的时候英文不好,可她从来不抱怨。她的想法是,单词查一遍记不住就查两遍,再不行查个十遍八遍总能记住了吧,哪有工夫抱怨呢?这一点对我也是影响很大的。

如果没有叶先生给我做精神榜样,我们一家人不会还住在现在这个房子里。我们移民过来之后,家里也遭受了很大的变故。那时候经济来源一下子就没有了，孩子要上学，还要还房贷，非常艰难，一度我都想卖掉这个房子。那段时间跟叶先生在一起，她也觉察到我苦闷的情绪。我刚要开口，叶老师说，不要说，什么都不要说，把苦难藏到心里边，都会扛过去的。是啊，我就听老师的话，咬着牙扛住。我在外边做中文教师，女儿上学也打工，然后再靠着国内亲朋的支持，好歹算是把那两年给扛过来了。叶先生说，我最痛苦的时候，对内不对女儿说，因为谢东山说过"但恐儿辈觉，损此欢乐趣耳"，不以自己的痛苦来耽误孩子的快乐心情，所以不对孩子说；对外也不对亲朋好友说，要有一个"弱德之美"，要有持守，你要守住自己。就是这样，反正终于算是守住了。

当然，我们也有很多开心的时候。叶先生喜欢吃面条，不过她不喜欢吃南方的碱水面云吞面，她就喜欢吃家里的手擀面。她跟我说：我也会擀面，我年轻的时候利索着呢！我们北京叫板儿面，我给你擀一把试试。说着她就卷起袖子，上手开始擀，真是很像那么回事儿！那时候她八十多岁了，擀两下之后还用手抻抻，把面条给抻开。我们大家都吃得很开心很高兴。叶先生其实是有很童真很活泼的一面的。有一次上课前调音响，忽然有刺耳的尖叫，她就"哎呀"一声，还吐了一下舌头。真的是很可爱。

叶先生喜欢讲一个缘字。她有一句诗，"师弟因缘逾骨肉"。我觉得，她之所以能保存这么好的天性，那样纯真，那样宽厚，跟她周围的这些朋友们有很大关系。有些感情，在血肉亲情的地方是得不到的，反而是在没有血肉亲情的地方获得了补偿。你看像Jenny（施淑仪），真是跟她比亲生女儿还要亲。在温哥华我们都很精心地呵护着先生，在国内张静他们也是一样，也很爱惜先生。先生在血亲那里没有得到的，在这里得到了，也算一种圆满吧。

我过生日的时候，叶先生送了我一条丝巾，给我写了一张卡片。让我感到特别珍贵的，是她对我的称呼，她在卡片上写：王芳同学，祝你生日快乐。她说，凡是我称呼对方为同学的，我心里边就认定她是我的学生了。这对我来说特别重要。我不像张静她们那么有福气，是先生正式的入室弟子。我和温哥华的这些朋友都是受到先生精神的感召。她就像有摄身光一样，随行摄化，把我们这些粉丝们摄到她的周边。她确实很有人格魅力，而在她的人格魅力中占很大比重的，是中国古典诗词。因为她接受了中国古典诗词中丰富的营养，才成为今天的叶嘉莹。可以说，她把自己的生命献给了诗歌，诗歌也成就了她的生命，也给了她一颗能够与天地精神相来往的不灭灵魂。

施淑仪
总把春山扫眉黛

我 1949 年在广州出生,后来在香港接受教育。我父亲去世的时候只有 42 岁,所以我是祖母培养大的。我祖母特别跟我说:"淑仪,你不要以为自己是女的,就不用念书,女的最重要是念书。"我当时很怕祖母,所以也不敢问为什么女的最重要的是读书。我一直到现在都想问她。我在香港中文大学念了中文系,老师是苏文擢,叶老师和她认识。后来我又去夏威夷大学念书,1976 年跟谢琰结婚,就到了温哥华。我在银行工作过,也教过书。

1989 年,我由于生病停了教书的工作。等到身体好了点之后,我先生知道我喜欢诗词,就说,叶老师正在我们图书馆讲课,你来听课吧。我那时候也不知道叶老师讲课是什么样的,就去听了。去之前我因为身体原因精神很不好,整个人混混沌沌的。听了叶老师的课,我精神为之一振,好像醒过来了。我是念中文系的,从来没听过有人像叶老师这样讲诗词的。因为特别喜欢听叶老师讲课,后来我就请叶老师到家里来讲,还邀请朋友一起来听。

当时叶老师在我家中讲课,我先生负责开门招待,洪子珺是谢琰的书法学生，她带了一个白板放在窗口，叶老师就在那里讲。叶老师很喜欢写板书，她引什么诗词就写出来好让我们都知道。我们就围着桌子听课，家里上课气氛很融洽，像大家庭一样。后来就觉得这个地方实在太小了，我每年就去接洽那些文化中心请叶老师公开讲课，所以每年夏天，叶老师一回来都会给我们讲课。

　　来听课的都是爱好诗词的好朋友。年龄最老的就是蔡章阁先生，他扶杖而来听课的样子我还记得。叶老师自己的学生或朋友也会来。叶老师讲课真是厉害，一次课她可以连讲两个小时，而且她一直站着讲，也不喝水，好像仙人掌一样。以前有些地方请她去讲课，她才刚讲完开篇，人家就说时间够了。后来我给她在外头租了个地方，可以让她讲得充分，就不用太计算时间了。

　　我因为住得很近，近水楼台，常常跑叶老师家里一坐就很久。有一天我跟张静老师正陪着叶老师聊天，无意间看到桌上有一把扇子，扇子上有首诗，就自言自语说："蜀僧抱绿绮，西下峨眉峰。"可扇上写的是"西上峨眉峰"。我以前念的是"西下"，那究竟是"西下"还是"西上"呢？张老师说"西下"好，这说明那个僧人已经上了峨眉山再下来，已经到了一个境界，所以才能够弹出这美妙的琴音。叶老师说，所以你们读诗不要只是看什么版本才是对的，要用你们的脑筋想一下。就比如，是"如听万壑松"还是"如聆万壑松"呢？叶老师说，"如听"比较好，因为"听"是阴平，"聆"是阳平，那个音节阴平，音节比较好听。叶老师就是常常这样启迪我们的。

　　叶先生特别讲究诗词的吟诵。她吟诵时，会特意将入声字读出来。

Touring Exhibition
Celebrating the Life and Work of
Professor Chia-ying Yeh
on her 90th Birthday

有时候我很喜欢学叶老师吟诵，可是叶老师说："你不要学我，因为广东话吟诗比普通话吟诗好。广东话有入声字嘛，那些 p、t、k 收音的字国语就没有了。"

叶老师除了热爱诗词，我想她最喜欢的就是旅行了吧。我有一本相册，都是我们一起去旅行的照片。每次旅行都是陶律师的太太梁珮安排好地方，然后我们一起出发。有次我们去 Tofino，这是温哥华岛西岸的明珠，Tofino 跟 Ucluelet，中间隔着一个长滩，叶老师主动提出，要下去捡贝壳。我们要下去这个长滩，要走些山径。那时候叶老师差不多七十八岁了，我担心她走不了。梁珮特意去问过，说有木楼梯，可以慢慢走。我们就护着叶老师下去了。那天叶老师还穿着一件她很喜欢的披风，虽然很潇洒，不过我们有点担心她着凉。第二天，我们在市镇上逛商店。叶老师穿衣比较讲究，她看中了一件红色抓绒背心，我们就鼓励她说很好看的，叶老师买了它穿上，第二天她就不穿那件披风了，我们也没有那么担心了。叶老师精神很好，晚上还给我们讲诗词，真是"白昼谈诗夜讲词，诸生与我共成痴"。我们都特别开心。

叶老师很喜欢看电影。有一次我开车陪她看了一部电影，她还要接着看第二部第三部。我说："我太累了，不能看第三部了，我送你回家，你自己开车去看第三部吧。"结果，她真的回到家又自己开车去看第三部电影。叶先生几乎是什么电影都看。她有一次自己去看电影，不留神将钥匙锁在车里边了，只好打电话向我们求救。她经常是单枪匹马看电影，没有人陪着，她无所谓，她就是喜欢看电

影。还有一次,她的外孙女儿要结婚,我陪叶老师买衣服,我们逛了很久,我一路上跟她说说笑笑,逗得她很开心。我有时候会故意娱乐一下叶老师。因为我觉得她生活太严肃了,一直都在埋头苦干。她就很无奈地说:"Jenny,你真的是,完全是胡说八道的!"可是她很开心就是了。这都是很有趣的生活回忆。

叶先生一生经历了很多时代的动荡,个人生活中也遭遇了不少常人无法接受的磨难。但是,她这个人很有儒家精神。她常常说她开蒙的第一本书,是姨母教她的《论语》。她说,孔子是一个无所依傍的人,那时候还没有什么宗教,他所靠的,就是一个"道"——"朝闻道,夕死可矣"。孔子没有具体说这个"道"是什么,叶老师解释

这个"道"是持守，是安身立命之道。近年来，叶老师常常讲"弱德之美"，"弱德"不是软弱，而是有一个坚强的信念和持守，在最困难的时候，仍有一种精神力量支持。我觉得，她就是靠这种精神支持度过很多艰难困苦。

叶老师也常常说，是诗词支持她走过这些艰难的路。最近叶老师打电话来，叫我先生用书法将她的梦中得句写出来。她写的是："换朱成碧余芳尽，变海为田夙愿休。总把春山扫眉黛，雨中寥落月中愁。"她就是不论怎么样，虽然她理想的青春年华离她很远了，可是她依旧总把眉黛扫成春山，保持着美好的追求。还有"一春梦雨常飘瓦，万古贞魂倚暮霞"，以及"昨夜西池凉露满，独陪明月看荷花"。这些诗句都表达了她一贯的精神追求，不管怎样的凄风苦雨，她始终是"万古贞魂倚暮霞"，总有一种坚强的信念和持守在，所以她能够超越人生种种阻碍，绽放出灿烂的光彩。

叶先生回国定居之后，把几十年来的旗袍，统统找出来给了我。我一下子有了那么多的旗袍，真的很幸运。最初是因为有一次我跟叶老师聊天时候偶然说起："我除了以前中学时穿校服时穿过长衫、旗袍以外，我就再没有一件旗袍。我要做一件旗袍。"叶老师说："你不要做旗袍，你等一下。"过几天，她拿来她的旗袍对我说："你试试看，能不能穿，合不合身？"结果我一穿很合身，我们都非常高兴。我现在身上穿的这件旗袍可能是叶老师早年很瘦的时候穿的。她现在穿不下了，连我都觉得太窄。可是叶老师有办法，我们一起去布店，她替我挑一个花边，给衣服上开了一条边，整件衣服都宽了不少，而且还很漂亮，我立刻就穿得上了！叶先生真是太聪明了。叶老师的很多旗袍她自己都改过，用什么颜色，怎么搭配，她很有创意的。

叶老师回国定居后，我们都觉得，这是很好的决定。因为国内照顾她的人比较多，而且她在国内讲学，真正可以把衣钵传给学生，她的学术可以传承，是在国内。所以我觉得，她的决定是对的。

谢琰
顺随天意，这才美好

我是1936年在香港出生的。1959年我来到温哥华UBC大学读书，本科念心理学，毕业以后在UBC做了两年图书馆助理员，又到苏格兰念图书馆专业，之后非常幸运，UBC请我到亚洲图书馆当中文部负责人。一晃就做了31年，直到退休。

1969年，叶老师开始在UBC教书。叶老师常常到UBC图书馆，我认识她，就是因为帮她找资料。最初我们就是在图书馆的这种工作关系，私交是没有的。我结婚以后，内子施淑仪很喜欢古典文学，常到UBC听叶先生讲课，我们才有机会请叶老师到家里吃饭，慢慢就熟了，变成朋友。

我很自豪，我们图书馆的收藏是很丰富的，基本上都能满足叶老师的研究需求。我们图书馆有著名的蒲坂藏书，这是澳门商人姚钧石的个人收藏。姚先生自认是尧的后代，而尧的发源地是蒲坂，故曰蒲坂藏书。乾隆以前的善本书也有几百种。那时候姚先生原来打算卖给香港大学，香港大学查目录发现，香港冯平山中文图书馆已经有一半那些书了，不愿意浪费钱再重买。而姚先生的意思是要

卖就得整批卖。姚钧石这批书的目录又到了南洋大学，那时林语堂当校长，正要离开南大了，所以也没谈判好。时值 UBC 刚刚开始办亚洲系，图书馆的何炳棣教授与王伊同教授都有远见，就将这批书整批买了回来。20 世纪 50 年代末期，110 个大木箱漂洋过海来到这里堆在图书馆的六楼。大家都在议论，怎么"中国长城"没有人动？后来，UBC 特别请到了香港冯平山图书馆馆长伍冬琼女士做第一任亚洲图书馆馆长，才把这些古籍整理入库。伍女士算是我的恩师，是她带我入了这行的。我还是学生的时候起就在图书馆工作了。伍女士鼓励我说，你喜欢管理图书，那么应该念这个专业，后来我

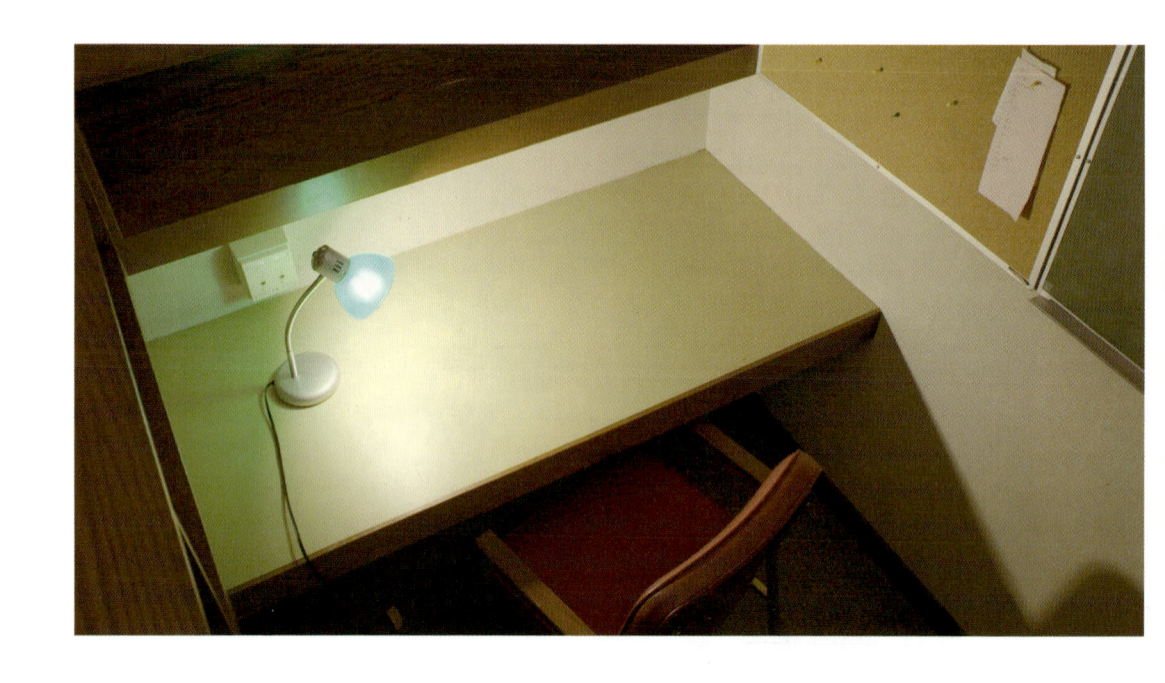

就去念了图书管理专业。也是很有机缘,念完书再回到UBC服务时,李祁教授已经在UBC教书了,我当助理员时,还租住过她家的地库,就跟李先生相熟了。李祁教授是我很敬佩的学姐,她是20世纪30年代庚子赔款留学生,据说比钱锺书早一届,所以她英文的素养很好,当然,李老师自己也写诗词。后来李老师退休,叶老师就接她的班,这也是一种缘分。

　　UBC图书馆的开放区域是谁都可以进来的,只有蒲坂的书必须在图书馆内用,其他书基本都可以借出去。亚洲图书馆原本在图书总馆那一层楼,80年代搬到了现在的亚洲中心。叶老师在图书馆有一个小房间,她每天都到那个小房间里埋头读书做研究。有什么资料就都搬到这个小房间里去。

我一有机会就去听叶老师的课，叶老师的著作我也念过很多。通过她的诗词、她的思想，我对她有了更深的认识。所以叶老师邀请我参与到她和陶永强的《独陪明月看荷花》出版计划时，我非常高兴。

《独陪明月看荷花》的出版还有个"三子会"的因缘。叶老师在温哥华很喜欢旅行。那是2005年夏天，我们夫妻结伴跟陶永强律师夫妇，另外还有王锦媚、叶老师，一行六人到Vancouver Island 的一个小镇住了几天。中午在一家小餐馆吃过饭后，我们就在附近的小花园散步。那时候陶律师提议说，他选了叶老师五十多首诗词翻译成英文，很希望出版。叶老师说，那为什么不叫谢先生用书法抄呢？我就是那个时候被他们邀请的。我当然是很高兴参与。结果后来聊起来，陶律师、叶老师和我，我们三个人都是属鼠的，就变成"三子会"。这就是一种因缘巧合。世界上很多事情，特意安排反而不美。

我最初是用楷书写叶老师的那些诗，用行书写她填的词，后来我发现两者不太协调，决定还是都用行书来写。行书是我的强项，结果效果很好。我写之前，都要先熟读叶老师的诗，我希望将我的感情放在书法里边，不然好像小学生抄诗一样搬字过纸就不好。所以，我抄的每一首的诗都融入了感情，将我的情感跟叶老师的思想去沟通。

我认识叶老师的思想都是通过她的作品。我们平常就是聊聊天，吃吃饭，不谈什么太严肃的话题，但是我们觉得心灵上是有沟通的。我特别感恩叶老师看中我的书法，所以后来叶老师出版的很多作品题词都是我题的。2015年迦陵学舍那个题记，是我用楷书写的；以前南开那个中华古典研究所的大楼，也是我题的；南开有一块石头，上书《易经》的"天行健，君子以自强不息"，也都是我题的。

南开大学古典文化研究所的落成，与蔡章阁先生的支持是分不开的，这后面也有一段机缘。1992年，蔡章阁先生买了一对木刻的对联。那对联上的字是我的朋友王柯文先生请我帮忙抄写的。通过书法，我就和蔡先生结了缘。过了一年，蔡先生有一天问我本地有没有人写小楷。我就多问了他一句，是不是有什么需要帮忙的，我也可以写小楷。他告诉我，很希望能找人将他为父母做的纂录抄写下来。那时候蔡先生自己拿了个初稿，放在小学生作文簿里边带来给我们看。他人很谦虚，说自己从小没念过多少书，所以他觉得自己写的文字不太通顺，希望我们替他修改。施淑仪就替他修改了，正好叶老师也在，她也看过。稿子定了以后，我就替蔡先生抄。那个难度很高，因为要写在他父母的遗照旁边留白的地方，一个字都不能错漏。结果经过抄写这件事，我跟蔡先生的感情也深了。蔡先生是虔诚的佛教徒，正好我对佛教也有点认识，我们很谈得来。

也是那个时候，叶老师从南开回到温哥华来。当时她在南开是挂靠在中文系，也没有固定讲学的地方，有一种漂流感。我跟几个好朋友都希望能够帮叶老师筹点款，尽点绵力帮她建个讲学的地方。蔡先生很仰慕叶老师的学养，更敬佩叶老师要将中国文化传授下去

的精神。我们就邀请蔡先生到我家听叶老师讲学,那时候叶老师在讲张惠言的《水调歌头》五首,蔡先生每天来就坐在这里听。后来我就跟蔡先生讲,叶老师希望能够筹到一笔款,在南开建有一个固定讲学的地方。蔡先生是老派的商人,他不会轻易承诺什么,只说"我量力而为",也没有说一定捐款,会捐多少。过了一段时间,南开拨出一块地,说可以建研究所,整个计划需要500万人民币。假如我们能筹到250万,南开自己的钱批下来就刚刚好。那时候我们就立了一个目标,就是要筹到250万人民币。当蔡先生知道我们希望在本地筹到这笔款项时,那个场景我印象非常深,已经八十多岁的蔡先生,中气不够,讲话很失声,他用广东话慢慢讲:"那么我就一手承担了。"我一听，好像天都亮了。

蔡先生一诺千金，结果研究所就盖起来了。果然一切都是机缘啊。我们夫妇有幸能参与到这个过程当中。因为蔡先生不懂普通话，叶老师不通广东话，我们在给他们翻译探讨之中，也学到很多人际的关系。凡事刻意为之往往没意思，顺随天意，水到渠成，这才美好。

叶老师经历过非常多的苦难，但是她不但没有被打垮，而且还活得这么坚强。我想，最重要还是诗词研究支撑了她，她通过诗词净化了苦难，克服了所有困难。这方面我自己也有同感。今年是我患癌症第十三年，假如没有书法，或者我支撑不到现在。我最不开心最困难的时候都是靠书法支撑下来的。我走这条路，也是以叶老师的精神为榜样。要把所有苦难都忘记，谈何容易？但其实也不难。她忘我地讲学和写诗词，我拿起笔就什么都忘了，用现在的话来说叫"正能量"，叶老师的正能量是诗词，我的正能量就是书法。

2007年叶嘉莹诗词选译《独陪明月看荷花》新书发布会

卓同年
一个生命的精微体

我认识叶先生是在 2015 年的春天，是因为叶先生在温哥华的朋友谢琰先生的推荐。叶先生从天津回到温哥华，张静老师陪着她找到我，求诊的主要问题有三个：咳嗽了两个多月还没有好，因为坐飞机把颈脖子扭了，还有就是下肢水肿。当时老太太已经快九十一岁了，所以，我们在治疗的时候比较慎重。我们主要用中药和扎针结合的方法给叶先生治疗。叶先生吃了两周左右的中药，咳嗽已经明显好转。再过了两周，咳嗽基本就停止了。脖子和颈椎的问题主要靠针灸治疗，一共扎了四五次，也有非常明显的改善。

在治病过程中，我有幸与叶先生探讨了很多，比如她的诗词研究，她的讲学，她为什么到南开去……听了她的分享，我逐渐也对她写的那些诗词产生了兴趣，甚至还专门去做了一些研究。但对于一个医生来讲，我最想了解的是，一个九十多岁的老太太为什么有这么大的生命活力？她的这一生是怎么走过来的？

医生对生命的认识与一般人有所区别，对疾病的认识可能也更加深入。当人产生了局部的疼痛或是局部血液循环有障碍，这与心灵的层次也是相关的，我们会关注疾病和心理因素有什么关系。我们往往把一个人的疾病暴发视作在生命过程中的拐点。这个拐点能不能走过来，与这个人对生命的认识有多深是相关的。

因为职业的关系，我接触过将近400位九十岁到一百岁的老人。他们的生命历程中，都有那么多苦难，有那么多不愉快的事情。他们是怎么过来的呢？其实，他们应对困难的方式都很类似。在和叶先生的交谈中，我们发现，当叶先生遭遇到生命当中几次重要的打击时，几乎都是诗词在为她源源不断地提供精神力量。诗词就是她的药，那么肉体这一部分怎么去保养呢？叶先生说，她从年轻时候就知道气功并开始练习。她给我描述过第一次练自发功后的感觉，本来双下肢是发麻的，第二天早晨起来，一个月的麻感荡然无存。所以从那天起，她基本上每天都在不自觉地练气功。这就是她对生命的一个独特理解。她认为通过练习，自己内在的气的运行变化，可以使生命每一个内脏、每一个关节、每一条肌肉，不断协调，达成平衡；这种平衡与和谐，可以让她的生命更加顽强，也不断加深她对生命的理解。

因为叶先生一直练气功，所以她气感很强。她练自发功的过程实际上是非常快乐的，因为"不舒适"能够通过自发功得到释放，并且好像有新能量进来了。我们给她扎针的时候，就发现这个老太太的经络非常敏感，敏感到我们用小到0.2mm的针就够了。一扎进去，她就有气感，感受传到哪里，她马上可以非常敏感地体会出来。我们把脉的时候，她一定会两只眼睛盯着我的手不放，完了看看我再看看她自己的手。她对生命非常敏感，这就是生命的精微体。我们诊所强调一个理念，希望人人都能从粗糙体转为精微体。在我们看来，所有属于精微体的人对生命都是敏感的，疼痛阈值比一般人都要低。叶先生就是这样，我扎针的时候她会说，卓医生你要轻一点、轻一点、轻一点，你要告诉我扎了没有。

叶先生的生活没有规律，工作拼命，吃东西非常随便，但是，我们发现她的十二条经脉不管是阳经还是阴经都是通畅的。如果一个九十岁老人的经络是闭塞的，那一定气血不畅，骨头很硬，筋也一定不柔，内脏功能也会弱。那么，叶先生靠什么来修理自己呢？又是什么在滋养她的生命，让她这么大年龄还可以讲课讲几个小时不停？除了她日常有练习气功的习惯，还有就是她内心的力量，自然而然地弥补了这些不足。叶老师内心对生命的热情让她永远活在心境的顺流当中。一般人到了这么大的年龄还要这样工作、这样操心、这样努力，可能早就撑不住了。多少老年人往往一个胳膊痛、一个腿痛、一个咳嗽就可能再也起不来了。但叶先生没有。在她的生命轨迹中，这是最重要最独特的一种生命现象，而这种生命现象却最符合自然本质的规律。可以这么说，叶先生在她当下的生命过程中，活在了自己真我的阶段。她活着的每一天，都将当下的快乐感发挥得淋漓尽致。这也是人生命的闪光点。我所说的闪光点，就是每个时刻最快乐的那个点，叶先生都找得很准。所以我觉得这种生命现象很值得作为长寿和养生的样本去进一步研究。

我问过叶先生，在这一生中，除了诗给她带来快乐以外，还有什么也可以给她带来快乐？她说，自我向内看的时候，是她最快乐的一个时刻。向内看的时候，她对生命的认识不是聚焦外在，而是走向内涵。正因为走向内涵，她的生命会由一个正常的人变成一个"不正常"的人——中国古人称之为"真人"。她对生命的理解已经超越了二维关系，而是多维的一个关系。这种维度可能在三维、四维之上。如此一来，她内心快乐的程度也比一般人要多，所以记忆力也是超强的。即便九十多岁了，她在我这儿看到的每个人都认识，甚至连小孩的名字她也能记起来。为什么？不该记的东西在她脑中荡然无存，她记的全都是好事——好的生命，还有对她有过帮助有过影响的人。像叶先生这样的人，一定是生命的精微体。所以，她在经历了那么多人生的艰难之后，依然还可以宽恕别人、赞叹别人、感恩别人。

2015年，叶先生邀我去南开讲过一次课，那时候她应该是九十二岁，还亲自接待的我。那次南开之行让我触动很深，我认识了南开大学一大批研究中国古诗词的学者，他们竭心尽力要把中国传统文化传承给下一代，让我觉得是特别欣慰的事情。我在南开讲的题目是《破病的智慧》。人有一点毛病是生命中正常的现象。如果一个人一生当中一次病都没有得过，反而是不正常的。那遇到重症、急症、危症怎么去解决，这是我那次演讲的一个重点。我记得很清楚，整整两个小时，叶先生从头到尾听完了。讲完之后，她还陪我到外面送我上车。那次我给叶先生把了脉，叶先生的身体没什么大问题，不过我们提醒她老年人还是要特别注意心脏，不主张她特

别激动。那几年下来,她的肺部有明显改善,四肢还是有点肿。我们告诉她:第一,不要做工作狂,工作有助手,自己要放松一些;第二,冬天来了要吃一些相关中药进行调理。春夏秋冬永远是日月同行的,但是如果冬天来了你的身体还在夏天,就会不舒服甚至发病。这时候如果吃一点中药调节一下,跟上节令,身体上会有很好的改善。所以也给她开了一些中药，让她这方面做些调整。

如今很多中国人对中国传统文化的信仰和传承的意愿都在慢慢淡漠。特别是我在西方见过很多从国内出去的人，他们对西方文化的接受是建立在对中国文化的否定之上的。叶先生的伯父当时就是北京城非常有名的中医，她从小对中医的治疗功效耳濡目染。更重要的是，她从小就学四书五经、背古诗词古文，所以她对中国传统文化的核心思想有深刻的理解和认识。

我觉得不论是古诗词也好，中医也好，都是中国传统文化中非常重要的部分，其中最关键的相通点，是主客体共融。一个好的中医在看病的时候，自己是主体，病人是客体，那么你能不能站在病人的角度感同身受？这是一种主客体共融。再比如，叶先生写诗或吟诵的时候，她是主体，作品是客体，古人是客体。她与作品、与古人之间是互通联动的，这也是主体和客体的融合。叶先生看病的过程其实也是一种主客体融合的过程，她对中国传统文化的认识可能会从另一个角度继续加深。中医的思想会不会对她关于诗词的理解和创作产生影响呢？完全有可能。正因为是这种共融的关系，所以叶先生一直觉得中医是大海，西医是大河。她的内心对中医更加偏爱，所以治病过程当中一直偏重于中医。她告诉过我，她在温哥华待了这么多年，以前是不太看医生的。当然，西医作为现代科学，其中合理的、有价值的、对人类贡献重大的部分，她也不会排斥。比方说西医里各种预防针，叶先生也会去打。现代科技的成果，她也会去享受，这是叶老师非常开通的地方。所以，在叶先生身上，我们看到的不仅是她在古诗词研究这一块的贡献，更重要的是，是她对于中国传统文化总体的提升，以及如何把传统文化的精髓在她个人身上实践，让传统文化绽放出最美、最鲜活的状态，这是一种非常好的传承。

这么多年来，我们一直致力于与各行各业的顶级专家建立有关生命的对话，甚至对他们进行不计报酬的治疗。老实讲，跟这些大家在聊生命问题，聊他的专业，聊他的心灵世界时，我们都会感觉到自己心灵上的震撼。这个对话过程既会提升我们自己的生命，又因为我们对他们的医治让他们能为我们人类做出更多贡献，我想这是非常有价值的一件事情。

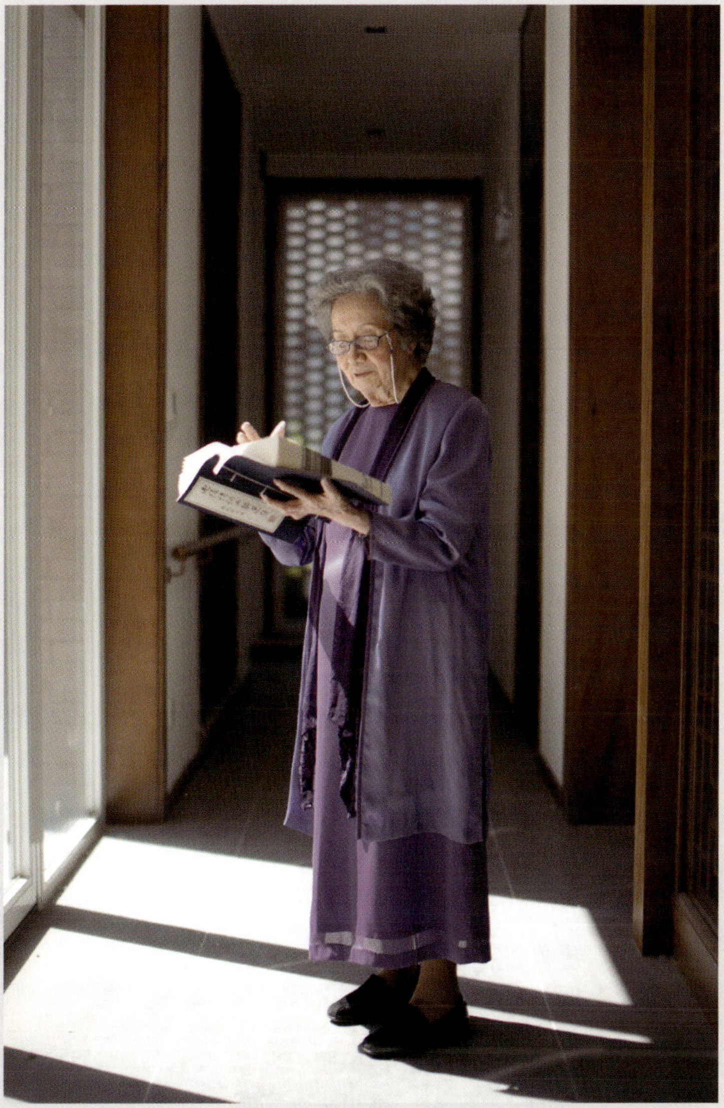

陶永强　梁珮
我特别喜欢翻译她的诗

我们俩以前都听过叶先生的课，20世纪90年代有幸与叶先生成为邻居。虽然我是学法律的，但对文学、诗歌一直很有兴趣。大概是2000年初，我听到叶老师讲陶渊明，心里感触很多，便想要用英文来重新阐释陶渊明的诗，所以就尝试自己去翻译。我很小的时候移民来到加拿大，对中文诗、英文诗都有些了解，也很喜爱。作为掌握两种语言的人，我总希望自己能够让这两种语言系统中的诗可以彼此沟通。后来我翻译叶老师的诗，也是出于这样的想法。

《独陪明月看荷花》中我选译了叶老师60多首诗词（书中这些诗词由我们共同的邻居兼好友书法家谢琰先生抄录），大概是叶老师整体作品数量的十分之一。选择的标准是什么呢？首先，是我自认为能够理解，并有信心可以用英文来翻译的作品。其次，所选作品要能涉及叶老师各个生命阶段。看叶老师的诗词，就好像看她的日记一样，她的生平都在里面。我选完译完给叶老师看了。有些诗词她可能会认为没有那么好，但是我喜欢，她也就不勉强。有些我理解不到位的地方，她会给我讲解其中的典故，然后我不断修改完善。

有几首作品我感触很多,《鹏飞》(*The Falcon's Flight*)是其中一首:

鹏飞谁与话云程,失所今悲匍地行。

北海南溟俱往事,一枝聊此托余生。

这首诗叶老师在很多场合都讲到过,写的是她刚来 UBC 教书时候的苦闷。她要用英语讲中国古典诗词,英语不是她的母语,讲课的时候当然没有那么自由,不像她在北京、台湾讲课时候可以尽情跑野马,收放自如。其实,移民都会有同样的体会,来到异国他乡以后会发现自己从前熟悉的那一套用不上了,为了谋生只好去做些不得已的妥协。我看到这首诗就很有感发。

在翻译的时候,我一直在想这个"鹏"怎么译呢?偶然我想起英国诗人霍普金斯(Gerard Manley Hopkins)在《茶隼》(*The Windhover*)中用到过 Falcon 这个词。别人可能不会把"鹏"翻译成 Falcon。但是对我来讲,*The Windhover* 的意义是不一样的,所以我就用 Falcon 来翻译。做这种选择的原因其实只有我自己知道,叶老师不会知道,其他读者也不一定能察觉到,但是,在我看来最重要的就是通过翻译把叶老师与霍普金斯联系在一起,就好像介绍他们认识一样,这样我就很开心了。我的翻译是这样的:

the Falcon's flight / is a lonely flight / and when its wings are clipped / it hops in the dust / now the Great Journey is a dream / from the distant past / and it must consider the next meal / from its perch.

另外一首我印象很深的诗《庭前烟树为雪所压》(*Tree Laden with*

Snow），是叶先生在冬天时候写的，她看到门前树上的积雪，就拿一根竿子把雪打下来。短短一首诗，译成英文别有味道。原诗是：

一竿击碎万琼瑶，色相何当似此消。

便觉禅机来树底，任它拂面雪霜飘。

我的翻译是：

the crystal palace came crashing down

with a poke of the pole

how magnificent it looked

how easily it crumbled

oblivious I was to the falling

snow clumps

struck by a thought

of Zen

under the tree.

我这个翻译也好像树上积雪一样。没有格律，也没有用其他东西去补足。我尽可能做到的，是当每一首译诗念出来时，是我喜欢的音韵，能够有节奏停顿的感觉。叶老师有一首《水龙吟·题嵇康鼓琴图》，我觉得下片有一点点批判的味道：

正复斯人不免，画图中愤怀如见。古今多少，当权典午，肯容狂狷。流水高山，广陵一曲，此情谁展。有刘伶善饮，举杯在手，寄无穷感。

我选择了这一首，因为我觉得它让我们看到叶老师的一些感慨：

Self-possessed in idiosyncrasies: / his sneer, his demeanor, captured/ on paper, his indignation vivid. / Through the chapters of history: / how many men of power could tolerate / the disdain of dissenters? / Running water, mountain high: / who will play / the tune of the rebel? / The famous drinker, Liu Ling, / cup in hand, makes a toast / to eternity.

叶老师写诗，其实就像她自己说的，她并不追求做一个诗人。我感觉她只是喜欢教学生诗，自己也喜爱诗。她遇到困难就会写诗，诗能帮她度过这个难关。所以我特别喜欢翻译她的诗，翻译的过程就好像跟她学习了如何度过难关。

叶老师与我们交往，总让我觉得很舒服，但她也自有一种学者的风范。有人问我叶老师对我的翻译有什么看法，叶老师从不随便讲"很好"这些客套话。不过给我的感觉就是，她很愿意跟我谈我的翻译。对于我的翻译，她觉得有哪些地方要补充一下，就会跟我很细致地聊。叶先生总愿意尽可能多地给后辈和朋友一些指导和帮助，就好像孔子一样，有教无类。

可以说，叶老师的生命就是诗教的传承。叶老师热爱讲学，她回到国内，就是完成了她自己生命中最重要的事。她在国内可以用中文讲得更自在更满足，听众自然也更多更广。她一心希望中国的诗词能够传承下去，根植在普通人的生活中。她的心愿就是这样。我们很幸运，能够结识老师，那真是很宝贵的时光。老师有两句诗，"闻多素心人，乐与数晨夕"，描述我们这群朋友之间的交往。现在她回国去了，我们当然很舍不得，不过也非常支持，并且心存感激。

何方
她是一个宝藏

我是 2008 年到温哥华总领馆工作的。2010 年，领事馆举办了一次活动，请叶先生来讲诗词。因为我是北师大中文系毕业的，前身也是辅仁大学，跟先生可算是校友，所以她一来，我就一直围在先生身边。

那一次活动非常成功，很多人都来听。叶先生那天的题目是讲中国古典诗词的感发的力量，她讲了从作诗的人的角度，诗是怎么作的，从读诗的人的角度，诗应该怎么样读。那么诗歌最重要的精神，就是感发的力量，从那里来呢？最主要的还是从声音来，所以吟诵其实是诗歌最主要的灵魂所在。我当时非常震惊，我虽然是中文系毕业的，但是上学的时候从来没听说过吟诵这件事，听她讲完之后，我马上意识到这是中国传统文化传承非常重要的一个部分，而且正在濒临灭绝。

我知道她是一个宝藏，所以从那个时候开始我就缠着先生，凡是她在温哥华的演讲、授课，我都去参加。因为这个缘故，我们逐渐成了有私交的朋友，我经常到她府上去拜访求教。她常常会切一个橙子、泡一壶茶，我们就聊一些有意思的话题，除了诗词，也谈佛学。当然，先生说过，她不是佛教徒，但我觉得她的心灵已经相当地自由和解放了。

先生一个人生活，是个非常自立的人，她自己做饭，自己洗碗。我到她家，她吃完饭，我想帮她洗碗，她不要。她说，如果你帮我洗，时间长了，都有人帮我洗，我的能力就退化了，所以我要自己照顾自己，我一定要自立。她不管多大的岁数，都是要自立，尽量不要别人照顾。而且那时候，她都八十八岁了，还自己开车。据坐过她的车的人说，她开得还挺快。

她的生活非常简单，诗词就是她全部的生活，她把所有其他时间都压缩掉。比如说我们一起出去吃饭，吃完饭她就打包，这样第二天把打包的东西热一下，就能少做一点。平常她每天中午都是例行吃三明治，那么多年也吃不腻。

她不愿意花精力在物质生活上面，不出去购物，也不置办金银首饰。可是你看她穿的衣服都非常得体，那是自然由内而外流露出来的优雅。

我也经常带太太和儿子去拜访先生。先生是看着我儿子长大的，他管先生叫"奶奶"。先生很爱他，每次见面都要抱他，而且有一句口头禅："莫非就是你？莫非就是你！"因为我儿子叫何墨非，先生就开他的玩笑。

我儿子从小跟着我们一起听叶先生的课，有时候先生一讲就是四个小时，他也四个小时都坐下来了。他两岁半就跟着我到国外，所以他的基础教育都是英文的，中文底子很差。开蒙主要是两本书，一是《论语》，二是先生的《给孩子的古诗词》。选择《论语》是因为先生跟我说起，她小时候的开蒙课本就是《论语》，她当时读到"朝闻道，夕死可矣"这句话的时候，觉得很震惊：这个道是个什么东西？为什么这么珍贵？早上听说了，下午死了都没关系？《论语》是开启先生求学问道之眼的一本书，所以我也就教给我的儿子。在我看来，这是一种薪火相传，古人的道传到了我们手上，我们能不能传给下一代？而《给孩子的古诗词》我们是近水楼台先得月，先生出这本书的时候，正好我们要回国了，就先得到了先生吟诵的录音。我让孩子先听一遍，然后背下来，再默写出来。

今天很多人都像我们一样来看先生，也都觉得自己跟先生有一种师徒的传承，跟中国古典文学和诗词有一种息息相关的联结。可我最近的体会是，先生的境界是没有办法学的，我们只能自己悟。就像迦陵学舍门楣上这句诗，"入世已拼愁似海，逃禅不借隐为名"，不是说逃禅就要到山里面去，她仍然在这个尘世间，仍然在做学问，仍然帮到很多人，实际上这是很难的。先生讲她的老师顾随先生说过："以无为之精神，做有为之事业"，有为的事业可以做，无为的精神怎么学呢？所以每一个人都要自悟，才能够有前途，才能真正接上先生薪火相承的这个火。要接上先生这个中国传统文化的法脉，我们都有很长的路要走。

先生八十八岁的时候，有一次在她家里，她说，我准备九十岁的时候回国，就落叶归根定居了。当时我心里就打了一个很大的问

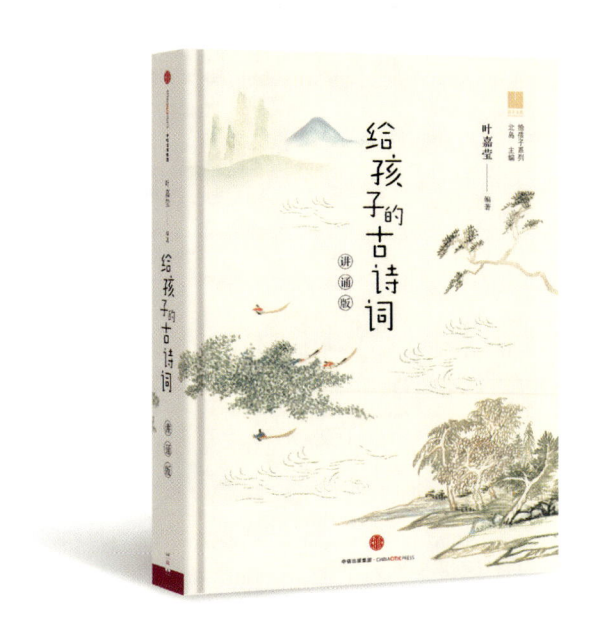

号：一是先生的家属在加拿大；第二，先生有很多学生在加拿大；第三，加拿大的医疗制度比较完善；第四，加拿大自然环境也比较好。作为老年人，颐养晚年应该在加拿大。我当时就斗胆把我的想法说出来了。因为她的肺不好，我问她有没有考虑过，到秋天的时候要咳嗽，京津一带空气污染很严重，我很担心她的身体吃不消。我到现在都记得先生是怎么回答的。她说，我的学生在中国，中国诗词的根在中国，将来传承也在中国，所以我要回来。在我的理解里，她是秉持一种菩萨的精神奋不顾身地回来的。

她就是这样一个人，我认为很伟大的人。

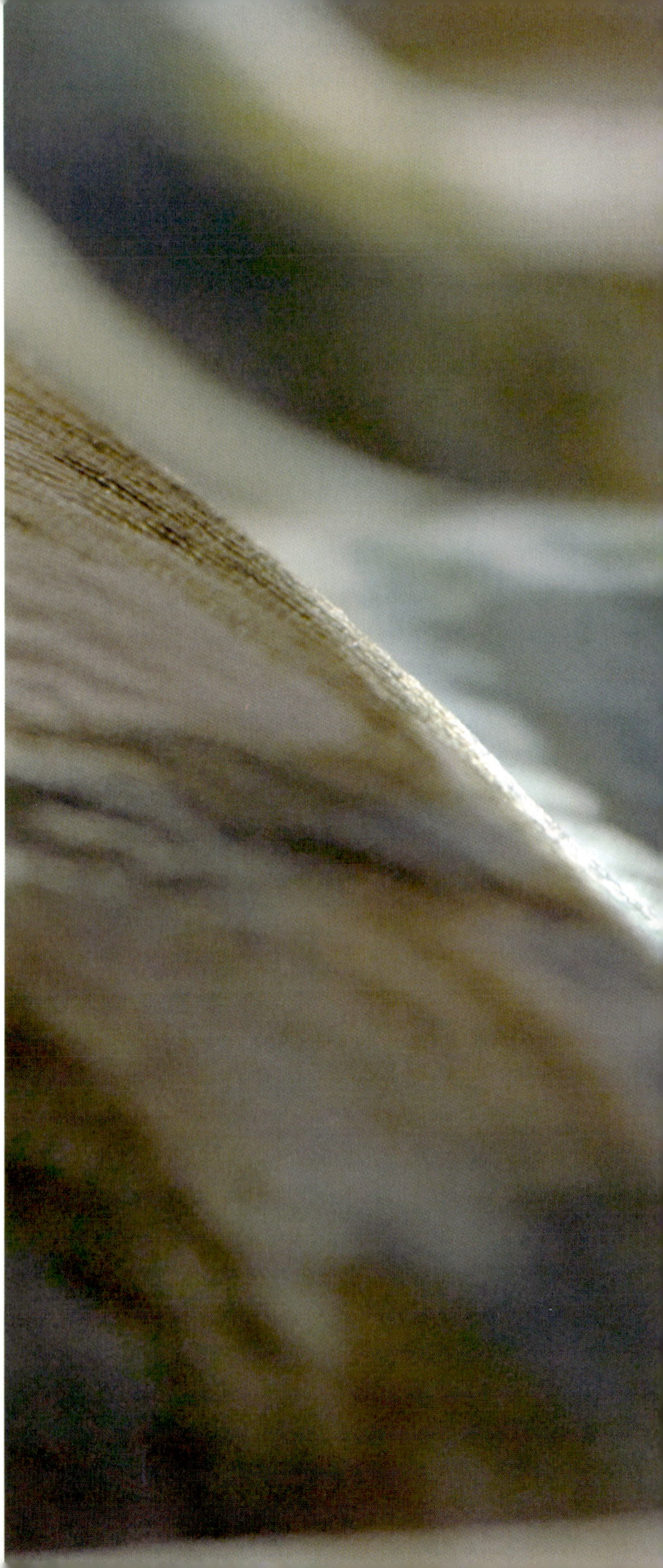

肆

要见天孙织锦成

不向人间怨不平,相期浴火凤凰生。
柔蚕老去应无憾,要见天孙织锦成。

《绝句二首》(其二) 2007
用旧作《鹧鸪天》词韵而广其情

1978年,我申请回国教书。那时国内正是"文革"之后,百废待兴,大学招生恢复不久,师资比较缺乏。大学老师每月的工资只有几十块钱。因此,我自付旅费回来教书,不要任何报酬。后来我这样坚持了很久,一直到2000年我回来主持我的研究生毕业答辩,还是我自己出的旅费。

我下定决心要回国时,也给在南开大学的李霁野先生写了一封信。李先生是我老师顾随先生的好朋友。我从报纸上得知很多在"文革"中受到打击的老先生已经都出来教书了,李先生也出来了,所以我就写信告诉他我准备回国的消息。

那天,我把信写好,从家里出来走到路边去寄信。我家对面是一大片树林,从树林经过时,我想到这后半生的决定,心有所感,便写下了《向晚两首》。

向晚幽林独自寻,枝头落日隐余金。

渐看飞鸟归巢尽,谁与安排去住心。

那时已经是黄昏了,在很安静的一大片树林里,我独自一个人想着后半生该怎么样安排。回头一看,那树梢上落日的斜阳一片金黄,慢慢正在消退。俗话说一寸光阴一寸金,看到黄金一样的阳光在消逝,也好像看到了生命在消逝。眼看飞鸟纷纷归巢,我要与谁来商量我今后的安排呢?所以诗的末句是"谁与安排去住心"。

我寄信的时候正是暮春季节,沿街都是樱桃花树。一阵风吹,花很细碎像雪一样洒下来。于是我就写了第二首:

> 花飞早识春难驻,
> 梦破从无迹可寻。
> 漫向天涯悲老大,
> 余生何地惜余阴。

看到落花,就知道春天是不会长久停留的,人的生命健康也不会长久停留。你有一个梦,有一个理想,如果不去实现它,这个梦破了就再也回不来了。我既然把小我打破了,就是想把一切都奉献给诗词教学。

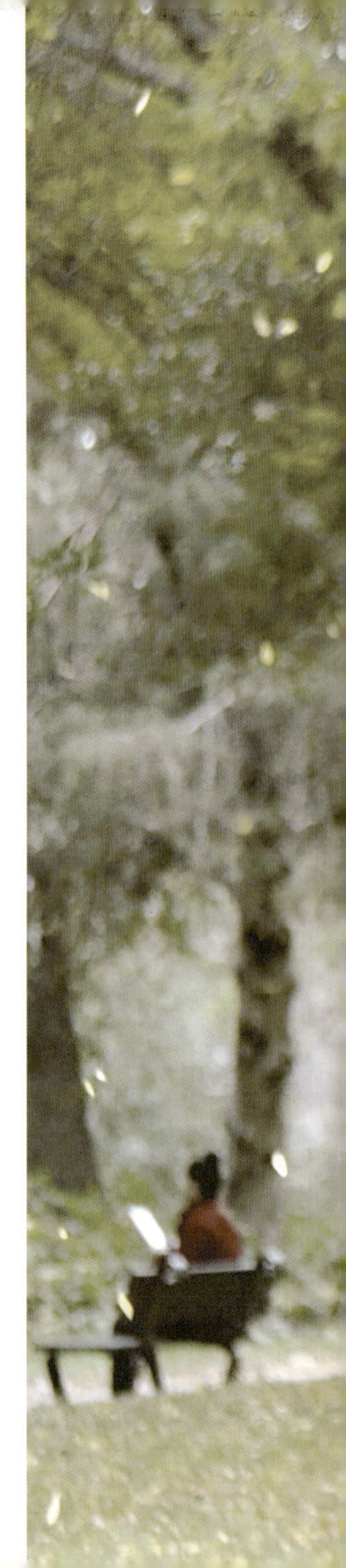

向晚幽林独自寻,枝头落日隐余金。
渐看飞鸟归巢尽,谁与安排去住心。
花飞早识春难驻,梦破从无迹可寻。
漫向天涯悲老大,余生何地惜余阴。

《向晚两首》

我离乡背井在外四十多年，余生选择到哪里度过剩下的光阴呢？

国家批准后，我便搭上回国的飞机。当年没有飞机直达北京，我要先飞香港再飞北京。我当年出国拿的是台湾护照，第一次回大陆时，他们说台湾的护照不能通行，把我扣留在香港，费了好大的工夫才放我出来。我申请回大陆教书被批准后，觉得每次用台湾护照被扣留半天实在很麻烦，所以才申请了加拿大护照。本来我一直没有入加拿大籍，其后是为了回国方便才申请的。

我刚回来时国家分配我到北京大学教书，后来又应李霁野先生之邀到南开大学教书。由于我那时候看起来比较年轻，教的又是中国古典诗词，所以有些人很不以为然。像范曾先生就曾说：南开大学真是崇洋媚外，从国外请一个女的来教中国古典诗歌！当然，后来范先生看了我的作品马上就改变了看法，还把我的《水龙吟》写成一幅书法送给我。那个时候，我在加拿大还没退休，UBC每隔五年可以有一年的休假，如果没到五年要休假就要扣一半的薪水。但是从1979年开始，我就几乎每年都跑回来教书。

不过北大接待我的人都非常热情，有一位女老师冯钟芸，一位男老师费振刚，另外还有中文系两个研究中国诗词的学者陈贻焮和袁行霈。袁行霈跟我、陈贻焮三个人都属老鼠，我与陈贻焮是同岁，袁行霈比我们小一轮，那时候他大概才四十多岁，还很年轻。我与陈贻焮先生更熟悉。陈先生不但学问好，而且作诗词的时候才思敏捷，人也非常热忱。他的夫人姓李，李夫人的父亲也是一个词学家，写过《栩庄漫记》。

1979年与袁行霈等

1979 年与李霁野夫妇

我是怎样跑到南开来教书的呢？还是说回李霁野先生，我收到了李先生的来信。他在信中说："十分希望你能来长期任教。……你系统讲讲文学史可以，选些代表诗文讲讲也可以，做几个专题讲座也可以。中、外文系都有研究生。"在李霁野先生的文集里，还有题名为《赠叶嘉莹教授》的两首诗：

一渡同舟三世修，卅年一面意悠悠。

南开园里重相见，促膝长谈疑梦游。

诗人风度词人心，传播风骚海外钦。

桃李满园齐赞颂，终生难忘绕梁音。

李霁野先生与台静农先生是同乡，而且当年都是鲁迅门下，我的老师顾随和李霁野又都是外文系毕业的，也是好朋友。所以1948年我随我先生去台湾的时候，我的老师就给我写信让我去看望他在台湾的朋友们。我和李先生在台湾大学见了一面之后，就到中南部的彰化女中去教书了，后来就经历了"白色恐怖"。等1953年我再次来到台北时，台湾大学已经人事全非了。台静农先生还在，李霁野先生不见了。他们告诉我说在"白色恐怖"的时候，李先生得到消息说有人要抓他，于是他深夜携家逃亡，经香港去天津，做了南开大学外文系的主任。

分别三十年之后，我和李先生在天津重逢了。那时候我们刚刚经过唐山大地震，很多房子都震坏了，百废待兴，到处都在施工。我住的房间里，桌子上都是尘土，我想安顿一下第二天去拜访李霁野先生,没想到李霁野先生非常热情,没等我去拜访自己就跑过来了。

说起来也有点儿奇怪:李霁野、台静农两位当年都是鲁迅的学生,都曾反对旧传统,都写新诗不写旧诗,可是他们中晚年以后,却都不再写新诗而写了大量的旧体诗。台静农先生的诗集,还是他女儿请我写的序。这也足以证明中国旧诗的魅力之强大。

南开大学的主楼有个阶梯教室。我在那儿教书,大家都闻风而来,几百人的教室,不但座位上、阶梯上坐满了人,窗台上、窗外边也都是人。我去上课,教室的门都走不进去。南开中文系为了保障自己的学生能听课,就刻了章做了听课证,规定有证的人才能进来。结果外面想进来的人就自己刻印做证,照样把教室挤得水泄不通。

我写黑板的风格和顾先生一样,也是从左手写到右手,然后擦了从右手又回到左手。有人问我上课怎么戴个白手套,因为当时粉笔质量不是很好,我的大拇指被粉笔灰烧破了,缠了很多橡皮膏。数学家陈省身先生夫妇很喜欢诗词,回大陆来访问时也跑进来听讲。陈夫人问我手上缠那么多胶布做什么,我说因为粉笔灰烧烂了手。陈夫人很热心,她给我带了一个洗衣服用的塑料软手套。后来这个手套很快磨破了,别人就建议我在塑料手套上再戴一个薄手套。所以有的学生记得我当时上课总是从这头写到那头,可不知道我手上为什么要缠很多胶布,更不知道我为什么要戴手套上课。

当时我在讲汉魏六朝诗,可我讲课喜欢跑野马,讲诗的时候常常以一些词互相印证。后来学生说他们从来没有听过词,能不能请我

南开大学教室

开一个词的课。白天的课程时间都排满了，学校没有办法，就把我讲词的课排到晚上七点钟。学生们对讲词的课也非常喜欢。我在南开大概写了二十四首诗来纪念这些事情。有一首是这么说的：

  白昼谈诗夜讲词，诸生与我共成痴。

  临歧一课浑难罢，直到深宵夜角吹。

那时候我还要回加拿大，临走的那天晚上，他们就不肯下课，一直到吹了熄灯号才下课。当时的学生们不少人多年来一直都跟我保持着联系，比如说徐晓莉，还有后来做了我的秘书的安易。

20世纪80年代初与第一任秘书安易在南开校园

当年的课,除了学生还有很多老师也来听。不但中文系的老师来了,最难得的是中文系系主任朱维之老先生每堂必来。我很遗憾的一件事情,是我临别那天,朱老先生讲了很长一段话,讲得非常好,可惜没有录音下来。南开的很多老师都对我非常好。像鲁德才老师,他是中文系古代文学教研室主任,每天学校都用车子来接我上课,他总是站在主楼的门外等我。我说鲁先生你不用这么客气,我也认识路,自己来就好了,不用到门口来等我接我。鲁先生说,"我不恭敬地接叶先生,等一下李霁野先生会骂我的"。这当然是玩笑话了。

1981年出席杜甫学会会议时与缪钺教授、金启华教授在成都杜甫草堂

我还要特别提起一个人就是陈洪先生，当时陈先生还是中文系的研究生。在那时候他就已经表现出了过人的干练之才，我离开南开时就是陈先生帮我收拾的行李，而后来当我开始办研究所时，陈先生更是给了我大力支持。对于我办研究所的个中甘苦，陈先生可以说是知之最详的一个人。

我回到南开，大家对我都很亲切，没有把我当外人看待。我刚回国的时候，不想让大家觉得我穿奇装异服，特地在香港的裕华国货公司买了一套人民装。如果你们看到我当年的相片会发现，我在南开上课穿的是人民装，去杜甫草堂开会穿的也是人民装。

就这样，我留在了南开。

继承和传播古典诗词，吟诵非常重要。要知道，在西方没有任何一个国家有吟诵之说，这是我们独有的。《诗经》里的诗，在古代是可以唱的，但声音最难保存，古代的声音都没有保存下来。古人没有录音设备，凡是声音都是口耳相传。不过，吟诵诗歌虽然也有口耳相传，却都是出于自然而不是出于有意的造作，所以吟诵并没有什么特别的曲调，主要在于用你的声音传达你对这首诗词作品的感觉。中国的语言文字和西方不同，中文是单音独体，有四声的分别，有平仄的格律。我在读诵诗歌的时候多次强调读诵的声音。因为古人在作诗填词的时候都是非常注意平声和仄声的。在读诗词的时候，一定要把感情也读出来。

中国诗因为吟诵的缘故，比较重视一种直接的感发，是伴随着声音就出来的直接感发，是先于文字的一种声音。很多人写的诗，其实是随着声音跑出来的。我们说"诗者志之所之也"，诗是言志，抒情还不像现代诗或者是西方的诗可以有思想安排。中国诗所重视的就是直接感发。而直接感发是伴随着声音出来的，那是我们中国诗歌的特色。中国的诗是在心为志，发言为诗，这是内心之中一种情感的感动，还是伴随着声音的感动跑出来的。所以在中国诗里，一般作旧诗作得好的人，都是吟诵好的人，像杜甫，像李白，都是吟诵好的人。

我当年在台湾不肯讲吟诵，因为那时候我比较年轻，觉得用这种稀奇古怪的声音来吟诵，这又不是唱歌，大家一定会笑我。如今我觉得自己很对不起台湾的同学。我现在是九十多岁的老人了，也

示范吟诵

没有什么不好意思。所以什么人笑我都不怕，吟诵要真的有体会，真的吟出一个味道来。这个感情是要从内心发出来的，不是造作出来的。

1999年中华古典文化研究所大楼落成仪式

2000年有一天黄昏时分，我从专家楼散步过来，到了马蹄湖的小桥之上，写了一首七绝：

萧瑟悲秋今古同，残荷零落向西风。
遥天谁遣羲和驭，来送黄昏一抹红。

宋玉有"萧瑟兮，草木摇落而变衰"之句，这是从《楚辞》一路传下来的悲秋之思。我在当时已经是七八十岁的老人了，没想到傍晚，马蹄湖荷花都零落了，还有一朵残荷在黄昏落日的斜照之中。在我的晚年，还给我这样一个教书的机会，还送我一抹红。

谢琰书蔡章阁先生中华古典文化研究所大楼落成碑记

2005年与沈秉和先生夫妇

我一生中应该说也有很多的幸运。遇见海陶玮先生是个幸运，遇见缪钺先生也是个幸运（没有与他的合作，我不会写出《论词绝句》），他们对我做学问有很大的影响。我偶然到澳门去开词学会议，碰到沈秉和先生，一见面他就说："聚餐之后你不要跟大巴士走，我跟我太太送你回去。"他还说："请你把你的地址给我，我要给南开大学赞助捐款。"沈先生出手就是一百万，给我们买了很多设备和书。温哥华的一位老华侨蔡章阁先生也非常热情，我们成立了研究所，但没有办公室，蔡先生捐了很多钱，帮我们盖了中华古典文化研究所的大楼。

2003年在研究所办公室为中央电视台录制节目

  我遇到这么多人,他们真是热爱中华古典文化。他们热心地支持我、赞助捐款、盖房子,一直到现在的迦陵学舍,也是因为大家关心我,才建起来的。南开的老师、朋友们,始终对我非常热情。对这所有的一切,我满是感谢。台湾也有那么多朋友用他们的基金会来赞助我,给我出了那么多讲演的光盘,所以我说:"我以后一定要继续努力。"白先勇先生开我的玩笑说:"你九十岁还说要继续努力,我们怎么办啊?"

我一生与古典诗词结下不解之缘。诗，真的是"有诸中而后形于外"，"情动于中而形于言"。我国古代那些伟大的诗人，他们的理想、志意、持守、道德时常感动着我。尤其当一个人处在充满战争、邪恶、自私、污秽的世道之中时，你能从陶渊明、李杜、苏辛的诗词中看到他们有那样光明俊伟的人格与修养，你就不会丧失你的理想和希望。

我之所以九十多岁了还在讲授诗词，就因为我觉得我既然认识了我们中国传统文化里边有这么多美好的、有价值的东西，我就应该让下一代人也能领会和接受它们。如果我不能传给下一代，在下对不起年轻人，在上对不起我的师长和那些伟大的诗人。我虽然平生经历了离乱和苦难，但个人的遭遇是微不足道的，而古代伟大的诗人，他们表现在作品中的人格品行和理想志意，是黑暗尘世中的一点光明。我希望能把这一点光明代代不绝地传下去。

我曾经写过一首《浣溪沙》，词中有句云："莲实有心应不死，人生易老梦偏痴。千春犹待发华滋。"我曾经看到过一篇报道，说是从古墓中发掘出来的汉代的莲子，经过培养居然可以发芽能够开花。"莲实有心应不死"，莲花总会凋落，可是我要把莲子留下来。我"要见天孙织锦成"，这样一生就没有遗憾了。

逃禪不借隱為名

金陵

陈洪
天津市文联主席
南开大学原常务副校长

徐晓莉
天津广播电视大学教授

沈秉和
澳门实业家

石阳
小提琴演奏家

张元昕
哈佛大学东亚系博士研究生

张静
南开大学文学院教授
南开大学中华古典文化研究所副所长

陈洪
一股清新的风

我是1978年高考恢复后那一年的第一批研究生，考上了南开大学古典文学专业。那时候大家知识饥渴了十年，所以读书的风气很好，校园里面充满了生机。当时正好叶先生来南开讲课了，那真叫带来一股清新的风。

经历过"文革"的这几届学生，求知欲非常强，但是我们那时候的老师，大部分知识是相对僵化的，是50、60年代比较模式化的那种思维，教学也是如此。叶先生一来，无论从她的知识结构还是教学风格，那真是让人眼前一亮、耳目一新。遇上她，简直是我们这段人生里的奇遇。所以那个时候叶先生在主楼上课，门口是要组织纠察队的，学生一拥而来，不光是中文系，校内校外各个专业的学生，大家都去听。连阶梯教室所有的台阶上、窗台上全都坐满了人，那盛况现在依然如在目前。

叶先生的课堂特别活跃。通常我们大学里的老师上课是要求先写成讲稿的，讲稿得在教研时让大家讨论通过，然后上课时按照讲稿来读，一些很有才华的老师都用这种方式。但叶先生不是，第一她没有讲稿,第二她的方式叫跑野马,这马不定跑哪去,跑过平原,又跑过山沟,然后到河谷,最后还能跑回来,这是本事。她的思路非常开阔,记忆力好、联想力强,这是叶先生讲课的第一个特点。另外,我们当时的文学学习有一个固定的模式,当时流行两个版本的《文学概论》,一个是蔡仪的,一个是以群的,都是五六十年代编写、受苏联影响很深的文艺理论,分析文本都是那一套模式。而叶先生讲课,她对文本的分析都是自己的感受,是很鲜活的东西;同时她又能很好地把西方的理论融汇到诗词的文学批评里,给我们带来的那种震动和启发,真是很不一般。所以她的课堂非常活跃,大家一直在呼应、互动甚至鼓掌。听过叶先生讲课的学生,对此都印象非常深刻。这种盛况一直延续到近几年,叶先生在南开开讲座,都是如此,连讲台前都坐满了人。

叶先生对诗词和讲课的投入,是谁也比不了的。一般她一开讲,都要两到三个小时。2017年的春天,她在南开有一个讲座,一讲就到中午12点多了,我一看已经讲了两个多小时,就给她递条子,希望她休息了,但是她还是继续讲。到了12点半,我说不行了就到这儿吧,但她说,哎不对还有一个话题没说,又回来继续讲,最后到1点15分才结束。可以说,她的生命和她所讲的内容已经融为一体了。

这就是叶先生和一般学人不太一样的地方。一是她和她所从事的研究,在生命的意义上已经融成一片了;二是像她这样做教育的人太少了。在这两点上,她都是那么投入。做学者和教师,对于她而言,只是一而二、二而一的一件事情。

叶先生总说，我不是什么了不起的人物，我就是一个教师。

有一年，某天叶先生突然跟我说："今天晚上我有课，你能不能来旁听一下？"她说从美国来了一小孩，挺好的，让我去看看。我就去了。她的课都是在家里上，人也不多，加上旁听的大概十几个人。叶先生讲了半小时之后，就让大家自由讨论。一般学生都习惯性地说叶老师讲得怎么好，只有这个美国来的小朋友，当时还是初中二年级，提了两个问题，都很到位。其中第二个问题，我印象中还有一定的挑战性。我当时就很惊讶，如果换了一个心胸窄一点的老师，肯定不太喜欢吧？我后来就问这个孩子，你怎么想到要这样提问题的？她说，我在美国受的教育，老师鼓励提问题，当然我自己也愿意提问，我觉得不提问题，对于所听到的内容理解不深。

下课之后叶先生就问我，你看这小孩怎么样？我说挺好啊，她说，咱们有没有可能把她收过来？我说好。最后这个孩子在美国初中毕业，南开大学本科破格录取了她。她本科读了三年，又提前毕业，跟叶先生读硕士研究生。研究生读了两年后，她拿到了美国六所大学（其中五所是常青藤）的全额奖学金，很厉害。叶先生这真叫慧眼，她对于学生的喜爱，这种要培育人的热情，实在是很难得。所以这学生跟叶先生的感情也很好，逢年过节，都从外地赶回来，跟叶先生一起过年三十、过中秋。

在教育上叶先生真是诲人不倦。从80年代她回国到现在，她上的课，开的讲座，可以说无可计量。这两年她年纪大了，就到幼儿园去给孩子讲诗词、讲吟诵。她真是有发自内心的责任感。

叶先生的治学也非常有特点。

第一，她从文本出发。文本的解读，看起来挺容易，但实际特别吃功夫。怎么讲透了，怎么让文学、让这首诗打动别人的心，这是叶先生的本领。这个本领也传自她的老师顾随，能把诗里最精微那一点给讲出来，然后打到人心里去。

第二，她又不只停留在文本解读，她把很多西方的理论经过消化以后，和中国的传统、中国的文化，融成一片，所以在理论上有创新。比如，词的特点是什么？它和诗相比不只是一个长短句的问题，它的内在审美特质和诗在基本定位上是不一样的。这个定位，叶先生说，叫"弱德之美"。诗和词，体现出来的审美感受，表达的意旨上，就有这么一个区别。然后她又在此基础上展开，就形成了自己的一套理论，这是非常难得的。

第三，她既是研究者，是教师，又是一个诗人，这就更难得了。当代写古典诗词的人，这些年看起来很热闹，但是真正写得好的人不多。写得既符合古典诗词规范、又能体现个人才分，还形成了一种风格，这样的人就更少有了。这么多年以来，能数得上的，也就是沈祖棻和叶先生。要是以写得好、量又高、题材又多来论，除了叶先生，无出其右者。

叶先生有中国古代士人那种立身做人的原则，士大夫的风骨融进了她的生命里。

她到南开大学教书，有很长一段时间是义务的，甚至有时候连从加拿大往返的机票也是叶先生自己买。因为她不收费，为了表示感谢，南开就请范曾给她画了一幅屈原。因此她跟范先生就有了往来。后来范曾出了一个集子，有画有诗文，请叶先生作序。叶先生的序里有一段话，大概意思就说，范先生是个大才，作品里都体现出做人的霸汉之气，气很足，但是我希望于他，对此稍微有所收敛，反雄入魂，那艺术可望更上一个层次。这其实是非常含蓄的一个批评。难得的是，叶先生肯这么写，一般人写序都是说好话；而且范曾先生接受了，直接就用了这个序。这真是个佳话。

一个人的精神世界，在方方面面都会有表现。

大家都知道，叶先生到南开，把她的积蓄全捐出来了。她自奉甚俭，生活太简单了。家里请个保姆，保姆来一次就做两顿饭，叶先生中午吃一顿，到晚上热一热再吃一顿，就一个菜。有一次我碰见她在市场里买橘子，这橘子有大的有小的，价格不一样。她看了半天，买了小橘子，她觉得用不着买那么好的。

叶先生到南开已经四十年了。她一生忠于中国诗词文化，并做了很多工作，让诗词产生很大的社会影响。像她这样的守望者，没有第二个人。

徐晓莉
"诗可以兴"——诗词生命是永恒的

有位作家说，人的一生很漫长，但关键的只有几步。二十三岁时遇到叶先生，对我犹如一步登天，之前我是蒙昧迷茫的，之后便"常怀一灯影，万里眼中明"了，生命、生活都有了明确的来路与去处！我日后的读书、教书、写书、出书，全凭着叶先生给我打下的底子。叶先生赋予诗词的生命与价值是永恒和保值的，是能够终身受用的！

我是1978年考上的大学。十年"文革"，正是我生命的饥渴期，可整个社会的文化环境如同荒漠！那时但凡有些文学趣味的书都被视为"封资修"而被禁了。学校发的教材僵化而枯燥，很难读进去。讲台上的老师大多是刚从"牛棚"里放出来的，他们被历次运动整怕了，不敢讲与主流意识形态相悖的话，连古典文学课也要按照阶级分析、时事政治的需要来讲。

1979年初春，天津师范大学里贴出一张海报，说有一位加拿大学者要到南开大学来讲中国古典诗词。我们都很奇怪，中国诗词怎么找一个外国人来讲？那时我在师大中文系读书，师大与南开只一湖之隔，出于好奇就跑去看热闹。去了后发现，这个"外国人"原来是一经典的中国传统淑女！不但长得中国相，出口也是地道的中国话。叶先生满口京腔，一开口就是连贯而流利的长句；她手上没拿讲义，只有一根粉笔，竖排繁体的板书，边背边写，从黑板右边写到左边，再从左边写到右边。当时大多数老师上课都是拿着讲义照本宣科，而叶先生满黑板的诗词、古籍引述都是背诵下来的，大家都看呆了！而且，叶先生很美，她虽然也穿着人民装，但却显得很洋气，很优雅，完全不像是五十多岁了。尤其当窗外一缕阳光照在讲台上，照到叶先生身上的时候，那真的是光彩照人，满堂生辉啊！

  最初我们都像看表演一样，陶醉在她的声音和板书里。待回过神来，又完全被叶先生声情并茂的内容吸引住了。叶先生讲汉魏六朝诗人曹操，不像我们那样只给他贴上一个奸雄或枭雄的标签。她讲到曹操的理想，抱负与治世能才，以及他诗中的真诚与霸气……叶先生对作家人性与人格的分析，这是我们从没有听过的。我们之前惯用阶级论，二分法来评价作者，所以陶渊明在我们眼中就是一个消极落魄的贵族，什么事都做不来，只留恋田园的隐逸生活。可是叶先生却说他不是天生就想种田的。中国传统知识分子都是"士当以天下为己任"的，修身、齐家、治国、平天下，是他们与生俱来的本能追求，那么他是怎么就沦落到要归隐田园的呢？叶先生用几首《饮酒》诗勾勒出一个陶渊明的整体，讲到他诗中那只"思清远"的"失群鸟"从"徘徊独飞"到"敛翮来归"之心路历程中所饱含的悲壮与悲慨。叶先生的讲解使人目不暇接，耳不暇听，我们恨不得把每一句都记下来，但即便笔都飞起来了，还是记不下来。大家如醉如痴，如沐春风，如饮甘露！有人说十月革命一声炮响送来了马克思主义，我们说叶先生的南开一课，像春风化雨，催发了中国古典诗词里的真性情、真生命！

很快一传十、十传百，整个师大中文系的人都来听课，甚至考到外地的同学也逃掉当地的课跑来南开听课。主楼大阶梯教室座无虚席，为了听课，我们早晨9点半就等在教室外面，不等教室腾空，就冲进去用一大堆垫子把座位都占上，弄得人家南开中文系自己的学生都没有座位了。后来，南开中文系主任亲自把守在教室门口，并制作了听课证，凭证入门。这样我们外校的同学就进不去了。不过，阶梯教室窗外的台阶足够宽，窗户上还有一个铁架子，我们就站在台阶上，抓着铁架子听课。一堂课下来，手臂都是酸痛的，有人开玩笑说咱这买的是挂票呀。后来有同学提议仿照着做一些听课证，那种灰蓝色的纸片很好找，章也好办，有擅长书法篆刻的同学用萝卜头刻制的，还有的是同学用原单位的废图章涂抹的。结果这些山寨版听课证还真让我们获得了合法席位，这一来教室又给塞满了。最后只好在教室台阶上加座，加座也满了，同学们就坐到讲台前面，挤得叶先生都没地方写板书了。当年那种气氛，现在说起来都觉得不可想象，可能是大家内心饥渴，干涸得太久了吧……

1979年叶先生还在加拿大任教，她是利用半年的学年假来南开讲课的。学期结束前的最后一次课上，叶先生把她加拿大的地址写在黑板上，说欢迎大家写信与她讨论交流。1980年元旦前，同学们纷纷给自己敬重的老师写贺卡，我想，从小学到大学让我最为感动，最想要感谢的就是叶先生。所以我写了一首长诗，按地址寄给了叶先生。原本只是想表达对先生的感激与祝福，并没期待叶先生的回复，没想到叶先生不但回了信，还寄了一张她在加拿大院子里的照片给我。从那以后，幸运的我有了跟叶先生持续四十多年的师生情缘……

不久，叶先生应上海古籍出版社的邀请编写《杜甫秋兴八首集说》，书中涉及每一句诗在不同版本中的说法，需要把国内所有的版本都搜集起来。师大的善本书库中有一些资料，那时候还没有复印、扫描等现代技术，收集资料全凭手抄，叶先生就把这事儿都交给我了。虽然当时我已经是大学中文系的学生，但实际只有初中学力，尽管我很努力，还是有多处笔误引起叶先生的疑问，并指导我去反复核实校订。后来书出版了，叶先生在送给我的书里还写了感谢我当年帮她整理资料的话。殊不知我要由衷地感谢叶先生，因为这次在叶先生指导下的专业训练，为我的职业生涯带来了巨额财富：使我认识了许多繁体、异体字，学会了古书的阅读与断句，同时还领教了叶先生渊博扎实的学问功夫，以及认真严谨的治学态度。

十年"文革"过后，社会的文明程度大不如前，仁义礼智信、温良恭俭让的家风、校风、社会风气遭到破坏，在"阶级斗争"、"造反有理"时空中成长起来的一代人，女性不懂得优雅，男性不懂得绅士；做事情也往往流于肤浅、敷衍、浮躁、浮夸。我们之所以见到叶先生感到特别惊奇与惊喜，就是因为叶先生由表及里表现出来的那种独特的沉静娴雅，纤柔细致，与我们当代人的作风形成巨大反差。她的出现使我们知道，原来做人做事还可以做得那么精致，原来"腹有诗书气自华"的境界是这么美好！

当时与叶先生同时代的其他老师，比如李霁野先生曾经是鲁迅的学生，鲁迅是毛主席肯定的，所以李霁野先生还能不受冲击。而其他很多教授都被政治运动整走样了，正可谓"足将进而趑趄，口将言而嗫嚅"，想迈步都不敢迈，想说话都得掂量，处处小心翼翼，如履薄冰。

原本中国传统知识分子讲究"君子坦荡荡"，要保持诚意正心，一身浩然之气。叶先生无论讲陶渊明、苏东坡，还是曹孟德、李后主，总是带领我们进入到作者的内心，去触摸他们的真情感，捕捉他们的真体验。"修辞立其诚"，叶先生最看重的作诗与做人的标准就是真诚。我认为叶先生课上所产生的道德感化力量远比我们多年来思想品德课更强大。我本来就是比较理想化的人，叶先生所讲常常"与我心有戚戚焉"。所以每一次听课的过程都是心灵受到洗礼的过程，是灵魂获得升华的过程，因此充满了庄重感！这成了我日后为人处世、教书育人取之不尽、用之不竭的精神能源。从这点来看，叶先生不仅是在讲诗，同时也是在传道，她不但是经师，更是人师。

我常常感激上苍对中国古代诗词文化的眷顾与厚爱——世事多艰，命运多舛，数十年颠沛流离，时空变换，却有幸让叶先生躲过了一次次在劫难逃的文化灾难。她出生在北京四合院的书香之家，被原汁原味的诗书教养浸泡着长大，虽然后来到台湾经历了"白色恐怖",但她所钟爱的传统文化并未因此受到损坏。之后叶先生又辗转于美国、加拿大教书做研究。虽说中国古典文学在北美只是一种文化点缀,但在相对自由安宁的象牙塔里,在多元文化的相互对照对比中,叶先生的诗词理论得到了升华。与此同时,中国的传统文化正在它的发源地遭受到强烈的破坏。当灾难过去,国内急需文化重建的时候,叶先生重回故土,"随风潜入夜,润物细无声",辛勤而忘我地在同学们的心田播种、耕耘……

20世纪80年代中期出国潮涨,当1986年秋叶先生再度来南开讲课时,当年听过先生课的同学们早已毕业离校,新一代同学已不满足外国专家只讲中国传统诗词了,他们要求叶先生说:"您在外国生活这么多年,给我们讲点洋的吧。"于是叶先生就用符号学、诠释学、新批评等西方文学理论,与中国传统诗论做比较,在对比中凸显出中国古典文学及其理论的独特魅力。比如叶先生讲到"赋比兴"中的"比"跟西方文论的"比喻"是不同的;而且西方文论根本找不到一个相当于"兴"的词汇。而这种"兴发感动"的作用是作者、作品与读者之间心灵与心灵相沟通,神灵与神灵相触碰,使一生二,二生三,三生无穷的路径。这正是我们中国传统诗词理论与诗词教化中最重要、最独具的特质。经叶先生一番因势利导的举证比较,大家不但了解了中西方文学理论的异同,还更加清楚地认识到中国传统文化的智慧魅力所在。叶先生讲课的风格直接承袭了她的老师顾随先生,她说自己总爱"跑野马",而我最大享受就是听叶先生"跑野马"。她旁征博引，把古今中外各学科领域中看似不相干的事物融汇到一个体系里，并能阐释得很圆通，就像放风筝，看似不着边际，其实线索都在她的掌控中，最后还是都拉回到主题上来。

同年秋天，叶先生除了研究生的文学理论课之外，应大家要求又增加了词选课。我认为叶先生在词学上的贡献比诗学更大。因为之前我们理解的词是歌词之词，是靡靡之音，是难登大雅之堂的。可叶先生认为，早期那些小词最为微妙的，是男性作者假托女性的口吻，在游戏之作中隐含有士大夫不能公开表达的喜怒哀乐。所以词比诗更有值得玩味的空间。叶先生梳理了词的发展脉络，总结了不同阶段词的特点，比如五代词是歌词之词，自北宋之后渐变为诗词之词、赋化之词，以至发展出清代隐含人生哲理或佛家道理的哲化之词，我觉得叶先生的这个总结是极准确，极高明的。

另外，叶先生还发现了词的奥妙之处在其所具有的"弱德之美"。"弱德之美"真是很妙的一个说法。弱虽不如强，却自有一种美感，像"雨中百草秋烂死，阶下决明颜色鲜"，百草都在狂风暴雨的摧残下烂死了，但只有决明依然能极力保持着颜色鲜的美好本真，这种在打压中仍能顽强表现出的美好就是"弱德之美"，它是在困难与压抑之中的坚持、坚守、坚忍，是无望之中的希望，是幻灭之中的追求，是卑微之中的尊严和高贵。清人袁枚说："白日不到处，青春恰自来。苔花如米小，也学牡丹开。"一般人以为青苔是没花的，但其实是开有很小很小的黄花的，只因得不到阳光照射，所以它很弱，还经常被人踩来踩去，可它却自成青春，虽然花小如米，但其绽放的姿态竟不输于牡丹。这样的弱德之美感表现在英雄豪杰如辛弃疾的词中尤其令我感动,当叶先生讲了辛弃疾平生经历后,再读"千金纵买相如赋,脉脉此情谁诉",我立刻被那千回百转的情意与丰厚凄美的意境所打动……在这之前,我从没有过这样的美感享受!

……

初识叶先生的很长一段时间内我都认为,以叶先生能传达体现出的精致与美好,她的生活也一定是幸福美满的。直到1988年夏日的一天,我到她北京的老家察院胡同去送整理稿,才知道她经历了怎样的苦难。那天我到的时候叶先生还在午睡,她的弟妹就招呼我边等待,边聊天。闲聊中我才知道她经历过那么多的不幸:早年丧母,中年丧女;而且她的婚姻并不美满,她与先生一直处于冷战状态。多年后我去加拿大旅游,就住在她先生赵钟荪生前的卧室,并读了赵先生写的一些旧文,才发现那也是个不幸之人:他早年从军,在台湾的"白色恐怖"中被囚禁数年,出狱后失掉工作。后随叶先生来到北美。一个具有浓重男尊女卑旧传统意识的大男子,在找不到工作,没有收入,没有社会地位的现实面前,还放不下一家之主的强势姿态,可想他内心该有多么复杂和纠结。据叶先生在加拿大的一位学生说,赵先生总听学生们说叶先生讲课很有名,于是也很想去听,但是又怕被人知道了自己的身份没面子,于是他就西装革履地带着公文包,假装是从工作单位出来,到叶先生讲课的教室去听一下,然后在散课之前赶快走掉。

生活在这样的家庭环境,还能保持这样的安娴和优雅,真令人难以想象。就在我得知叶先生不幸生平遭遇的那天下午,叶先生审阅的文稿中有几个信息需要找当事人核实,那时一般人家里还没有电话,所以叶先生提议要我陪她去到她家对面的民族饭店打几个电话。在等待接通的时候,我注意到她一只脚的后跟贴着地面,脚尖微微翘起,轻轻地左右摆动,待电话接通,她一边听一边点头,口吻委婉,声调柔和,那种娴静自然的状态,就像一个小女生一般纯真可爱。我简直无法把眼前的叶先生与我刚刚听说的那个受尽磨难的叶先生联系到一起。

我今年六十四岁,自二十三岁认识叶先生至今已经四十多年了,叶先生给我的人生带来了很多快乐和诗意。我为能够大半生跟叶先生和诗词在一起而心怀感恩,深感幸运!

沈秉和
炉香心字说焦痕

  我认识叶先生纯属偶然，但也略觉必然，就是诗为媒吧。半个世纪前，某天，我在书店里翻开了一本新发刊的杂志《抖擞》，上有长文一篇：《〈人间词话〉境界说与中国传统诗说之关系》，作者叶嘉莹。翻着翻着，入神了，竟然站在那里一个多小时把全文读完。那时年青，虽说能背诵些诗词，但也时觉懊恼，尽是云啊月啊的，着实感觉不到自己与古人有什么相通的地方。叶先生的文章，解了我的困惑。云月花草，人间万象，常人看得多自然麻木。幸世间有诗人、有寻诗者，他们收拾起去雾行云，拢成一阵雨，在我们觉得口干舌燥的日子翻江而至，令我们觉得从不曾听过那风，但似曾相识此雨，这就好玩了。我们呢，须如庄子所言："若一志，无听之以耳而听之以心；无听之以心而听之以气"，一句话，在"语言"这世界里聊天，晓得原也有痴人在彼世今生同在看月就好。"毖彼泉水，亦流于淇"，泉水既涌，便可以流到这边那边、今时他日，即叶先生长文所喻的"感发"。从此，我记住了"叶嘉莹"这个名字。

  2000年，叶先生来澳门参加国际词学研讨会。我是这个会议的赞助人之一，座位刚好被安排在叶先生旁边。没想到，主持人还要我发言！一个生意人，在词学会议上有什么可以讲的呢？我便提到这件三十年前在书店读叶先生文章的往事。叶先生也觉得很巧。她回去后寄了一套在台湾出版的她的作品集给我。我读过之后给她写了一封很长的信，讲了自己的收获，也顺便列了一张排印错讹的清单给叶先生，希望作品重印的时候可以让出版社改正。叶先生大概觉得我还算是认真的读者，从此就间以书信颁我嘉言。夫子所谓有教无类者，是矣。

第二年，我去天津拜访她，后来两三年去一次。我们主要的沟通方式还是写信。现在很少有人写信了，但我跟叶先生都喜欢写信。笔杆是大脑，写信是文字经营。文字，比较容易跨越日常的日光交流或者身体接触(不是代替)，也比较容易出入形而上的境界。我们思想中有一些很微妙的东西，只有通过细致锤炼的文字才能够表达出来。

叶先生比我年长二十几岁，但我不太觉得彼此隔了整整一代，她倒更像一个可以谈得来的朋友。朋友之间是可以交流、互动、分享的。我看到一样有趣的东西便会寄给你，你看过一部好看的电影就会推荐给我。例如，我曾经看到过一条新闻，说考古人员从墓中发掘出一些千年之前的莲子，而这些莲子经过培育以后居然发芽了，我就把这个新闻从报纸上剪下来，寄给叶先生看。后来她就写出了"莲实有心应不死，人生易老梦偏痴。千春犹待发华滋"的好词。某回，我读到一位美国作家写鲸鱼的书《鲸背月色》，说远古时海洋未受声音污染，两头蓝鲸能在大洋两侧通话，我非常感动，马上寄给

了叶先生。后来，先生便写下了那首瑰奇的《鹧鸪天》，用到了"蓝鲸"这个前人从未用过的新颖神秘的意象："郢中白雪无人和，域外蓝鲸有梦思"。"明月下，夜潮迟，微波迢递送微辞。遗音沧海如能会，便是千秋共此时。"古今中外，心意能通。我知道，叶先生和她的读者、她的许多朋友就是这样互相传递、收揽着诗的消息。

叶先生是说诗者，但尤其是诗人，诗人本身也在不断开掘源泉，从一己感受到达于对方的心灵，然后再去解说对方的诗词密语，古典今典。从这角度说，说诗者是先改造了自己的世界，才有后边的另一番诗世界。比如，她对纳兰词的认识就前后有几个阶段的变化。所以我常说，叶先生是把我们摆渡到桃花源洞口的人，摆渡，就是一种劳动。她的诗词、她的书、她的课，把我们送到了林尽水源处，然后指引那有微光、通往桃花源的路，我们下了船，也得"劳动"，

广乐钧天世莫知。伶伦吹竹自成痴。郢中白雪无人和,域外蓝鲸有梦思。
明月下,夜潮迟。微波迢递送微辞。遗音沧海如能会,便是千秋共此时。

《鹧鸪天》

自己走吧。

如今叶先生很受大众欢迎，我曾很唐突地称其为"叶嘉莹现象"。在我看来，这个现象预示了一种久违了的、高尚生活方式的复兴。开到此花，"阑珊春已在长亭"，但六一翁选择了"会须看尽洛城花，始共东风容易别"的雄逸。我们的叶先生，九六高龄，仍然坚韧地以诗的工作、工作的诗呈示给她的读者。"点红墙角倍分明"，令人豁然开亮的岂止是叶先生的工作？叶先生一生的志愿——"觉有情"，让有情、有敏锐心灵的人再进一阶，牛马走的生活原也可以活得有价值。酸辛依然，托慰安而少减吧。"焦痕"，消化了，就是个多种可能的世界。

石阳
诗歌和音乐都与生命的内在节奏相通

几年前，我和我的小朋友们，到天津去采访过叶先生，问她一些诗词方面的问题，聊得很愉快。我自己是学音乐的，小时候也读过一些经典，受叶先生的启发后，我就开始读一些诗词，也自己写诗。之后断断续续又见过几次，她给我们讲过她的坎坷经历，讲得更多的是在诗词方面的一些知识和感悟，她对我们小孩子很注重讲授和培养。我印象深刻的是，有一次我把自己写的一首古诗给她看，她说平仄什么的不太对，就给我改了一改。

我跟叶先生相差了将近80岁，我也不是学中国文化专业的，但是不妨碍我们交流得很顺畅。叶先生让我感到很震撼的是她身上带着一种内在的气息，就好像有一种无比的能量，从灵魂深处爆发出来的能量。她的吟诵方式、讲课方式，都给我很大震撼。

诗歌是最接近音乐的一种文学形式，诗歌对小朋友启发和鼓舞的力量是很大的。可能在很小的时候，就是朗朗上口，念一念背一背，但随着一个人长大，不同年龄会有不同的体会。

我总觉得，音乐与诗歌有很多共通的地方。它们之间也有互相激发的作用，不管是读诗还是学音乐，这两件事都在精神上一直鼓舞我。

不论是诗歌韵律还是音乐节奏，都与人的内在的节奏息息相关。每个人可能生来都有一个自己的位置，这个位置需要自己不断去探索，在探索的过程中，寻找自己的特定节奏。人世间有很多干扰，如果能排除干扰找到自己存在的一个节奏，那么我们与诗歌、音乐都是相通的。

最近一个艺术家老师给我写信说，艺术不是我们的终极，它只是一个过程，一个媒介，是内心像一面镜子一样照出来的东西。我很赞同这个观点。对于我来说，写诗啊拉琴啊，或者有时候画画啊，都是在我不断探索和认识自我的过程中遇到的障碍、烦恼甚至是痛苦，所激发出来的一些东西。它们作为一种写照，从这里面可能会诞生出一些新的东西，通过这些东西可以让我继续前进，摸索出属于自己的一条路。

叶先生讲授古诗词，我学习小提琴，不管是东方的文化还是西方的文化，都是人类文明的结晶。我不知道东方西方在终极处能否相通，但是我觉得，只要是热爱生命，努力探索生命的内在节奏，那它们就有相同的意义。

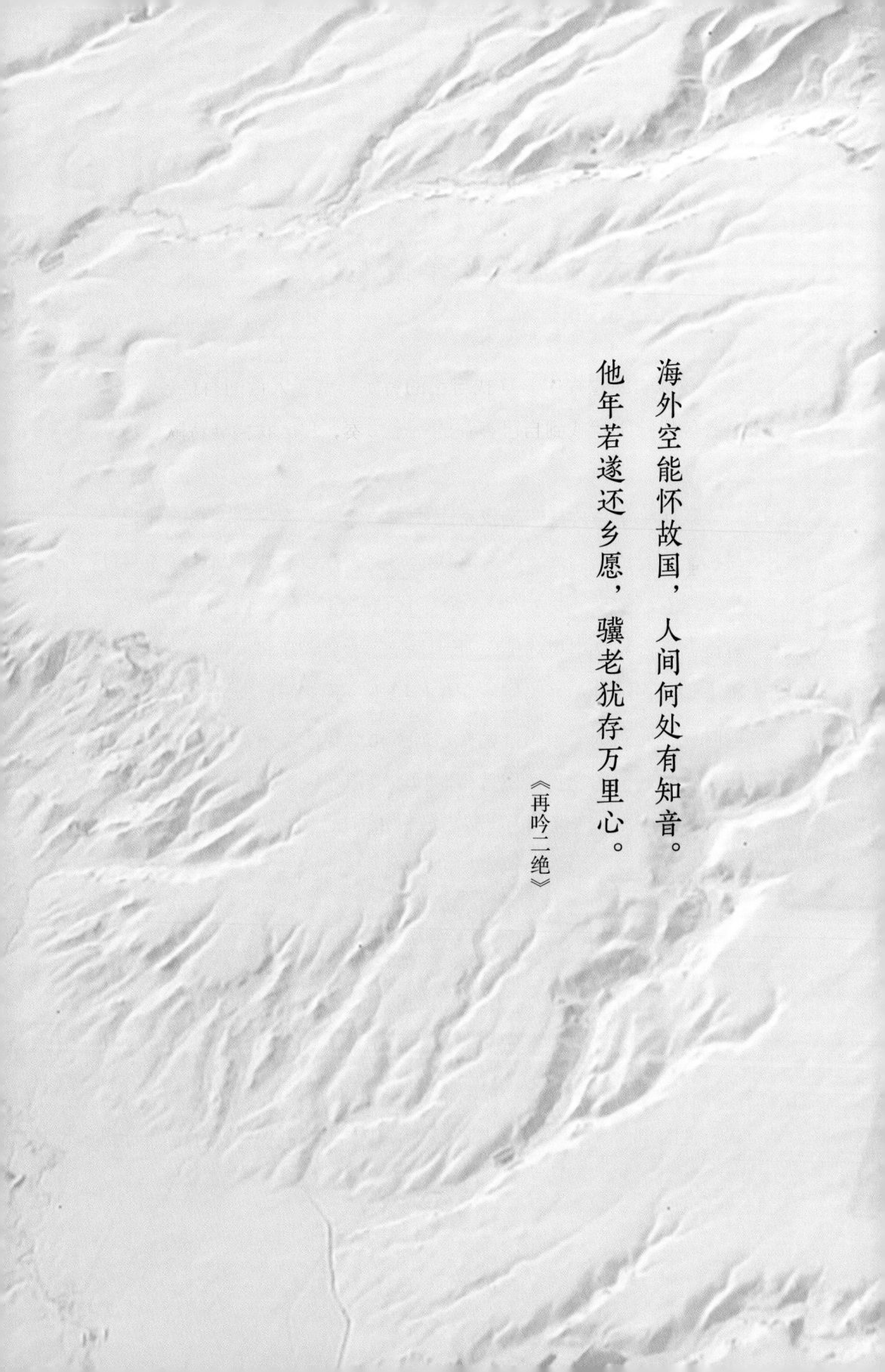

海外空能怀故国，人间何处有知音。
他年若遂还乡愿，骥老犹存万里心。

《再吟二绝》

张元昕
学诗最重要的是学做人

我从小学诗,其实是我家三代人一直以来的渴望。我的外祖父母都是热爱诗词的人,因为时代的影响,直到"文革"之后才得以全心全意研究诗词。20 世纪 80 年代他们出版过一套《中国历代花卉诗词全集》,在国内引起过很大反响。我外祖父母的理念,是希望把中国诗词这种美好的传统文化传给下一代。所以,当我母亲怀我的时候,他们从广州用快递寄了很多诗给我的母亲,让她每天在上班路上给肚子里的我读一首诗。我还没出生,就这样一天天地,与诗词一起成长,所以我出生以后就自然而然喜欢诗词了。我很感恩,是我的外祖父母和我父母在我小时候给了我这种熏陶。

我生长在美国纽约皇后区,那里是移民聚居区。很多父母都觉得孩子应该从小学英文,融入美国社会。可我家里长辈们的理念是,孩子应该知道自己祖国的根,知道祖国的文化。我舅父说过:"中文是母语,在家讲中文是尊师敬祖;英文是工具,在校说英文是求知上进。中文是世界上最美丽、最智慧的语言,英文是世界上最有用、最方便的语言。"所以我们从小就能说中文。当我四岁那年,我外祖父母从广州来到纽约，就能开始系统地教我们学习诗词了。

我外祖父母选诗的标准很有意思，而且很适合孩子们学习。他们是按照浅、近、活、细、亲、类、教、纯这八大原则为我们选诗的。浅，就是浅显，能够让孩子们读懂；近，就是贴近孩子们的生活，不要离孩子们的生活太远，不会听不懂没法学；活，就是活泼、富有活力，富有生命力；细，就是细致，比如说早春、仲春、晚春，万物有什么变化，为什么早春的"草色遥看近却无"，到了仲春是"浅草才能没马蹄"，晚春又变成了"马上怀中尽落花"；亲，就是一定要让孩子们觉得能够亲近诗作、亲近诗人。外祖母有时会按照诗人分类，为我们选出白居易、元稹、杜甫的诗。我小的时候曾经因为读过很多白居易的诗，梦到过白居易三次，梦到皇帝下圣旨把他贬到了江州，我哭着闹着要跟他一起去。这就是亲。类，就是对诗歌进行分类，不仅有自然方面的分类，更有人文、人伦、道德方面的分类。比如说，爱国的诗词、思乡寄远的诗词、孝亲尊师、关于友谊的诗，等等。教，就是说诗歌一定要为孩子起到感情教育的作用。这是我外祖父母一贯以来的理念，他们认为教育孩子应该齐头并进，一方面是诗教的感情教育，一方面是伦理道德的教育。这两种教育对于一个孩子来说是同等重要的，因为学诗与做人是同步的。这些感情纯洁、光明美好的诗词，能够无形中对孩子的感情起到塑造、熏陶的作用。所以孔子很早就说过："兴于诗，立于礼，成于乐"。所谓的"兴于诗"，就是要通过诗，通过最美好最纯洁的诗，熏陶孩子们的感情培养他们的善。我认为这是诗教最重要的价值所在。

那么我外祖父母是怎么把他们的理念付诸实际的呢？那时候，他们每天晚上为我们选诗，分类之后订成小本子。这样，第二天在送我们在上学的路上就能够教我们了。我们上学路上背一首，放学路上背一首。最重要的是，我们背的诗和我们眼前所看到的景色是完全一致的。当我读到"一片飞来一片寒"，真的就在飘雪花，我感觉到每一片雪花飘来都寒冷地粘在我的脸上、粘在我的围巾上。到了春天之后，我就看到了"草色遥看近却无"，这个道理是我慢慢地观察才明白的，因为早春刚长出来的新芽才会有这种现象。每天在这样的环境中，我的生活就和诗逐渐融为了一体。不知不觉中，我觉得乐在其中、醉在其中。

有一年春天，我外祖父、外祖母在送我上学的路上教了我一首诗，是唐朝于良史写的《春山夜月》。全诗是这样的：

> 春山多胜事，赏玩夜忘归。
> 掬水月在手，弄花香满衣。
> 兴来无远近，欲去惜芳菲。
> 南望鸣钟处，楼台深翠微。

这首诗讲的是，诗人在春天的晚上去山上游玩所看到的景象，我觉得很美。其中比较复杂的是"掬水月在手"和"弄花香满衣"。我问外祖母，"掬水月在手"是什么意思？她当时没有回答，而是等到那天晚上，带着我和妹妹来到了后院。那天的月亮正好又大又圆，特别明亮。她让我们把手捧起来，再往我们手里面倒了一点水，领我们到月亮下，然后问我们："手里看到了什么？"我们两个争着回答："我看到月亮了,月亮在我手里!"那个时候我们就明白了"掬水月在手"原来是这个意思。我又想到"弄花香满衣",难道也是这个意思吗?我们家里当时正好开着花,我就摘了几朵花瓣放在衣服上,衣服果然是香的。那时候我就明白了于良史这两句诗,是形容自己在山中和大自然亲密接触的感受。如果没有身临其境,是无法写出这两句诗的。到现在我都很喜欢这首诗,因为它这么生动,这么优美,读之令人神往。

能够成为叶老师的"关门弟子"是我的大幸。叶老师和我们家有很深的渊源。当年我外祖父母编撰《中国历代花卉诗词全集》时,就是由四川大学的缪钺先生帮叶老师把她的一些诗词寄给了我正在广州的外祖父母,最后收录在全集中。我九岁时,有一次通过家中的卫星电视台看到《大家》这个节目。《大家》每一期都会介绍一位在某个领域成就很大的学者,那一期正好讲的是叶老师的人生。我看了就觉得叶老师实在太伟大了!她当时打动我最深的一句话就是:"如果我要倒下去,我也要倒在讲台上。"究竟是一种什么样的信念,能让叶老师愿意倒在讲台上,愿意为诗词贡献她的一生?我很郑重地告诉我的外祖父母,告诉我的母亲,我要跟着叶老师学习。当时外祖母和我就各写了一封信寄过去,没想到叶老师真的回信了。她在信中说:元昕如此爱诗甚为难得,其所作亦有可观。只可惜未习音律,如有机会见面,我可当面为她讲一讲。

2009年春天,母亲第一次带着我和妹妹去拜见叶老师的时候,正好是温哥华樱花最美的季节。那天下午,见到叶老师是在UBC亚洲图书馆二楼的一间办公室。一开始，我以为叶老师会是一个很严肃的人，有点怕怕的。见面之后发现叶老师很慈祥，是一位很可爱的老奶奶。她第一天就教了我们诗词的格律，她先教平仄，在一张纸上用横的线代表平，用竖的线代表仄。她教写五言诗平起应该如何、仄起应该如何；如果写七言的话又应该如何；又说平仄并不是死板的，如果死记硬背很难写出好诗。叶老师教导我们，如何让自己的诗合乎平仄，那就是要学会吟诵。教完了平仄之后，她还亲自给我们吟诵了好几首诗，她给我们吟诵的第一首诗就是王昌龄的《塞上曲》。

此后的十天中，我们每天都会去 UBC 图书馆看书，到了中午，我们会扶着叶老师一起到地下室吃午餐。叶老师每天都带着很简单的花生酱三明治，还有一个小罐子，里面放着烫过的西蓝花、小橘子，还有几块萝卜，有些时候还会有小番茄。她的午餐非常简单，我们就也跟着带三明治。现在回想那些时光，真是太美好了。

我们大概早上 10 点就到图书馆，中午 12 点半时，叶老师会准时去吃饭。妹妹耳朵很好，她听到叶老师鞋子的声音就知道叶老师来了，我们就会跑出去扶着她一起下楼。她吃午饭的时候会给我们讲诗，会教我们吟诵，讲诗人的人生，告诉我们学诗与做人的道理。到现在我都还珍藏着一张她写过字的餐巾纸。有一天她跟我们讨论过中国的两个半诗人，屈原、陶渊明和半个杜甫。为什么杜甫是一半呢？因为杜甫说过"语不惊人死不休"。一说"语不惊人死不休"，就说明还是有和别人攀比的心。而人生最高的境界就是不和别人攀比，是实现自己内心的一种价值。这也就是中国传统文化向来所强调的"内明","无求于外,但求于心"。其实这个境界正好对应马斯洛所提出的需求理论,他提出人生有七种需求层次,最高层次就是自我实现(self-actualization)。当时叶老师拿出了支钢笔,在一张餐巾纸上把 self-actualization 写给我们。她说陶渊明的诗"千载后,百篇存,更无一字不清真"。陶渊明不是为写诗而写诗,他直抒胸臆,心里面想什么就写什么,从来没有过和任何人攀比的心。他任真固穷、抱洁以终,这样的诗人、这样的品德才是我们现代人真正应该学的。叶老师这些话在我心里种下了颗种子,那就是学诗最重要的是学做人。通过诗我们能够感受到古人的高尚品德与修养,感受到他们在面对人生困境的时候的持守,感受到他们为了理想而不惜奉献出一切的精神。

2009 年暑假我们又去了一次温哥华,住在谢琰老师和施淑仪老师家里。施老师和谢老师对于我们正式拜师的恩德很大。当时叶老师只是觉得这个孩子很好,可以教她格律。直到有一天,施老师闲聊的时候问我们为什么来温哥华,母亲说我们是专程来拜访叶老师,希望能够拜她为师的。他们听了很惊讶,就打电话告诉叶老师这个事情。叶老师听到后,才约了我们第二天一起去中山公园。实际上那算是一个考试,看看这个孩子到底背了多少诗。经过了这次考试,叶老师告诉我们她愿意收我们做学生。几天后,我们正式跟她行了拜师礼。UBC 图书馆很大,外面有很多的书架,但是位于图书馆角落里的叶老师的办公室房间非常之小,可能只有几平方米大。我们就是在她的小小房间外面行的拜师礼,三拜九叩。那年,我十一岁,妹妹九岁。叶先生跟我们提起，她小时候其实也行过拜师礼。叶老师的尊师重道之心，一直是我们最敬仰她的品德之一。她这一生颠沛流离，所有的东西都失去了，但是她记录顾随先生讲课的八本笔记，却一本都没有丢失过，后来还找到了顾先生的女儿正式出版了。

叶老师真是性情中人。我们第二次、第三次去温哥华的时候，也去听叶老师的暑期讲座。有一次我们在讲座结束之后，叶老师一边拉着一个，带着我和妹妹回到停车场的车子旁边。路边有一个池塘，池塘里面有很多小鸭子，特别可爱。我说："有鸭子！"叶老师立刻用高八度的声音说："小鸭子，哪儿呢？"就马上返回去找鸭子。后来很长的一段时间，我们每一次在温哥华 UBC 图书馆地下室一起吃完饭之后上楼，叶老师都会在前面带队，像个鸭子一样晃着她的手，一摇一摆地走到她的办公室，我们在后面也晃着手像小鸭子一样跟着她一起走。暑假有一次我们一起去 Wester 山度假，叶老师提出要和我们住一个房间。我和妹妹睡在厅里的沙发床上，她住在睡房。晚上的时候她担心我们睡不好，起身照顾我们。当时我其实是醒着的，我躺在那假装睡着，看着叶老师走出来，给我们盖好被子，她才走回去。那么多年的师生关系，其实她基本上把我们当成她的孙女来对待。

十三岁那年，我去南开跟叶老师学习，在南开我读了三年本科、三年硕士，一共六年。叶老师后来跟我讲过不止一次，她希望我跟她读完硕士后，回美国继续读研究生，她真正希望我能够去西方接受严格的学术训练，这样更有利于打通在西方讲授中国诗词的道路。

叶老师自己就是从台湾到美国又到加拿大的，她在加拿大教外国学生诗词时，也会去旁听一些关于英美文学和西方文学理论的课程。叶老师非常好学，现在还在继续学习。当时她用她并不是那么好的英文，非常努力地阅读这些书，而且她竟能够看到这些现代理论与一千多年前中国诗人、词人、文学评论家所说的暗合之处。她把这些暗合之处讲给外国学生们听，学生们非常高兴，一下就听懂了。叶老师把她的经验传给了我，她告诉我，如果我希望把中国的诗词带给西方、带给世界，那么就应该对西方的传统、西方的文论也有所了解。因为我是在西方长大的，按理说我应该既了解中国也了解西方，这样最后才能集中西之大成。这是叶老师对我一直以来的期待。我现在绝对不敢说，自己在有生之年能够达成这个宏愿，我只是每天努力地朝着这个方向前进。她希望我到美国继续深造，所以现在我在哈佛大学跟着宇文所安教授和田晓菲教授学习。

哈佛的学风和南开的差异非常大，这也让我很想念叶老师。我经常给叶老师写信，叶老师也希望我多写信跟她汇报学习情况，汇报得越细越好。中秋节我给她写过一首词，词牌是《清平乐》，题目是《中秋节寄叶老师》。因为我们在美国住的楼房在河的南边，叶老师在南开住的楼在西南村，所以我在词中第一句就写了"金秋佳节，同是南楼月"。叶老师专门给我写了封电邮，说你的词写得确实不错，情词俱佳，只是以方位而言我的楼是西楼，不是南楼。所以我又改成"今秋佳节，同是西楼月。何事楼中仓促便，从此海遥天阔"。我写的是当时因为正赶上我外祖父病重，不得已很仓促地和叶老师道别了，现在我到了波士顿，不知道什么时候才能回到南开见到叶老师，天气转凉了，但是我也要站在西风里看月亮，因为我知道叶老师也在看着同一轮月亮。关于这首词的音韵、格律、平仄问题，她没怎么说，只是说我这首词写得极好，让我非常感动。

我曾经问过叶老师一个问题：如果我这一生到现在为止都没有经过什么动荡，也没有经过什么离乱，我怎么能够去体会古人经过的离乱？叶老师就说，难道你要亲自经过离乱才能够写好诗吗？你要用心去体会古人的感情，为什么古人写的诗能感动我们？因为"人禀七情，应物斯感"。古今时代不一样，但无论古今中外，人心却永远是一样的。只要人心不改变，中国的诗词就能作用于世界上所有的民族；只要人心不改变，中国传统文化的道就能作用于世界上所有的民族，就能放之四海而皆准。因而当我们在读古人的诗词的时候，唯有以最真诚的心去阅读它，否则就无法体会古人的感情。古人用自己最真诚的心写出来的诗，才能够流传至今，让后人能从中得到莫大的激励。那么，现在我们也一定要用最真诚的心去阅读古人的诗，才能够与古人感应道交。所以说，功夫确实在诗外，无论是读诗也好，写诗也好，首先要有真诚的心。不能有杂质和私心，不能有太多的污染。如果你用真诚的心去体会古人心的话，那么你自己虽然没有经历过那么多的动荡与苦难，你也能够间接地体会到古人的心，就像是自己历经的一样。叶老师讲课能够有这么大的感召力，我想就是因为叶老师讲课时，她是用心灵去感受古人的心灵，这就是中国古代传统学术的"以心印心"。自己的心要真诚，否则读多少诗都是徒劳无益的。

我觉得,《论语》实际上是对叶老师这一生影响最大的书籍。每当她在生活中遇到大事也好,小事也好,她脑子中所浮现出的,一定是《论语》中圣人说过的话。我想她一定是从中得到了很大的能量。比如说"朝闻道,夕死可矣。"中国古代不知道有多少伟大的士人,为了道,为了所追求的理想和目标,牺牲自我。当叶老师对这句话产生了强烈的感应的时候,她实际上已经加入了这几千年来仁人志士的传统的长流之中,这些人能够给予她很多的能量。因为叶老师一旦学习了圣贤的教诲,她的心和道永远是相应的,那么她就永远不是一个人走在这个道上。不管是她所研究的诗词也好,她所敬仰的孔子也好,这都是在长夜之中一盏一盏的明灯,照亮着我们每一个人向前的路程。

叶老师绝对不是孤独的人,她看似孤独,看似独来独往,可是她的心灵中,我相信是与往圣先贤的心灵交相辉映的。我们从远处看天上的一颗星星很孤独,可是这颗星星在我们看不到的另外那头,总会有和它一样明亮的星星与它交相辉映。叶老师的心灵永远和这些伟大的诗人们、伟大的圣人们,融合在一起感应道交,那么她所走的路就不会孤独。她直到现在都能够散发出这么强大的人格魅力,能够影响一代又一代的学生们,我想这正是她最重要的品德之所在。

作为学生,我能够从叶老师身上学到诗品与人品的统一,就是说通过诗词所能够得到这么多古圣先贤、这么多诗人们伟大的理想、品格和境界,实际上是提升我们人生的境界和提升自己的修养。

诗词绝对不只是一种文学形式，更不是生活的一种点缀，它是一种教育。我从小所受的教育就是把诗词当作感情的教育，当作做人的教育。我跟叶老师学习之后，这种感觉有增无减，因为叶老师每一次讲课，她一定会提到这首诗和做人有什么关系，我们看到这个诗人面对人生中的困苦、面对人生中的困境，到底有没有持守住自己的本心，还是说他随波逐流。叶老师喜欢的诗人们，叶老师敬仰的词人们，没有一个人不是在面对困苦而保持住自己本心的人。所以这也能从侧面让我们看到，叶老师对于诗的理解，应该也不限于诗是一种美好的文学体式，诗实际上是中国传统文化道德的一种道，诗是承载着道的一种体式。所以当我们在学诗的时候，我们实际上能够与传统文化的道、能够与更广大的场交相辉映。

诗的教育也许是中国古人留给我们最宝贵的精神财富之一。

叶老师经常说一句话，这句话我要作为一生努力的目标。叶老师说："人生到了最后什么都带不走，一切都是身外之物，但是有一个东西是能够带着走的，那就是你自己的灵。"人生最重要的，就是要在有限的寿命中，提升修炼自己内心的灵。这个灵，是在千难万劫的轮回中，唯一能够和你一起走的东西，所以，灵对于人来说，是最重要的。这些如梦幻泡影的身外之物，真的不值得我们去花那么多时间在它的身上。我们真正应该做的，是在有生之年做自己认为有价值的东西，提升自己的灵。对于我来说，最有价值的事，就是继续研究中国诗词，继续走叶老师的路，在中国和西方之间传播我所热爱的中国诗词文化。

叶老师读诵诗词的方式对我的影响很大，我现在尽量用叶老师读诵的音调来读诗。因为我觉得这正是诗歌的生命所在，不用古人的音调来读古人的诗，学多少诗都是徒劳无益的，感受不到古人的心灵，就没有办法"以心印心"。古人是以声音为中间媒介来把他们的心灵留给后人的。如果不通过声音的媒介重新追寻作者的话，诗不能够对你的人生起到任何作用。中国的诗歌不只是一种文学上的形式，而是作用于生命、作用于心灵，甚至是能够作用于社会和谐的一种形式之所在。所以古人会说："正得失，动天地，感鬼神，莫近于诗。先王以诗经夫妇，成孝敬，厚人伦。"我想，古圣先贤会这么说，把诗歌抬到这么高的地位，这正体现了诗教的重要的意义之所在。到现在这些话也不过时，叶老师就是最好的代表。

又到长空过雁时,云天字字写相思。
荷花凋尽我来迟。
莲实有心应不死,人生易老梦偏痴。
千春犹待发华滋。

《浣溪沙》

张静
好将一点红炉雪，散作人间照夜灯

有时候，茫茫人海中，人与人的相遇相知相交，好像都有一种莫名的不可思议的缘在牵引着。回想起我跟叶先生的相遇相知，确实是有一种不可思议的缘。因为我是在南京大学读的博士，毕业的时候也没有想到要继续做博士后，很偶然的机会下，有一天一位在南开读书的朋友跟我通话，说叶老师的课讲得特别好，而且告诉我叶先生在国内还招生，我听了这个消息特别震惊，之前一直以为她在海外。后来这位朋友帮我问到了叶先生的电话。那是我第一次和叶老师通电话，我当时就觉得叶先生特别热情，声音很有吸引力，既坚定，又悦耳。我们谈了很久，叶老师问了我博士研究的课题，并欢迎我来南开。她还告诉我说，2003年10月她会在南京做讲座，到时候可以见面。

在东南大学的讲座上，我生平第一次见到叶老师。当时叶老师好像肺部感染了，白天输了液，打了吊瓶，晚上演讲的时候手背上还贴着医用胶条。在这种情况下，她还是站着讲了两三个小时。演讲结束后我到前面去跟叶老师打招呼，说我是南京大学的张静，叶老师记忆力非常好,她一听,立刻就说,喔,欢迎欢迎,欢迎到南开来。

与叶老师再见面,是 2004 年的教师节。那天叶老师从温哥华回到南开,我们这些学生给老师接风。那一年正好也是叶先生八十华诞,会议时间定在 10 月 21 日,时间很紧张,要赶紧准备。我这人一旦做起事情来就很投入,哪怕是筹备会议也是如此,后来我的博士生导师莫砺锋老师也来参加会议,莫老师在叶先生面前也是学生辈,叶老师跟他肯定了我的工作,说挺希望把我留在身边的。

我想正是因为这个会议,我与叶先生之间的距离一下子就拉近了。准备会议的过程中会有很多沟通,叶先生可能晚上十一点还在跟我通话,早晨六点就又跟我打电话,说有什么工作要准备。所以我们好像没有那种从远到近渐变的认识过程,一下子就进入了熟悉的状态。

2006 年 6 月,我博士后出站留校。我印象很深,那年 9 月的一天,叶先生早晨七点钟给我打来电话,她说张静你能不能过来一下,我摔了一跤。说来真是奇怪,那天凌晨一点多我突然醒了,我很少会在睡觉中间醒来。醒来以后我就一直在想会不会有什么事情,很担心是不是我在英国工作的爱人出了什么事,没想到是叶老师。接了电话,我就赶快跑过去。我家离叶先生家不远,骑车也就十来分钟。后来我问她是怎么摔的,她说是晚上起夜,从洗手间回床上的时候,觉得已经到床了,但其实没有,就一下坐空了摔在地上,导致左锁骨骨折。骨折多疼啊!但是先生觉得凌晨一点多钟给我打电话很不礼貌，居然就一直坚持着，等到早晨七点钟才打电话给我。这件事也给校方和我们身边这些人员敲响了警钟：叶老师毕竟上了年岁，身边必须得有个人。

陪护叶老师的经历，让我了解到骨折的术后康复过程是多么痛苦，不是说骨头接上就行了，骨头要长，周围的肉可能会发炎。叶先生白天做完手术，晚上就疼醒了。她和我说："张静，把报纸拿来，我要看一下报纸。"

每一个人表达疼痛的方式是不一样的。有的人可能会不停地长吁短叹，但有的人会通过阅读、创作来排解肉体上包括心灵上的疼痛。叶先生晚上疼得睡不着就看报纸、看书，她不愿意让任何时间白白虚晃过去。等到能够下地了，她就开始练鹤翔桩。她的精神意念、意志力非常强大，远远超越一般人。在先生身边，我觉得这是一个挺大的收获：无论在现实中遇到了什么苦恼或是肉体上经历什么样的疼痛，其实都可以从精神上战胜它。

叶先生原来也跟我讲过，为什么她北美中国两边飞的时候可以不倒时差，其实都是熬出来的。她早年的那些手稿，上面都是笔画的道子。因为有时候特别困，但是还要备课，禁不住打了个盹儿，笔就不小心画上一道，人醒了，就接着再看再写，就靠意志力生生撑起来。我在叶先生身边确实非常幸运，不仅仅从教学治学上学到东西，更重要的是学会了面对生活的态度——怎样能够从容，怎样能够让自己内心更加地强大。

记得刚刚跟随叶先生的时候，有一次她在北京国家图书馆讲女性词的时候说，法国作家法朗士写过一本《红百合》，书里说一个女子如果出生在一个比较幸福美满的家庭，婚后的生活也比较甜蜜，到三十岁的时候连一场大病都没有生过，那么，注定她对人生的认识是肤浅的。这是无可奈何的事情。那时我也快三十岁了，听了以后醍醐灌顶，这不是在说我吗？我就跟叶老师汇报，叶老师说我没有说你，我是说有个作家这样写过。不过，叶老师确实在引领我开始思考这些问题。我好像一直都是在学习，从来没有真正地开始思考人生，那时候阅历也有限，没有接触这么多，也没有面对过复杂的生活。我留校以后一开始也不适应，比如讲课嗓子哑了。叶老师就会说："嗓子哑了？接着上。上得再多一点，就把这个关给过了。以后你再讲课，讲多少课都不会哑了。"这给了我很好的经验。

  大概到了 2011 年的时候，叶先生还没想好要定居国内还是温哥华，如果去温哥华的话，最好能有个伴。她那时候对我说，你现在当务之急就是学英语，然后申请一个国家留学基金的项目，跟我一起到温哥华去。因为我是我们研究所所长助理，我最应该帮她整理材料带回来。从此我每周去北京上四次英语课，每天八点钟上课，我五点钟起床，到天津火车站赶六点十分的早班车到北京，倒两次地铁，晚上九点四十下课，再到北京火车站赶末班车回天津。那时候我的孩子不到一岁，后来我母亲的左锁骨也骨折了，我爱人又在外地，我跟我爸两个，一个人在家带孩子，一个人在医院照顾我母亲，确实挺累的。叶先生说，都很辛苦，我这把岁数还跨洋奔波呢，而且还得倒贴钱。我刚开始回国的时候，路费也是自己出，存的积

参加"叶氏驼庵奖学金"颁奖典礼

蓄捐给国家，捐给学校，设立奖学金，我是为了什么？每个人都应该有一点精神的追求，要有超越现实俗务的能力。忙过这一阵后我见到叶先生，叶先生说，张静你瘦了。我说是，但是跟您经历过的那些比不算什么，那时候您带着两个孩子还要整天上课，更不容易，而且现在这个时代的生活条件已经比那时候要好很多。因为叶先生，我感觉自己看待事情的角度也产生一些变化，叶先生看待人生的视野和出发点都使我特别受益。

在温哥华的时候，叶先生每天都喝中药，有一天我熬药时不小心把药罐打碎了，先生当时就脱口而出："甑已破矣，顾之何益！"意在安慰我：碎了就碎了，不用在意。所以叶先生为什么如此长寿，为什么能获得这样的成就，我觉得跟她的心境有关。她对现实生活是看得很开的，面对现实苦难没办法选择的时候，她会随遇而安；但是在文字上，在教学态度上，先生的严谨近乎苛刻。比如叶先生写稿子往往都会改五六遍，即使编辑那边已经排稿了，她可能还打电话说又要修改两个字。先生觉得这必须得改。比如有人请她做讲座，讲的内容明明是她已经讲过一百遍的话题，她晚上依然认真备课到两三点钟。虽然中医讲熬夜不好，不利于健康，但她已经习惯了，改变对她来说反而可能会影响健康。先生每天早晨六点半左右起床，晚上两三点钟才休息，一向是这样的节奏。不过先生有午休的习惯，这样晚上精力会充沛一些。每次吃完午饭后，是先生最自在最轻松的时候，她可能会看看电脑，看看报纸什么的，然后才去休息。叶先生有她非常执着的一面，她想完成的事情一定要做。比如说回国这件事。她回国那个时候跟现在是完全不一样的情形，20世纪70年代回国，回到北京四合院的老家还是用公共厕所，她要穿过巷子去找土厕所（旱厕）。北美那个时候生活水平比国内高很多，用惯了家里抽水马桶的人，再用那种没有隔断的公共厕所，实在难以想象。即便是在这种情况下，她还愿意自费回国来教书。

我觉得在温哥华的那段时间是先生特别难忘的一段光阴。在大陆，尤其是近些年叶先生年岁高了以后，我们往往会觉得先生像一

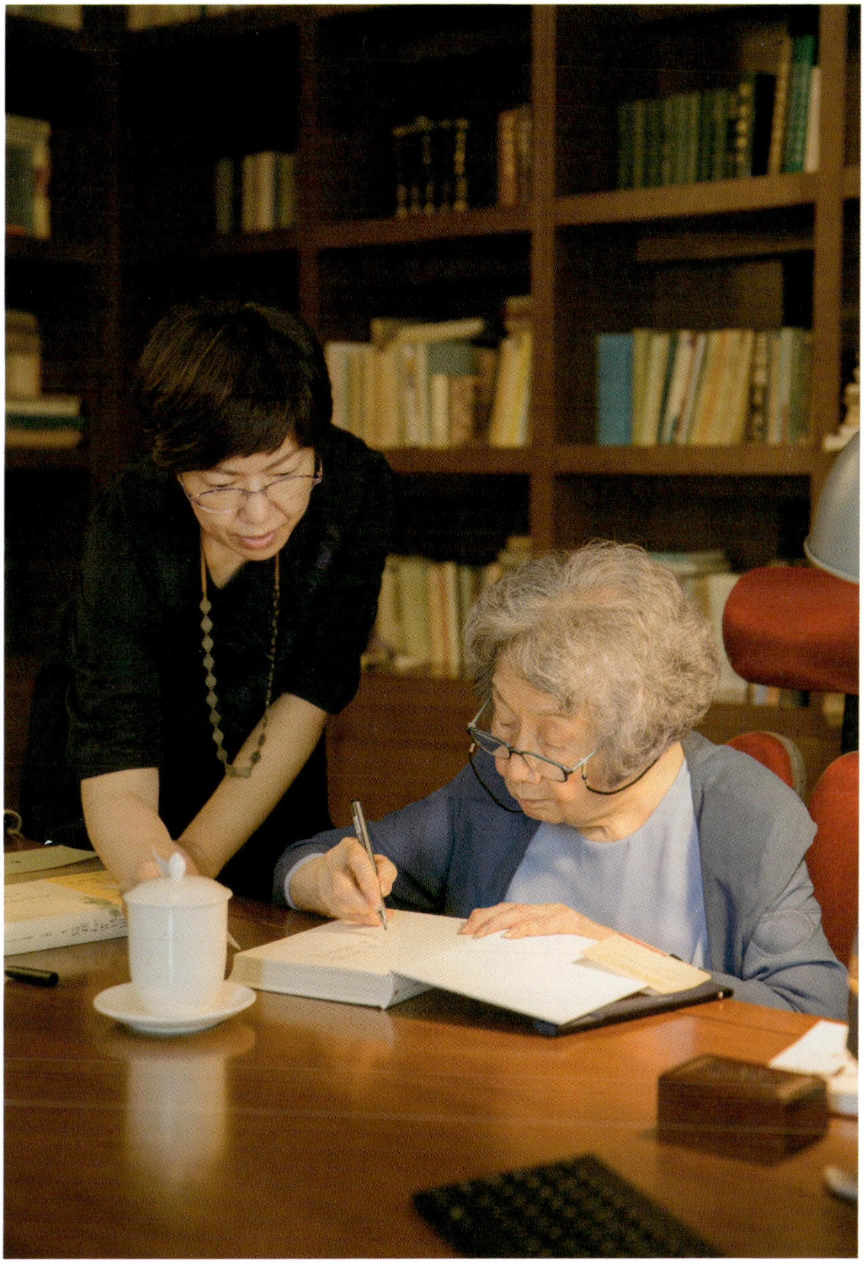

个"神",但是在温哥华,因为她的邻居、学生也都比较年长,他们可能更多的是把她当成"人"。大家跟叶先生交往就像朋友一样,先生可能反而比较自在。她也会发点小小脾气,大家也会争论,同时大家也会带着叶先生一起出去度假。先生有着像诗人那样游览山河大川的情怀,在哈佛时,叶先生周一到周五都在图书馆,到了周六日,她的学生就会开车带她出去游玩。但是这种情况在国内就很少,即使跟先生一起去游玩,大家也是像供神一样地要抬着她,也许先生感觉不是很自在,所以这些年出去得少多了。

我记得叶先生以前讲课时曾经提到过,后来我看顾随先生的讲义里也讲到过这一点,她说精神境界比较高的人有两种:一种是在高处俯瞰着人间,还有一种是来到了人间。来到人间的又分两种,一种是他到了人间就被尘世的污泥给坠下,再也飞不起来;但还有一种人可以飞起来,而且还可以带着周围的人一起飞。我想,最后这一种,应该就是先生的目标吧。

叶先生天生会对一些人产生影响力,这些人往往可能是在遇到困难、心里有些欠缺失落的时候,听叶先生讲诗词,心灵会得到慰藉。比如我们这些在叶先生身边的人,听她讲课就是一种精神上的感召。另外很重要的是,先生给人的感觉特别真诚,毫无保留。她一见到你,就会毫无戒心地跟你表达自己的一切想法。有一年某所大学请叶先生去指导学生们的诗词诵读比赛,没想到领导学生都在场。叶先生说:"你们这是弄虚作假!"她先问一个大四的学生,你背诵了辛弃疾的这首词,那你知道他写于哪一年吗?写的时候辛弃疾是一种怎样的心态？学生不知道。叶老师说，当你夸张的手势、起伏的声调超越了对作品本身的了解的时候，就是虚情假意。后来他们系主任马上叫我说："张老师，叶先生累了，您带她赶快走吧。"其实叶先生是有种使命感，她也不是故意去得罪人，只是不想因为圆滑世故而缺失真诚。

刚到温哥华的时候，我和叶先生生活在一起。我喜欢喝果汁，叶先生每次见我喝都说，这对身体是有害的，你应该像我一样多吃水果。我本来喜欢吃香肠，先生说，这都不是健康的食物，想吃肉就买一块真的肉。她是真的想把她认为好的东西给你，喜欢把她的一些经验传授给你。叶先生这么直接，但为什么大家，包括一些内向的同学还是会和先生走得那么亲近？我觉得是因为先生的这种真诚。她夸奖你不是敷衍了事的夸奖，批评你也不是一种情绪的宣泄。她认为是善意的，会一再地对事不对人地纠正你。哪怕是面对陌生人，她都有高度的热情去提醒你。她没有机心。

叶先生特别注意细节。记得 2012 年暑假，我先生带儿子来温哥华看我，我去机场接完他们，一进家门，就见先生端来了三个盆子。为什么呢？因为有一次我在先生家和家人视频，叶先生和我的孩子打招呼说："天天，你看我吃的是什么呀？"我孩子说不知道。叶先生就说是桃子和李子合在一起的桃李合。孩子说没吃过。这是很早以前发生的一件小事情，之后大家都忘了。但没有想到我们一到家，先生就端出来三个盆子，一个盆子里泡了桃，一个盆子泡了李子，一个盆子里泡了桃李合。先生说："天天，你不是没有见过桃李合嘛？

我让你看一看，什么叫桃李合。"你会感觉，哎呀叶先生真的是细腻，对一个小朋友都会如此投入，那你可以想见她为人处世上那种用情的真。

所以很难得，叶先生欣赏得了诗词中那种幽微曲折的美，而在生活中待人接物时，又很直接，很率真。

北京大学的陈平原教授来南开开会时曾说，顾随绝对是中国教育史上的一枝奇葩，就因为他教出来一个学生叫叶嘉莹。顾随先生是述而不作、不立文字的这样一种人，如果按照我们现在教育部的评选考核标准，顾先生根本没有资格在大学里当老师，因为他不发表论文，只是把学生培养好，只是带给学生一种感发的诗词的生命。北大出版社出了顾随先生那一套讲课实录，即使我们读的是笔记，依然会感觉到他那种对于生命的热情。有人达到了一定的思想高度，往往会厌世，但是顾先生不是这样，他既有深度的引领，又有热度的传递。我觉得这确实是了不起的地方。

叶先生很好地继承了顾随先生这种对于诗词的感发，这种重在对生命境界的提升，她把作品本身与我们的生命关联到一起。有很多人只是看了叶先生讲座的视频，看了一两篇文章，就感觉跟她在感情上很亲近，我觉得这就是诗词文化本身的魅力所在。我们的文化延续了千年一直没有断，我们的人心是活的，诗词的魅力吸引了叶老师这样一位女性，使得她可以承担起家庭生活中的重担，可以在颠沛流离中走出绝望的阴霾。而且诗词的力量不仅拯救了她，滋养了她，也反过来让她来把它发扬光大，给我们的民族不断提供正能量的东西，代代相传，彼此温暖，有信心一直走下去，传续文化的薪火。叶先生对我们的感召力不仅仅是来自一个学者、诗人、教师，还有她身上散发出的文化智慧，与传统割不断的血缘关系。

顾先生他们的那一个路子是"述而不作"，即重视自己对作品的解读，以及这个解读能够怎样引领学生的思想和生命层次更上一个台阶。叶先生后来到了西方国家执教，也要写论文，但她写论文不是为了写论文而去写，而是对哪篇作品、哪位作家特别有感发、有最真实的感受才去写。这是她学术研究的基本立足点，没有功利心。我们现在的人可能是因为要评职称、要博士学位、要毕业答辩，因为发表论文的压力才去选择论文的选题，但叶先生那时候不是这样的，她从一开始选择学术道路、学术论题的时候，就忠实于自己的内心。

叶先生的著作之所以具有感染力，就是因为她写的是自己的真实感受。因为选题是自己定的，不是别人的命题作文，所以才有感情投入，才有对作品精微的解读。而先生从事女性词的研究，是因为她到了晚年意识到一个问题，古代的女性作家留下来的作品体量和我们现在研究的体量是极不相称的。叶先生本身是女性，再加上有了这样一种学术反思，她意识到女性作品不能够再用传统的路子解读，那样可能永远不能给出一个公允的评判，所以叶先生才开始关注女性词，关注词体本身的问题，而不是说先申请了一个女性词的国家课题，而后才去研究。叶老师对于学问的这种态度，对我影响很大。

可能很多人都会觉得疑惑，京津雾霾这么严重，为什么叶先生最后选择留在这里？很多人都想出国，想到空气好人群少的地方安度晚年。但是先生讲过，人吃饭是为了活着，但是活着不是为了吃饭。她希望晚年也能够工作。当时先生也跟我讲过，即使到了晚年自己不能随意走动，只能靠轮椅或者只能躺在床上的时候，她还是希望我们把她带回来的音像数据整理成文字，她还可以改。先生70年代选择回大陆的时候，南开教授工资才几十块钱，叶先生说，我怎么好意思问国家要工资，要讲课费呢？她完全不是为了自己有一个地方安度晚年才落脚在大陆。她一直在付出，不管未来是什么样的结局，她都愿意去做，甚至是抱着一种"独钓寒江雪"的态度在做，是一种"知其不可而为之"。她说，这样活着才有意义，才觉得自己不是在浪费粮食。

附录一

仪式过程
——《掬水月在手》电影注解

撰文：汪汝徽
受访：陈传兴

那样的话，我们当然无暇审美地逃遁到荷尔德林的诗歌中去了。那样的话，我们当然无暇根据诗人的形象来制作一个人造的神话了。那样的话，我们也就无机可乘，把他的诗滥用为一种哲学的丰富源泉了。相反，冷静地运思，在他的诗所道说的东西中去经验那未曾说出的东西，这将是而且就是唯一的急迫之事。

——马丁·海德格尔《诗人何为》

伊洛河上，一叶扁舟漂浮，对岸河州影绰，晨光曦微里，船内现出一小女孩之身影。

陈传兴老师说，他好奇怎没有人问那小女孩是谁？

紧接着探问，他只轻轻说：不需问。不需问。没有任何设定。各种可能。

观《掬水月在手》，穿越一段段时光边境。有时沉潜于记忆情感深处，落泪动容；有时则被交错潜入的画面音声凌乱了时序而无法锚定。你既往的观影经验被悬置了：你无法走进特定的情节、时序、情感起伏的安排，没有什么地方能让你"上岸"，展开一场你习惯期待的"移情"。作为观众的"我"始终漂浮着，好像在梦与醒之间，在曾经与尚未之间，在"比"与"非比"之间——就好像在水上，像那个小女孩——在一个个边界与边界之间，漂浮，穿越。在这种非此非彼的回转之中——我，在哪儿？我，是谁？唯有感觉。只是尝试描述观影的感觉。你坐在电影院里，看电影。

然而，这是一种新鲜的感受：它无意召你"入梦"，因为那是"别人的梦"。你不再被动地作为一个观众，你不再被诱导感受别人希望你感受的，你不再被催眠进入一场扮演——在暧昧的经验里，在清明与惶惑之间，在时空错位之际，在绕梁的吟唱里——你只是被邀请，莅临一场仪礼。你沉浸其间，或冷静旁观，或倦而睡去，或半途离开——全凭你的自由意志。

这篇文字整理自与陈传兴导演关于《掬水月在手》长达三日的访谈。然而随着成文的深入，我则一再感到，那"未曾说出的东西"不应被任何有意耦合的结构所框限。形成一篇"电影注解"，尽力还原了创作者的个体讲述，为那些期望走进陈传兴电影迷宫的读者——架起几叶扁舟，进入那仪式过程。

诗与存在

《如雾起时》《化城再来人》《掬水月在手》构成了陈传兴"诗的三部曲"电影系列。

拍摄叶先生这个题材，我多年来就一直在想，对我来说，这是上天给予的巨大的眷顾。因为在叶先生一个人身上，是中国完整的古典诗词大历史的一层层展开。用个简单的比喻，好像整个的诗词历史透过她映现出来，她像一个回响（echo）。

《如雾起时》拍的是郑愁予，讲"诗与历史"，主要是中国台湾的历史及现代诗史。后来的《化城再来人》，拍"周公"周梦蝶，着重的是"诗与信仰"。因为周公是一个有信仰的人，所以影片主要着墨的是他的佛教信仰与他的人生、他的诗作之间的关系。经过了前两部电影之后，我突然打开了另一个面向，那就是：存在。

事实上，前两部电影虽说有关诗与历史、诗与信仰，但根本上是存在的问题：存在跟诗人的这种关系，在前两部电影中还是一种比较隐晦、比较潜流的方式。然而，到了拍摄叶先生的这部《掬水月在手》的时候，我想应该可以完成"诗与存在"这样一个课题了。由现代诗（《如雾起时》），当代诗（《化城再来人》），再到《掬水月在手》里回溯到诗的本质，诗的历史性，诗之所以存在，以及诗人跟诗的关系到底是什么？多多少少都希望能够呈现在这部电影里。

我会这样回应，最主要是因为多年来我一直在读海德格尔。1948年的时候，海德格尔写了一篇很重要的文章，谈：为什么要有诗人。

在一种苦难的危机的年代，为什么要有诗人？

这其实蛮巧的，整个影片里叶先生和叶先生的学生，他们都会反复提到，王国维的《人间词话》里的那句话："天以百凶成就一词人。"东西两方对这个课题，事实上有一种呼应。对王国维来说，他所在的那个时代是民国初年，清朝已经覆亡了，在一种帝国王朝的废墟上，他会有那种慨叹。海德格尔在写下《诗人何为》的时候，是在二战结束后的两三年，当时的德国也是一片废墟。这给了我一个重要的思想上的指标、方向。

刚好，叶先生的一生也是穿越了诸多时代的大变故，以及"个人生命史"中种种的变故。然而，我们可以看到，她还能够用一种现象学的、一种她自己个人的海德格尔那样的方式去思考诗与存在、诗与命运等的课题。

事实上，在叶先生身上，我们能够看到：在诗里面，存在是如何展开它的面向的。

记忆宫殿

这是一部时间跨度很长，又跨越了许多地理疆界的电影，它处理的是两三千年中国古诗词的历史以及一位古诗词大家、一个女人的个人历史。

海德格尔常常讲：诗是存在的居所。

影片用几个叶先生老宅的空间作为章节，一方面我想透过这样的方式回到老宅之中，这个宅子就是叶先生的记忆宫殿。"记忆宫殿"是利玛窦来到中国时写的。（注释：《西国记法》或称《记法》，明万历二十三年（1595），利玛窦，著于南昌。在此书中，利玛窦讲述了自己的记忆术。）

后来，人们经常讲这种记忆居所，把记忆比喻为像宫殿一样。利玛窦写：记忆其实就像一种空间，一种集结。海德格尔也经常会用居住、住所、房子，来隐喻诗。

所以，由这种角度，我想到就用叶先生童年居住的老宅的空间作为章节。

开场是序曲，然后穿越大门，到最后整个空间消失了，最后第六章的时候没有了章节名，也就整个回到所谓的"无"和"空"。也就是到最后，叶先生度过了近百年的经历，回到了一种更为纯粹的状态。

然而，在叶先生九十多年的经历里，从她有记忆开始，有许多的经历都是她在文字和口述里没办法说出的。虽然，这部电影表面上贴着她的一生来走，跟着老宅的空间走，但是，我希望能够在一些碎片与碎片之间，章节与章节之间，以及章节里面的一些空的留白或没有捕捉到的东西里，去浮现那些没办法说出的东西。

这些东西是不是可以听得到？或猜得到？或摸索得到？它们是叶先生自己可能有想到或没想到，但是没办法用文字、用声音、用语言等表达的东西。

这里面是比较奇特的。因为这里面有叶先生个人的历史，个人跟诗以及整个中国大的诗词历史的交汇。这里面有上千年的与过往所有的诗的精灵的对话。

因为，诗词对叶先生来讲，并不只是她研究教学的一个场域、一个对象，她自己同时也在做古典诗词的创作，这其实更重要了。因为，在诗词里面，会有一种"会见"。遥远的与这些上千年的古典诗词精灵的这种"会见"。对我而言是这样。

这种会见是更庞大的。我知道当要创作一个东西时，它过度的庞大，一定是挂一漏万，非常粗疏、简略的。我不否认这一点。我觉得这是一种不足。但这种不足其实才是真正地面对叶先生、面对中国古诗词命运的一种方式。表现我们这个时代的"平化"。

拍摄的时候，你并不觉得自己能够凌驾一切、掌控一切。我觉得那都是一种过度的自我妄想。在面对这些诗词的精灵的时候，那么多的众声喧哗，上千年来留下的伟大作品，这些精灵的声音的残片，零碎地在那里面。你只能说自己根本是很微不足道，微不足道。

永恒的回转

电影中不时重复出现的画面、音声、语词，是记忆在运作。

叶先生在影片中的现身，是用声音出现的。所以第一句，她就提出了电影里很重要的开宗明义的一句话：你最早的记忆是什么时候？叶先生以一个画外音的方式开场：一位九十多岁的老诗人问一个年轻人，透过年轻人的问答，她其实就回过头来，展开整部电影的回忆。

影片里，会反复地一再地回去。不只是图像的反复，有时候同一首诗或同样的诗句，可能会念过一次，后面再被念一次，这样种种的反复，叫作：永恒的回转。

《秋兴八首》也像人的回忆一样，会不断地回到往复，这种往复其实就是记忆的模式。就像河水一样，浪波拍打，就会回来，但是又不断地往复着。很多人会说是不是电影没剪辑好，怎么后面又出现了？然而，其实是不一样的。在每次这种回转里，就是一次生命的变化，所以表面上念的诗词是一样的，可是当你仔细听：它的声音的调子，它的语气，它的情感，念白的时间，其实都有变化。

这其实是回忆很特殊的地方。所以电影里反复用了这样的方式来凸显：记忆不是只有被记录、被存在那里。它是鲜活的。这是一位老的诗人，但她在那里，很鲜活地一直在回忆。

《秋兴八首》

日本音乐家佐藤聪明创作的乐曲《秋兴八首》，织绘了一条"音响空间"叙事。

《杜甫秋兴八首集说》，是叶先生一生中最重要的研究。不管是从她的学术成就而言，还是在她的生命历程中，这都是一个很重要的转折点。从诗词的历史来讲，《秋兴八首》是杜甫七律的最高成就，也是整个唐朝七律的最高成就。然而，它既是一个高峰，又是一个转折点，它被写下的时代正是唐朝由盛转衰的开启。

我们知道很多诗词，在写的、在谈的、在感叹的，都是那种微微淡淡的哀歌。这种哀歌，很多是面对一个大时代的。而在这方面，比较重要的就是日本的雅乐，它保存了唐乐这种文化遗迹。

透过《秋兴八首》的乐曲，我在想：诗词除了我们一般所说的唱、念，或者叶先生讲的吟诵，在这之外是不是还能够变成另外一种声音：用一种声乐的唐朝雅乐的演唱方式表现出来。

所以，在《掬水月在手》里，诗的声音就会有不同的"音响空间"，就会有多重层次的交织。然后，从另一方面来讲，又可以把当时《秋兴八首》所承载的唐时的文化空间，透过音乐、声乐，带给大家一种想象。而这个想象又重新再织绘，与影片里出现的唐时的地图、碑帖等遗存产生碰撞。这种碰撞就丰富了整个的肌理。通过这些，就让我们更接近杜甫所在的那个时代，那个盛唐转变的时期，那时的生命空间。

不要忘了我们经常讲，吟诵，就像萨满一样，召唤着那些不存在的东西。电影里的《秋兴八首》，是非常神圣性、宗教性的吟唱。在那么高的一种旋律节奏里，你会被拉到一个不知道什么样的地方。

声音，让语言成为了象征的一种可能性，而不是象征的载体。我们很容易听到一个字或一个词，就马上想到它的意义。可如果当在讲一个词的时候，这个声音是有情感的，在那个时候，我们会被说出这个声音的这份情感所打动。

器物与遗迹

诗是在宗教之外的另一种亲近神圣性的方式。

影片里，透过绘画、石雕、碑帖等器物，展现了诗很重要的存在面向：

咏颂，礼赞。我们太容易认为诗就是要念出来，然后要解读诗的意义，阐述它在描写什么。可事实上，很多诗其实不是文字的，而是以其他的形式存在，影片中的壁画、碑帖、石雕，或是一个墓志铭，它们都是那个时代文化精神的一种集结，凝聚与结晶，一种神圣性的展现。

　　对我来说，这也是拍摄叶先生的这部电影让我开心的一个地方。就是我重新回到河洛，回到诗词酝酿的地方，甚至更远的泾河、渭河等。当你第一次去了，当你真的到了那个地方，那里吹的风，冬天的飘雪，初春开始萌芽，以及那里的河水……过往你只是通过文字、书籍念到的那些诗句，突然之间就有了另外一种活生生的生命。

　　我们当然知道现在的长安不是当年的长安，洛阳也不是当年的洛阳，可是自然很多时候还保有当年的样貌。比如在龙门，风吹过，你不能否认，这可能跟一千年前武则天刚开凿石窟时的风是一样的。风吹过菩萨的脸，雪这样飘下来，我想和当年不会相差太远。所以，我在思考，如果观众已经不读诗了，那么这诗里的音韵要如何表现。尽管，语言已经变迁了；但它至少还保存了某些当年的语言的声音印记在那里。

　　所以，在电影里，通过拍摄这些自然、器物，我试图去摸索：当使用现代的科技器材，摄影机、收录音的器材时，有没有可能与千年前的自然、器物、诗，产生一种碰撞。电影、科技是我们现代的诗，在这种碰撞里，当然会产生矛盾，可是在这种差异、碰撞里，也会擦出火花。

　　诗的本质，存在，声音的本质，所有东西可能就在这火花里，由石头、由铁块里迸现出来，就像黑洞一样。

物之声响

电影的声音设计，并非简单的收音与声效，而是对"物"的感知与聆听。

　　一般我们看电影，电影的剧本和叙述线都是明确的。电影往往会首先强调画面要拍得美，演员表演要到位，叙事线是有逻辑的。这样观众可以跟着电影有情绪地高低起伏，情感脉络非常清楚。可是，我们现在看到的华人电影，第一个忽略的是声音。只有画面，没有声音。音乐是什么？音乐本身也是一条叙述线。

但是，电影是一个整体。所以一个很重要的问题是：那声音在哪里？声音跟叙述是什么关系？声音跟美学是什么关系？然后声音又有许多，有说话的声音、环境的声音、器物的声音，这部电影里还有诗词的声音，就像交响乐一样复杂。

声音设计不是说只收一个音，也不能从音效的角度考虑。重要的是：当你面对一个事物时，你的感觉是什么？

一枚小小的龙泉胆瓶，这是一个千年前的器物。你拿在手里，陶器的温润，器型的柔顺，你感觉到的是什么？你的碰触、你的体感、你的眼睛，你的整个身体去感受那微微淡淡的力量，当你很专注地去感受、去想象的时候，声音就出来了，你就会想到该赋予它怎样的声音。这就是声音设计真正美的地方。

词的电影叙述

找寻一种中国的叙事美学。

我的毛病，有时候跟我写东西一样，就是密度很高。有时候，就变成了一种独白。然而，有时候，你是不自主地被推着用这种方式表达。几千年的古诗词历史，一个女诗人，一个女人九十多年的生命，你怎么在这短短的电影时间里，压缩、表达？

唯一的办法就是用词的方式，用这种高度浓缩的语言，用非常音乐性的节奏，断裂的破裂的词的叙事方式。而这种词的方式，也是唯一能够把那些诗词的精灵唤出来，并用一种跳跃的讲述，把叶先生九十多年的生命历程道出。

当然，这样的方式是挂一漏万的。电影里的一些诗词只出现了标题，因为面对这庞大的历史，只能用一种浓缩的方式，用一种白描或点到的方式带过。每一个章节里的影像，都不是工整的，就像词中的长短句、小令、长令，不像诗那么讲逻辑。影片的情绪转折也是一样，像词一样断裂、破碎。

然而，当你（观众）面对这些断裂时，你从影片中出来了但又突然回去，这个时候你一定会有一种片刻的停格。你会想到：我看到的是什么？我为什么要看到这个？先前的是什么？所以，电影里会不断地有这种断裂与往复。而这其实就是词的一种断句方式，词往往就是突然就断掉了，突然就转向别处。

词人写外在的世界，突然之间他还没讲完，又跳到讲内心的感觉；然后读者才进到他的内心世界里，啪，词人一下子又跳到外面去了。比如词正在讲烛光，你以为后面的句子应该要陈述这烛光照亮了什么，可是不，它给你看的是阴影；然后讲完阴影，又开始讲地上死了的蝴蝶。这比电影串场还厉害。

所以，我一直在摸索，是不是有可能有一种很特殊的电影叙事方式，是用中国古诗词的方式。在《掬水月在手》里，我想要去尝试，有没有可能，去找到一种真正中国的叙事美学。

空

观众进场，来到一场仪式。

影片里用到的那些刊物都是我自己的书，里面出现的器物都是我已经准备多年的。我做事的方式就是会准备很多年，然后让它们睡觉。时间到了，会叫它们出来，让它们排好队。就好像我的摄影也是一样，那些照片都睡了四十年了。这就好像萨满，把它们从睡眠状态中召唤出来。这部电影里的种种设置，都不是临时的决定，也不是在剪辑时，慢慢才有的。我的三部纪录片都是先有结构和剧本。

我们都知道的，一个老生常谈的说法：去看电影，其实就是在做白日梦。

在一个暗暗的电影放映室里，你虽然可能带着很亲密的人去看，可是你做的梦旁边的人不会与你分享，他也无法分享。同床异梦。每个人的梦的工作都是他自己的，但他不一定知道他的梦的工作是什么，他可能也不记得他的梦是什么。整部电影，是一场催眠。你可能在中途睡过去，然后醒过来，梦眼惺忪，又看到电影还在进行。为什么不？我不相信所有人在读一首诗词的时候，真的可以从头读完，他可能语词上是念完了，但是念到第二句第三个字的时候，可能根本就忘了上一句是什么，而往往为了这个，会反反复复地回头去看。诗是很短的，一二十个字的绝句，都难以一次读完，更何况要把它变成一秒二十格的影像在那里闪烁，然后要拖到这样的长度，用很慢的语调讲述一个人过往的一生。观众进场，来到一场仪式。有一些神秘又神圣性的闪烁不定的片刻。整部电影对我来说比较开心的，是有这些。但是我的感受不是你的感受，不是其他人的感受。我不会说要观众"参与"。这电影只是一个"invitation to dance"。一个邀约而已。我没有要他参与，我只是邀约。就这样。你要不要去跳，你要不要？就是自由地让你去选择。我一向都是这样。我的写作，我的电影，我不会回头去看别人的反应。我也不寄望于同时代的人。我没有什么了不起，但是有一种快乐，一种哲学的安慰。那够了。还要求什么？所以，人一辈子，何必要求一种人间的仰望呢？我觉得那是一种执念。有了执念之后，很多东西你就会比较，你就搬了一些石头在前面，这样行进起来就会不顺遂。所以，就像电影最后的秦观一样，人本来就是这样，空着来空着去。

附录二 叶嘉莹、陈传兴对谈：
佐藤聪明音乐作品中的
雅乐与大唐

一次访谈后，陈传兴导演给叶嘉莹先生播放佐藤聪明[1]的作品。乐毕，叶先生与陈导交流聆听感受。本书将二人对话整理收录，并附上佐藤聪明《秋兴八首》的二维码，以飨读者。

叶：我是第一次听到这样的音乐，真是非常好，非常难得。
陈：我们当时是2月飞到东京，找佐藤聪明聊创作的事情。他很愿意为先生的纪录片作曲。
叶：他愿意为一个不知道的人写？他对我有什么认识呢？
陈：我们给他看过电影的大纲，也告诉他电影中我们围绕杜甫的《秋兴八首》，来跟先生的一生做对照。他创作时使用了雅乐乐器中的二十弦琴、筚篥、笙，以及西洋乐器中的弦乐四重奏，并请人来演唱。
叶：你给他用日语翻译《秋兴八首》了吗？
陈：没有，我们用中文念。我们还给他听了您吟诵的录音。

---
[1] 此处并非繁体中文，使用"聰"字是为了尊重佐藤先生名字中的日文汉字。——编者注

叶：他能知道诗是什么意思吗？

陈：他知道的，他读过吉川幸次郎翻译的杜甫诗，他整套都读了。所以，他一听到叶先生跟杜甫的关联，马上就说，能为您的传记电影作曲是他的荣幸。

叶：我对音乐所知甚少，对日本的音乐也所知甚少。像他这种风格的日本音乐家很多吗？

陈：非常少。在日本当代的作曲家里面，可以说他是最重要的。像佐藤这样，懂雅乐，能做雅乐，并且还能融合日本佛教音乐的人非常少。更厉害的是，他还能加入西方音乐的元素。

叶：这真是很难得的。这么说日本人对于杜甫诗还是有相当了解的，毕竟有吉川先生这么有名的、研究杜甫诗的学者。

陈：他们非常敬佩杜甫，一听到杜甫的名字，眼睛发亮。佐藤说，这次可能是他这一辈子里面最大的挑战。因为唐朝几乎算是日本文化的源头，杜甫和李白对他们来说可以算是天上两颗最亮的星星。

叶：他做的这个音乐真是非常有特色。

陈：佐藤特意请来的二十弦琴演奏家吉村七重，曾专门为日本天皇演奏，获得过日本最重要的"紫绶褒章"。所以这次合作我们也有些战战兢兢，确实是很大的挑战。

叶：唐朝的时候，很多日本人到中国来留学，带了很多我们中国的文化过去。UBC 有一位教音乐的老师，他是西方人，但他非常喜欢东方的音乐，所以他在 UBC 也教中国学生学中国的古乐。这个老师说，很多我们中国唐代的乐器，中国自己现在没有了，只有日本还有。

陈：是的，那些日本留学生把乐器带回日本去，很好地保存起来。法隆寺就有好几把唐朝时候的琵琶。

叶：古人说"礼失求诸野"，中国模仿西方追时髦，把古老的都丢掉了，反而是在日本有保存。那个 UBC 的老师说，有一种乐器，我们中国没有了，但日本还有。

陈：他讲的可能是筚篥吧。天宝年间的唐玄宗，对中国的音乐做了非常大的改革，刚好跟律诗的勃兴都在同一个时候。杜甫诗的音韵，其实也是很大的革新。

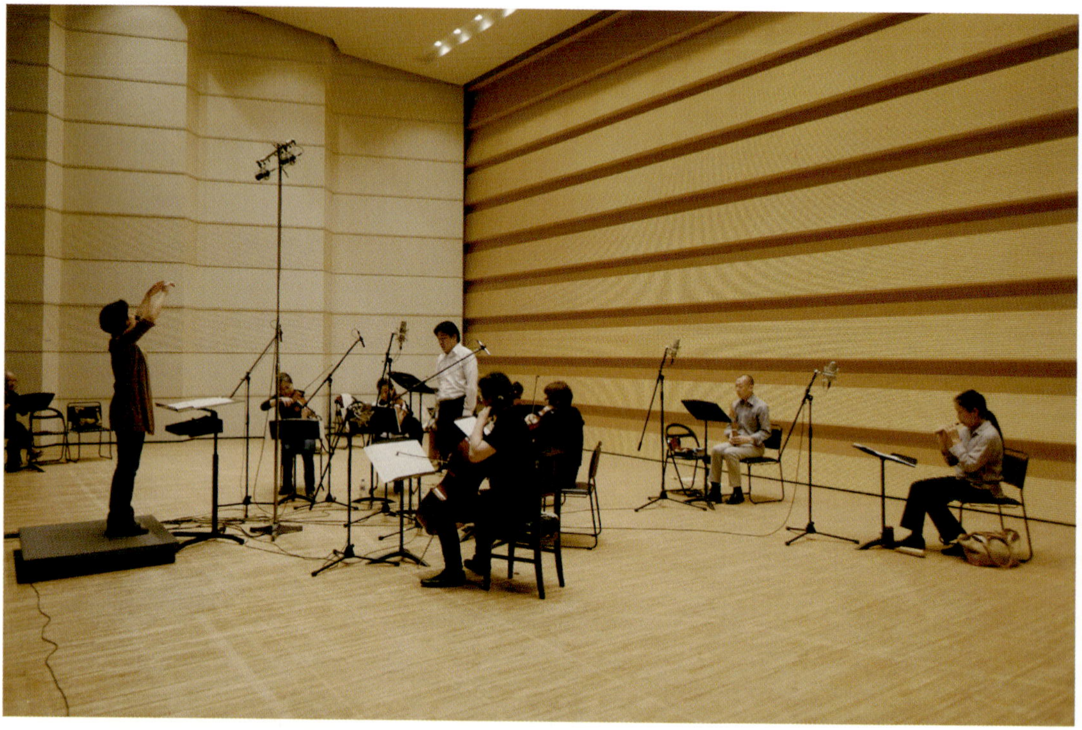

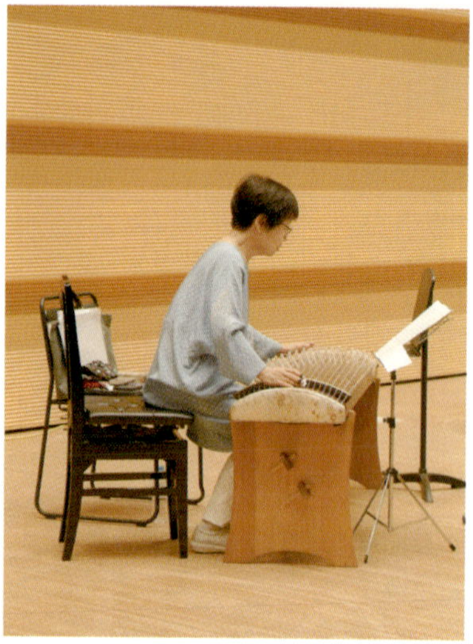

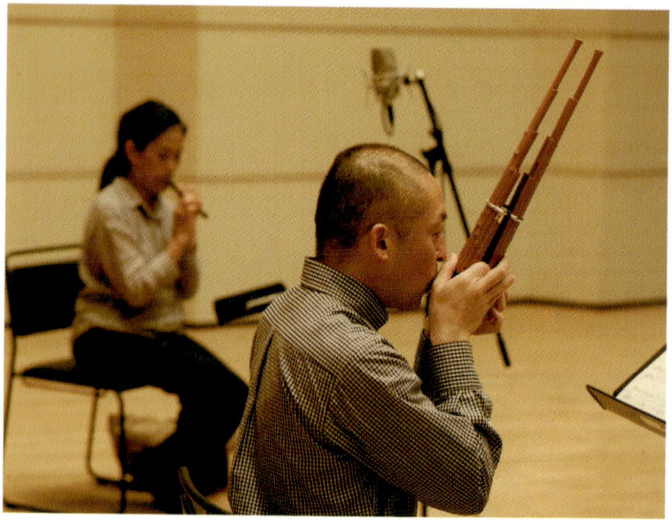

日本音乐家佐藤聰明

叶：是，唐朝是中国文化一个重要的转变时代。

陈：一个盛世，一个非常重要的盛世。

叶：对。从唐朝才开始有这种格律的律诗，像杜甫的《秋兴八首》这样的七律，在之前是没有的。在唐以前，也就是六朝时候，开始慢慢对平仄对偶有所注意，可是没有真正很好的律诗，直到唐朝才有。

陈：而且在音乐上，他们的太常署开始有做簿记，那时候室内乐是非常重要的。

叶：在初唐的时代，就是当这个律诗开始慢慢形成的时候，杜甫的祖父杜审言是一个重要的作者。所以杜甫说"诗是吾家事"。杜审言的诗中有一首是送他的朋友到四川，其中有两句"云霞出海曙，梅柳渡江春"。这两句对于唐朝的律诗有很重要的作用，因为它的句法。它是说，本来是形容天光的破晓，他用了一个 adjective clause（定语从句），是"云霞出海曙"来形容这个曙色。他要写春天的美好，是说梅花柳树都从江南开到江北来了，是"梅柳渡江春"。像这种句法，在六朝时代是没有的。六朝时代开始有对偶，但是对得很死板，慢慢它也是从不工整到工整。能把句法用得这么活，能够用一个形容子句，像"云霞出海曙，梅柳渡江春"这样，是初唐杜审言的成果。所以说，他对于律诗的形成是一个很重要的人物。而杜甫之所以能够写出"香稻啄余鹦鹉粒，碧梧栖老凤凰枝"，也是得到了他祖父的启示。

陈：是的，一路传承。

叶：杜家的这对祖孙，把我们律诗的对偶发展到变化无穷，这真是我们中国诗一个很大的进步！我之前说，如果一个时代是集大成的时代，但没有出现集大成的诗人，是诗人对不起时代；如果有一个才能是可以集大成的人，可是没有诞生在集大成的时代，是时代对不起诗人。杜甫既有这样集大成的诗才，又生在这样集大成的时代，真是难得。

扫码欣赏《秋兴八首》

编后记

《掬水月在手》一书缘起于行人文化为叶嘉莹先生拍摄的同名纪录片。虽然影片仅有120分钟，但拍摄过程中却积累了百万字的访谈素材，以及大量珍贵的影像资料，是了解一代诗词大家，乃至百年中国、千年文脉难得的口述史料。

活字文化有幸与行人文化联手，将录音稿精简为十万余字的书稿，并获得叶先生首肯，将影片拍摄时所留下的海量的资料爬梳、精选、补充、撰写，形成一部与纪录片互为补充、立体呈现叶先生生平与诗词之美的独特作品。

书中所呈现的叶嘉莹，是纪录片镜头中的叶嘉莹，也是前所未有的、以他人为镜映射出的一个多面的叶嘉莹。正文开篇放置"似月停空"与"月映千川"两图，一来呼应影片"月"之主题，二来揭示书中各部分的组成缘由。叶先生如今的状态，以及在古典诗词方面的成就犹如朗月当空，清辉万里，堪为"似月停空"；而每位受访者仿佛江河湖海，大家各有视角，分别映照出一代大师鲜为人知的灵动与鲜活，是谓"月映千川"。

全书共分为四部分，每部分皆以一句叶先生的诗为题目。这句诗或潜藏着她的自我认知，或代表了她的人生态度，或预示着她的命运走向，或者就是她一生追求的缩影。每部分将叶先生在不同时期执教过的大学——台大、哈佛、UBC、南开，设置为对话展开的主要场域，由该场域下叶先生与其朋友、同事、学生、邻居的自述共同组成。叶先生的自述借由她对个人诗词作品的解读，勾勒出她的生平经历，以及学术脉络，而这些内容，都能从相关被访者的叙述中看到呼应，从而在文字空间中形成一种交流与互动。所有被访者都与叶先生交往甚笃，他们多元不同的视角，全方位展示了叶先生在人格、学养、精神世界高度统一的大师风采，以及叶先生在各个方面对诸位带来的深远影响。

叶先生自述部分提炼自拍摄电影时17次访谈和演讲的录音稿，并参考《要见天孙织锦成——我来南开任教的前后因缘》《论杜甫七律之演进及其承先启后之成就》等文补充而成；被访者自述部分亦基于拍摄时留下的访谈素材，本书尽最大可能，将诸位所说整合成文（影片在叶先生之外共采访43人，本书整理成文30余篇）。需要特别说明的是，由于配合影片公映，时间紧迫，截至下印前未能完全获得书中涉及所有被访者的书面确认。文稿中若存在偏差之处，特向诸位致歉，并敬请不吝赐教，未来加印时将会进一步修订完善。

基于电影拍摄时丰富的影像素材和原本掌握的资料档案，书中展示了百余张图片，作为文字叙述的视觉补充。其中包括手稿、信札、旧照、书影、剧照等，有不少是来自被访者的首次披露。另外，书中专门设置两个二维码，扫码后可观看到影片中的精彩片段，还可仔细聆听玩味在电影中作为另一条隐晦叙述线的音乐《秋兴八首》。

本书是同名电影的衍生之作，更是叶先生一生言传身教的实录。故在策划时竭尽所能，调动一切可用之文字、图片、音频、视频资料，将先生的自述、诗作与他人的回忆、感发熔于一炉，力求以多元视角呈现出一位立体、丰盈、臻于至境的叶嘉莹先生，让古典诗词的文化内涵与历史价值因叶先生的存在而扎根于更多人心中。

活字文化
2020

鸣 谢

所有受访者（依姓名笔画排序）

王芳	王健	方光珞
白先勇	田晓菲	石阳
邝龚子	安易	李盈
刘元珠	刘秉松	宇文所安
吴宏一	齐益寿	沈秉和
何方	何墨非	陈山木
陈小玲	陈洪	陈万益
陈淑美	林玫仪	林楷
郑培凯	张元昕	张淑香
张凤	张静	卓同年
洪子珺	胡守芳	柯庆明
施吉瑞	施淑	施淑仪
席慕蓉	徐晓莉	陶永强
梁珮	梁丽芳	痖弦
谢琰		

学术支持

南开大学中国古典文化研究所

图书在版编目（CIP）数据

掬水月在手：镜中的叶嘉莹 / 行人文化, 活字文化编著. —— 成都：四川人民出版社, 2020.10（2020.11重印）
ISBN 978-7-220-12012-1

Ⅰ.①掬… Ⅱ.①行…②活… Ⅲ.①传记文学－作品集－中国－当代 Ⅳ.①I25

中国版本图书馆CIP数据核字（2020）第182398号

JU SHUI YUE ZAI SHOU JING ZHONG DE YE JIA YING
掬水月在手：镜中的叶嘉莹
行人文化　活字文化　编著

出 品 人	黄立新
责任编辑	张春晓
特约编辑	黄昕　杨司奇
装帧设计	泽丹
内文排版	吴磊
营销协同	王其进
责任印制	祝健
出版发行	四川人民出版社（成都市槐树街2号）
网　　址	http://www.scpph.com
E-mail	scrmcbs@sina.com
新浪微博	@四川人民出版社
微信公众号	四川人民出版社
发行部业务电话	（028）86259624　86259453
防盗版举报电话	（028）86259624
印　　刷	四川华龙印务有限公司
成品尺寸	170mm×240mm
印　　张	20.5
字　　数	210千
版　　次	2020年10月第1版
印　　次	2020年11月第4次印刷
书　　号	ISBN 978-7-220-12012-1
定　　价	88.00元

图书策划：■ 活字文化

■版权所有·侵权必究
本书若出现印装质量问题，请与我社发行部联系调换
电话：（028）86259453